Let's picnic!
GOM GOM GOM BEAR

Contents

곰곰곰 베어 12

저자 쿠마나노
일러스트 029
옮긴이 김보라

스킬

▶이세계 언어
이세계의 언어가 일본어로 들린다.
이야기를 하면 이세계의 언어로 상대방에게 전달된다.

▶이세계 문자
이세계의 문자를 읽을 수 있다.
글자를 쓰면 이세계 문자가 된다.

▶곰의 이차원 박스
흰 곰의 입은 무한으로 벌어지는 공간이다.
어떤 물건이라도 넣을(먹을) 수 있다.
단, 살아 있는 것을 넣는(먹는) 건 안 됨.
들어가 있는 동안에는 시간이 멈춘다.
이차원 박스에 넣은 물건은 언제든 꺼낼 수 있다.

▶곰 관찰안
흑백 곰 옷의 후드에 있는 곰의 눈을 통해 무기와 도구의 효과를 볼 수 있다.
후드를 쓰지 않으면 효과는 발동되지 않는다.

▶곰 탐지
곰의 야생의 힘으로 마물이나 사람을 탐지할 수 있다.

▶곰 소환수
곰 장갑에서 곰이 소환된다.
검은 곰 장갑에서는 검은 곰이 소환된다.
흰 곰 장갑에서는 흰 곰이 소환된다.
소환수 꼬맹이화 : 소환수인 곰을 꼬맹이화 할 수 있다.

▶곰 지도 ver.2.0
곰의 눈이 본 장소를 지도로 만들 수 있다.

▶곰 이동문
문을 설치하여 서로의 문을 왔다 갔다 할 수 있게 된다.
3개 이상의 문을 설치할 경우는 행선지를 상상하는 것으로 이동할 곳을 정할 수 있다.
이 문은 곰 장갑을 사용하지 않으면 열리지 않는다.

▶곰 폰
먼 곳에 있는 사람과 대화할 수 있다.
곰 폰을 만든 후, 술자가 없앨 때까지 존재한다. 물리적으로 망가뜨릴 수 없다.
곰 폰을 건넨 상대를 상상하면 연결된다.
곰의 울음소리로 착신을 알린다. 소지자가 마력을 보내는 것으로 껐다 켤 수 있게 되어 통화가 가능하다.

▶곰 수상 보행
물 위를 이동하는 것이 가능해진다.
소환수는 물 위를 이동하는 것이 가능해진다.

▶곰 염화
떨어져 있는 소환수를 불러들일 수 있다.

마법

▶곰 라이트
곰 장갑에 모은 마력으로 곰 형태의 빛을 생성한다.

▶곰 신체 강화
곰 장비에 마력을 보내는 것으로 신체강화를 실시할 수 있다.

▶곰 불 속성 마법
곰 장갑에 모은 마력으로 불 속성의 마법을 사용할 수 있다.
위력은 마력, 상상에 비례한다.
곰을 상상하면 위력이 더욱 올라간다.

▶곰 물 속성 마법
곰 장갑에 모은 마력으로 물 속성의 마법을 사용할 수 있다.
위력은 마력, 상상에 비례한다.
곰을 상상하면 위력이 더욱 올라간다.

▶곰 바람 속성 마법
곰 장갑에 모은 마력으로 바람 속성의 마법을 사용할 수 있다.
위력은 마력, 상상에 비례한다.
곰을 상상하면 위력이 더욱 올라간다.

▶곰 땅 속성 마법
곰 장갑에 모은 마력으로 땅 속성의 마법을 사용할 수 있다.
위력은 마력, 상상에 비례한다.
곰을 상상하면 위력이 더욱 올라간다.

▶곰 전격 마법
곰 장갑에 모은 마력으로 전격 마법을 사용할 수 있게 된다.
위력은 마력, 상상에 비례한다.
곰을 상상하면 위력이 더욱 올라간다.

▶곰 치유 마법
곰의 상냥한 마음에 의해 치료가 가능해진다.

이름 : 유나
연령 : 15세
성별 : 여자

크리모니아

피나
유나가 이 세계에서 처음으로 만난 소녀, 10살. 유나가 어머니를 구해준 인연으로 유나가 무찌른 마물의 해체를 맡고 있다. 유나가 데리고 다녀서 귀족과의 면식이 많다.

슈리
피나의 여동생, 7살. 모친인 티루미나를 따라 『곰 씨 쉼터』등에서도 일을 돕는 매우 씩씩한 여자아이. 곰 님을 매우 좋아한다.

느와르 포슈로제
애칭은 노아, 10살. 포슈로제 가문의 차녀. 『곰 님』을 사랑하는 활발한 소녀. 유나와의 인연으로 피나와 친해졌다. 왕도에 5살 위의 언니 시아가 있다.

클리프 포슈로제
노아의 아버지. 크리모니아 마을의 영주. 유나의 돌발적인 행동에 휘둘려 고생하는 인물. 담백한 성격으로 유나에게도 거리낌 없이 대하고 있다.

티루미나
피나의 어머니. 병에 걸린 것을 유나가 도와줬다. 그 후 겐츠와 재혼. 『곰 씨 쉼터』 등의 서무를 유나에게 위임받았다.

왕도

시아 포슈로제
노아의 언니, 15살. 트윈테일의 여자아이. 왕도의 학원을 다닌다. 유나가 노아의 호위로 왕도에 왔을 때 알게 됐다. 그 후 학원의 과외 수업으로 유나에게 호위를 받았다.

엘레로라 포슈로제
크리모니아 영주의 부인, 35살. 평소에는 국왕 폐하의 밑에서 일하고 있으며 왕도에 살고 있다. 여러 가지로 인맥이 넓고 유나를 이것저것 도와주지만 조금 막무가내인 부분도 있다.

티리아
엘파니카 왕국의 왕녀. 플로라 공주의 언니. 왕도 학원에 다니는 시아와 동급생. 플로라 공주에게 유나에 관해 『곰 님』이라고 듣고 만나기를 기대하고 있었다.

미사나 포렌그람
애칭은 미사, 10살. 국왕 탄신제로 향하던 길에 마물에게 습격을 받는 것을 유나가 구해줬다. 10살 생일 파티에 유나 일행을 초대한다.

플로라 공주
엘파니카 왕국의 왕녀. 유나를 『곰 님』이라 부르며 따른다. 그림책과 곰 인형을 선물 받는 등 유나도 마음에 들어하고 있다.

마릭스, 카틀레야, 티몰
시아네 학원에서 동급생. 시아와 파티를 결성한 학원 과외수업 때 마물에게 공격을 당했지만 호위인 유나가 구해준 후 유나를 따르고 있다.

키티아 왕비
플로라 공주의 엄마이자 엘파니카 왕국의 왕비이다. 플로라 공주에게 지지 않을 만큼 곰순이와 곰돌이를 좋아한다. 유나에게는 인형도 받았다.

286 곰 씨, 교복을 입다

나는 엘레로라 씨와 시아의 권유로 피나, 슈리, 노아와 함께 왕도 학원에서 열리는 학원 축제에 갔다.

학원 축제 첫날은 플로라 공주의 언니인 티리아의 존재에 놀라기도 하고 여러 출품작에 참가해서 상품을 얻기도 했다.

상품을 너무 따서 시아에게 혼나기도 했지만 즐거운 하루였다.

그리고 학원 축제 이틀째.

시아는 솜사탕 가게를 준비하러 오늘도 아침 일찍 집을 나섰다.

우리도 학원 축제에 갈 준비를 하고 있는데 스릴리나 씨가 우리에게 손님이 왔다고 했다. 객실로 가자 미사와 그란 할아버지가 있었다.

"노아 언니, 유나 님, 피나, 오랜만이에요."

"다들 오랜만이구나."

"두 분이 어쩐 일로 이곳에?"

"왕도에 일이 있었거든. 그런데 어제 시간이 남아서 학원 축제에 갔더니 곰 옷을 입은 여자아이가 걸어 다닌다는 이야기를 들었지."

"그래서 유나 님이 계신다는 걸 알고 만나러 온 거예요."

역시『곰 = 나』라는 방정식이 성립되어있군.

시아에게도 이야기를 들었지만 어제는 꽤 시선을 끌었던 모양이다.

"그런데, 제가 엘레로라 씨의 집에 있다는 걸 잘 아셨네요."

"저랑 또래로 보이는 여자아이가 함께 있었다고 들어서 노아 언니랑 피나도 같이 있던 것 같아서 이쪽으로 찾아왔어요."

추리력이 대단하다.

"그래서, 혹시 오늘도 학원 축제에 가는 거라면 미사도 같이 데리고 가주지 않겠나?"

그란 할아버지가 부탁했다. 물론, 거절할 이유는 없으니 받아들였다.

"괜찮아요."

"고맙습니다!"

미사는 만면의 미소를 지었다.

하지만 유일하게 미사를 알지 못하는 슈리는 피나의 뒤에 있었다. 그런 슈리에게 피나는 미사를 소개했다.

그런 훈훈한 모습을 보고 있는데 그란 할아버지가 내게 말을 걸었다.

"아가씨, 다시 한 번 고맙네. 그때는 미사를 구해줘서 고마워. 떠올리기만 해도 몸이 떨려온다네. 이렇게 미사의 미소를 볼 수 있는 건 아가씨 덕분이야."

그란 할아버지는 피나와 아이들과 즐겁게 이야기하는 미사에게 시선을 보냈다.

"그때도 말씀드렸지만, 마음 쓰지 않으셔도 돼요. 제가 구하고 싶었던 것뿐이니까. 몇 번이나 감사 인사를 받을 만한 일이 아니에요."

나도 미사에게 무슨 일이 생겼다면, 하고 생각하니 오싹하다. 구할 수 있어서 정말로 다행이다.

"하하, 그렇군. 그래도 무슨 일 있으면 힘이 되어 줄 테니 언제든지 말해주게. 이렇게 말해도 지위를 아들 부부에게 넘겨서 대단한 힘은 없지만 말이야."

그란 할아버지가 웃었다.

엘레로라 씨에게서 이야기는 들었는데 정말로 그란 할아버지는 그 사건을 계기로 아들인 레오날드 씨에게 지위를 넘겼나 보다.

"뭐, 그 덕분에 자유롭게 움직일 수 있는 몸이 되었으니 마음껏 이쪽저쪽으로 갈 수 있어서 즐겁지."

마치 노후를 즐기고 있는 할아버지 같다.

"그리고 다시 아가씨에게 소개해두지. 나를 보좌해주고 있는 루파일세."

그란 할아버지가 방의 벽 쪽에 서 있던 여자에게로 시선을 보냈다. 여자는 그란 할아버지의 옆으로 다가와 인사했다.

"루파라고 합니다. 그때는 고마웠습니다."

허리를 숙여 예의 바르게 고개를 숙였다.

이 루파라고 말하는 여자는 낯이 익었다.

“당신은, 분명 미사가 납치되었을 때 저택에 있던…….”

“네, 가쥴드 님에게 고용되어 있었습니다.”

맞다, 그녀는 가쥴드에게 납치된 아이들이 있는 곳으로 안내해 준 고용인이었다.

“지금은 내 밑에서 일하고 있지.”

“그렇군요. 다행이네요, 라고 말해도 되는 건가요?”

일하고 있던 집의 주인이 범죄를 저질러 가문은 괴멸되었다.

“네, 유나 님 덕분에 저는 해방되어 아버지가 계신 곳도 알 수 있었습니다. 지금은 그란 님께 고용되어서 행복합니다.”

“그렇구나, 다행이네요.”

루파가 행복하다면 잘됐다. 그란 할아버지라면 그녀를 소중히 대해줄 거다.

“그럼 우리는 돌아가지. 미사를 부탁하네.”

그란 할아버지와 루파는 미사를 나에게 맡기고 저택을 떠났다.

슈리도 미사와 사이좋게 대화를 나누고 있었다. 문제는 없을 것 같네.

우리는 다시 학원으로 갈 준비를 했다. 다들 복장은 어제 티리아가 사준 것을 입고 있다. 액세서리는 작은 것만 착용하기로 했다.

너무 눈에 띄는 머리 장식이나 팬던트를 착용하는 것은 관뒀다.

뭐, 간단히 말하자면 내가 상품으로 딴 것은 착용하지 않기로 했다는 말이다.

우리는 준비를 마치고 스릴리나 씨에게 나가겠다고 말한 뒤 출발했다.

미사가 합류해서 우리 무리의 꼬마 비율이 증가했다.

"미사는 당분간 왕도에 있는 거야?"

"할아버님이 내일은 왕도에서 나갈 거라고 하셨어요."

"그래?"

"네, 그래서 할아버님이 저를 유나 님과 같이 다니도록 해주신 거예요."

미사의 미소를 보고 안심했다.

유괴 사건의 피해자는 공포심 때문에 밖을 못 걸어 다닌다고 들은 적이 있다. 그래서 유괴를 당했던 미사가 집에 틀어박혀 있진 않을지 조금 걱정했는데, 이 미소를 보니 괜찮은 것 같다.

미사는 오랜만에 만난 피나와 노아와 즐겁게 이야기를 나눴다. 처음 만난 슈리도 함께였다.

"후후, 미사 언니라고 불리는 게 신선하네요."

미사는 슈리에게 미사 언니라고 불려서 기뻐한다.

슈리는 처음엔 피나와 똑같이 미사 님이라고 불렀는데, 노아를 노아 언니라고 부르고 있다는 것을 들은 미사가 똑같이 불러줬으면 좋겠다고 부탁해서 미사 언니라고 부르게 되었다.

그걸 들은 피나의 얼굴이 조금 새파래진 것을 봤지만 미사가 나서서 부르게 한 거니 신경 쓸 필요는 없을 거다. 그래도 모든 귀족이 노아와 미사처럼 친절한 것은 아니라는 것을 알려줘야 한다. 무언가 잘못을 일으킨 후에는 늦으니까.

그리고 학원에 도착하자 어제와 같이 마음에 드는 출품작을 적는 앙케트 용지를 받았다. 어제는 피나와 아이들에게 귀여운 옷을 제공해준 가게에 3표를 넣었다. 같은 번호를 적어도 괜찮다고 티리아에게 들어서 같은 번호를 세 개 썼다. 내년에도 오게 된다면 다음에는 내가 사주고 싶다는 생각이 들었다. 그런 마음도 담아서 투표했다.

참고로 투표함은 학원의 이곳저곳에 설치되어있어서 마음이 내킬 때 투표할 수 있었다.

학원 안으로 들어선 우리는 시아의 가게로 향했다. 스쳐 지나치는 학생들이 나를 바라봤지만 이건 항상 있는 일이다. 하지만 평소와 다른 말이 들려왔다.

「저게 소문의 곰인가?」, 「어제의 곰이잖아」, 「뭐야, 저 곰은?」, 「몰라? 어제 대단했대」, 「그렇지만, 티리아 님은 안 계시는걸」이라는 소리가 섞여 있다.

설마 어제의 일이 퍼졌나?

뭐, 소문을 속닥이는 사람들은 따라오기만 할 뿐이지 무언가를 하진 않는다.

그래도 걸을수록 사람이 늘어나는 기분이 들었다. 기분 탓이라 생각하고 싶다.

"유나 님, 이건 뭐죠?!"

도착함과 동시에 시아에게 혼났다.

시아의 시선이 내 뒤의 사람들로 향해 있었다.

"유나 님, 오늘은 눈에 띄지 않기로 약속했잖아요."

"나, 아직 아무것도 안 했어."

걷기만 했을 뿐이야. 제멋대로 따라온 거라고.

「여기, 무슨 가게야?」, 「곰?」, 「관계가 있는 곳일까?」, 「어쩐지 재밌는 걸 파는데」.

나를 따라온 사람들의 시선은 우리에게서 커다란 곰 석상으로, 나아가 솜사탕으로 옮겨졌다.

시아는 내 옷을 붙잡은 뒤 가게 뒤로 끌고 갔다.

"유나 님은 문에서부터 여기까지 걸어오기만 했단 거죠?"

나는 고개를 끄덕였다. 아무 짓도 안 했다. 걷기만 했다.

시아는 조금 생각하더니 내 손을 잡았다.

"잠깐, 유나 님을 빌릴게요. 너희는 솜사탕이라도 먹으면서 기다리고 있어!"

"언니?"

"금방 돌아올 테니까."

시아는 노아와 아이들에게 말하더니 내 손을 잡은 채 빠른 걸음으로 걷기 시작했다.

"저기, 시아? 시아 씨?"

"유나 님은 이쪽으로 와주세요."

나는 시아에게 연행되었다.

"어디로 가는 거야? 다른 애들은?"

"금방 돌아올 거니까, 괜찮아요."

시아는 놓치지 않겠다는 것처럼 내 곰 장갑을 잡은 채 가장 가까운 건물 안으로 데리고 갔다. 그리고 이리저리 주위를 확인하더니 문 앞에서 멈춘다.

"여기면 될까?"

시아는 문을 잠그고 안을 확인했다.

"아무도 없지?"

시아는 아무도 없다는 것을 확인하고 나를 교실 안으로 데리고 들어갔다.

"탈의실?"

교실 안으로 들어서자 그곳은 탈의실 같았다.

시아는 아이템 봉투에서 무언가를 꺼냈다.

"유나 님, 이걸로 바꿔 입으세요."

건네진 것은 교복이었다.

"저기, 이건?"

"학원 교복이에요. 그 옷차림은 시선을 끌잖아요. 유나 님이 그 옷차림을 마음에 들어 한다는 건 알고 있지만……"

딱히 마음에 들어 하는 건 아닌데. 단지, 입지 않으면 안전이 보장되지 않아서 입고 있는 것뿐이야. 설마, 내가 좋아서 곰 옷차림을 하고 있다고 여겨지는 거야?

나도 모처럼 이세계 치트를 받는 거면 곰 인형 옷이 아니라 내 자신이 받고 싶었다. 그랬다면 곰 인형 옷은 입지 않았을 거다.

"그 곰 옷차림은 학원 축제에서는 눈에 띄니까 갈아입으세요."

다시 교복을 들이밀었다.

"이 교복은 저의 예비 교복이라서 조금 클지도 모르지만, 작은 것보다는 나을 거예요."

사이즈의 문제가 아니라 교복으로 갈아입는 것 자체에 저항이 있는 건데…….

"다들, 기다리고 있으니까 얼른 갈아입으세요."

막무가내로 교복이 건네졌다. 거절할 틈을 주지 않는다.

학원 축제니까 마물이 나올 일도 없고 도적이 나타날 리도 없다. 입장할 때는 카드 체크도 하고 있으니 수상한 사람이 들어올 가능성도 없다. 문제는 노아에게 추파를 던지는 귀족 정도이긴

한데, 어제도 평화로웠으니까 곰 장갑과 곰 신발이 있다면 어느 정도 대처는 가능하다. 정말로 위험해지면 곰돌이랑 곰순이를 소환한다는 마지막 수단도 있다.

무엇보다 지금의 시아를 보면 거절은 불가능했다.

"알았어. 갈아입을게."

어쩔 수 없이 교복으로 갈아입었다.

"그럼, 저쪽 보고 있어."

"저는 여자예요."

그런 문제가 아닌데…….

나는 곰 옷을 벗고 교복으로 갈아입었다.

그런데 설마 이세계에 와서 교복을 입게 될 줄은 몰랐다. 원래의 세계에서는 중학생일 때 몇 번만 입고 금방 집에 틀어박혀버렸으니 아주 살짝 기뻤다.

그래서 시아의 지시에 따른 걸지도 모른다.

"유나 님, 아니에요. 여기는 이렇게, 여기는 이렇게 입는 거예요."

시아가 교복 입는 법을 알려줬다. 그렇군, 이렇게 입는 거구나.

마지막으로 넥타이를 차면 완성이다.

나의 교복 모습을 확인했다. 교복은 조금 큰 것 같다. 허리가 조금 여유 있다. 그리고 가슴은…… 조금 갑갑하네. 정말이야. 거짓말이 아니다.

우선 큰 문제는 없는 것 같다.

"유나 님은 새삼 보니 귀엽네요. 그런데, 그렇게 귀여운데 어째서 그런 옷차림을 하는 거예요?"

세상에서 여자아이가 여자아이를 귀엽다고 하는 말은 믿을 수 없다. 그러니 시아의 말은 빈말로 받아들였다.

"유나 님, 그렇게 귀여운데 아까워요."

"그런 말은 안 해도 돼. 시아 쪽이 더 귀여우니까."

그건 그렇고 치마는 익숙해지지 않는다. 조금 전부터 다리에 바람이 솔솔 불었다. 곰 신발과 곰 장갑은 다시 꼈다.

"그건 착용하실 건가요?"

"일단 아이템 봉투니까."

곰 장갑이 없으면 곰 박스를 사용할 수가 없고 마법도 사용할 수 없다. 게다가 곰돌이와 곰순이를 소환할 수 없었다.

"뭐, 멀리서 보면 발도 손도 안 보일 테니 괜찮겠죠."

곰 인형 옷을 곰 박스에 넣고 교복으로 갈아입은 나는, 시아에게 이끌려 모두가 있는 곳으로 돌아갔다.

걸을 때마다 치마가 흔들렸다. 짧지 않아?

하지만 시아와 비교하면 그리 짧아 보이지 않았다. 치마를 입는 게 익숙하지 않은 탓에 짧게 느껴지는 모양이다. 원래의 세계에서도 많이 안 입었고, 이쪽으로 온 뒤로는 쭉 인형 옷이었으니 치마는 마음이 놓이지 않는다.

치마를 누르면서 돌아갔는데 많은 손님이 줄을 서 있었다.

"시아, 늦었어."

"미안."

시아는 마릭스가 있는 곳으로, 나는 피나와 아이들이 있는 곳으로 갔다.

"다들, 기다렸지."

「…………?」 하고 고개를 갸웃거리는 노아.

「…………?」 하고 생각에 잠기는 미사.

「…………?!」 하고 놀라는 피나.

「…………그 곰 손은?」 하고 무언가를 느낀 슈리.

"다들, 왜 그래?"

모두 나를 바라보고 생각에 잠겼다.

"저기, 유나 언니, 그 옷차림은?"

피나가 질문한다.

"곰 옷차림이면 눈에 띈다고 시아가 막무가내로 갈아입혔는데, 안 어울리니?"

가볍게 교복 모습을 바라봤다. 역시 안 어울리는 걸까?

모두 이상한 것을 보는 눈을 하고 있다.

"아뇨, 엄청나게 잘 어울려요."

"고마워."

칭찬해주는 피나의 머리를 쓰다듬었다. 겉치레라도 기쁘니까.

"설마, 유나 님이에요?!"

"……유나 님?"

노아와 미사가 놀란 표정을 짓는다.

"그게, 그런데. 설마, 몰랐던 건 아니겠지?"

노아와는 몇 번이나 목욕을 했고 미사는 생일 파티 때 드레스를 입은 모습을 봤다.

"그, 그렇지는……."

노아의 눈이 좌우로 흔들렸다.

미사 쪽을 바라봤다.

"죄송해요."

사과를 받았다.

나를 못 알아본 노아와 미사.

"나는 곰 님 장갑을 보고 알았어."

곰 장갑으로 알아차린 슈리.

어쩐지 충격이다. 인형 옷을 벗은 나를 곧바로 알아 보는 건 피나뿐이라니. 다들 무엇으로 나를 알아보는 건지 알게 되었다.

287 곰 씨, 2일째 학원제를 즐기다

“유나 님, 죄송해요. 곰 옷차림이 아니라 바로 못 알아봤어요.”

노아, 그건 전혀 위로가 안 되거든? 곰 옷차림이라는 단어가 나의 마음을 후벼 파고 있단다. 이제 믿을 수 있는 건 피나뿐이네. 피나를 뒤에서 끌어안았다.

“그런데 평소에 입는 곰 옷도 귀엽긴 하지만, 교복 차림도 어울리네요.”

“유나 언니, 귀여워.”

“네, 잘 어울려요.”

다들 나를 위로하려고 마음에도 없는 말들을 해주고 있다.

시아에게는 미안하지만 곰으로 다시 갈아입고 올까.

나는 평생 곰 옷을 입고 살아가야 하는 거야…….

“유나 언니, 정말로 어울린다니까요.”

주눅이 든 나를 피나가 따뜻하게 위로해준다.

지금까지 곰 옷을 입고 다닌 내 책임도 있다. 후드를 덮어쓰고 있으면 정면에서만 얼굴을 볼 수 있다. 나란히 걸으면 내 얼굴은 안 보이겠지. 그렇다면 얼굴을 볼 기회가 적은 노아와 아이들은 어쩔 수 없을 거야.

게다가 노아와 아이들이 알아차리지 못했으니 나를 모르는 사람은 어제의 곰과 내가 동일 인물이라는 걸 알아채지 못할 것이다.

즉, 변장(일반적인 복장)을 하면 내가 어제의 곰이라는 것을 들키지 않는다는 것이 증명되었다.

그리고 피나와 아이들을 계속 걱정시킬 수는 없다. 나는 마음을 가다듬었다.

잘못은 곰 옷에 치트 능력을 부여한 신님이다. 내가 이런 일을 당하게 된 것도 모두 신님 탓이다.

전부 신님이 잘못한 거다.

"그건 그렇고, 가게는 순조로워 보이네."

화제를 바꾸기 위해 가게 쪽을 바라봤다. 이제 막 개점을 했는데 많은 손님이 줄을 서 있었다.

"유나 언니를 따라온 사람들이 사 갔어요. 그리고 그걸 본 사람들이…… 점점 늘어서."

"그러고 보니, 내 뒤를 따라온 사람들은?"

아까 보였던 사람들은 사라졌다.

"유나 님을 따라온 사람들은 언니가 유나 님을 데려간 후에, 유나 님이 사라진 걸 알아채고 솜사탕을 사더니 다른 곳으로 갔어요."

이러니저러니 해도 시아 덕분에 스토커(?)로부터 도망칠 수 있었다. 곰 옷으로 갈아입으면 또 따라붙을 수 있으니 교복 차림은 정답이었을지도 모른다. 노아와 아이들을 지키는 역할인 내가 트러블의 원인이 될 수는 없다.

“그런데, 오늘은 티리아가 없나?”

오늘은 이 가게를 도울 거라고 했었다. 어제 고마웠다고 한 번 더 감사 인사를 전하려 했는데…….

“아침엔 일이 있다고 그 일이 끝나면 도우러 오겠다고 했어요. 그리고 다른 친구에게도 부탁을 해둬서 오늘은 어제랑 다를 거예요.”

“유나 님 덕분에 기계가 두 개가 되기도 했고요.”

지금은 마릭스, 티몰, 두 사람이 만들고 시아가 밑 작업을 하고 있다. 카틀레야는 지금부터 친구와 학원 축제를 둘러보겠다고 한다.

“원래는 유나 님이랑 같이 가고 싶은데, 약속이 있어서…….”

“아니야, 신경 쓰지 않아도 돼. 어제, 티리아가 여러 곳을 안내해줘서 괜찮아.”

“어쩐지, 지금 모습으로도 트러블이 일어날 것 같은데…… 기분 탓인가?”

시아는 내 교복 차림을 보면서 중얼거렸다.

무슨 말을 하는 거지?

곰 옷을 입지 않았으니 문제가 생길 일은 없다. 다른 사람이 봤을 때 나는 평범한 학생이다. 선생님에게 「본 적 없는 학생이네」라는 이유로 붙잡히지 않는 이상 괜찮을 거다. 뭐, 그럴 땐 시아의 이름을 꺼낼 테지만……. 옷을 갈아입게 만든 건 시아니까.

나는 솜사탕을 만드는 시아 일행과 헤어진 뒤 피나와 아이들을 데리고 학원 축제를 구경하기로 했다.

"미사는 가보고 싶은 곳이나 먹고 싶은 거 있니?"

솜사탕을 맛있게 먹고 있는 미사에게 물었다. 솜사탕을 먹고 있는 건 미사만이고 다른 세 명은 안 먹었다. 아무래도 세 사람은 사양한 모양이다. 뭐, 어제도 먹었고, 이전에도 시식한다고 먹었으니까.

"모두가 함께라면 어디든 좋아요."

"그러면 한 번 더 나이프 던지기에 도전하고 싶어요! 재도전입니다."

미사가 가고 싶은 곳이 없다고 대답하자 노아가 손을 들어 자신이 가고 싶은 곳을 말했다.

"다른 애들은?"

일단 피나와 슈리에게도 묻는다.

"저는 어디든……."

"나도 한 번 더 나이프 던지기 하고 싶어."

나도 어디든 상관없고 슈리도 찬성했으니, 나이프 던지기를 하러 갔다.

"시아가 눈에 띄지 말라고 했으니까 너희가 경품을 얻지 못해도 대신 따줄 수는 없어."

눈에 띈다면 변장(?)한 의미가 없어진다. 오히려 교복 차림이라서 어느 반이냐고 물으면 대답할 수 없다. 그러니 이번엔 뒤에서 노아와 아이들을 응원하기로 했다.

두 사람에게 내가 할 수 없다는 것을 이해시키고 어제의 나이프 던지기 장소에 도착했다.

머리 장식이 경품이라서 그런지 오늘도 커플과 여자들이 많았다.

"노아 언니의 머리 장식은 여기서 얻은 거였나요?"

"그래, 이건 작지만, 오늘은 큰 걸 얻어야지."

노아는 자신의 머리에 착용한 머리 장식을 미사에게 보여줬다. 미사는 피나의 머리를 보고 슈리의 머리를 바라봤다.

"슈리는 안 했나요?"

"어제, 유나 언니가 따줬는데 너무 크니까 눈에 띄어서 오늘은 착용하면 안 된대."

"그래요?"

"그래서 오늘은 열심히 해서 내가 직접 딸 거야."

슈리가 힘차게 선언했다.

슈리가 노아처럼 의욕적이다. 표적을 맞히길 기도한다.

세 사람은 나이프 던지기에 줄을 서기 위해 이동했다…… 세 사람?

"피나는 안 가?"

옆에 있는 피나에게 물었다.

"네. 저는 이미 가지고 있으니까 유나 언니랑 기다리려고요."

"더 좋은 걸 노려봐도 되잖아."

"저한테는 이것도 아주 좋은걸요."

피나는 미소를 지으며 머리 장식을 살짝 만졌다.

"그럼, 둘이서 모두를 응원할까."

"네!"

세 사람을 응원하기 위해 가까이 다가갔지만 누구도 「곰이다」라며 나를 바라보는 사람은 없었다. 조금 전, 어제 들렸던 가게의 여학생과 눈이 마주쳤지만 내가 그 곰이라는 걸 알아차리지 못했다. 복장도 다르고 공주님인 티리아도 없어서 눈에 띌 요소가 없으니까 그렇겠지.

그건 그렇고 다른 사람이 쳐다보질 않으니 침착해지네.

"유나 언니, 저기."

내가 조금 기뻐하고 있는데 피나가 상품이 즐비해 있는 장소를 가리켰다.

피나가 가리킨 곳을 보니 내가 어제 얻은 머리 장식과 같은 것이 걸려 있었다.

아직 남아 있었구나.

"유나 언니, 상품 밑에 적혀 있는 글이……."

"뭐라고 적혀 있어?"

나는 상품 아래에 적힌 문장을 봤다.

"……곰 레벨, 클리어 상품."

이라고 적혀 있었다. 곰 레벨이라는 게 뭐야? 어제는 저런 거 안 적혀 있었어.

"저건 언니를 가리키는 거겠죠."

아니라고 말하고 싶다. 하지만 어제의 일을 떠올리면 부정할 수가 없다.

그런 생각을 하고 있는데 노아의 앞에 서 있던 남자가 곰 레벨에 도전했다. 그러자 예쁜 여자에게서 응원의 목소리가 들린다. 여자친구인가?

아무래도 여자친구를 위해 곰 레벨에 도전해서 멋진 모습을 보이고 싶은 모양이다. 괜찮을까?

그러자 관계자 학생 중 한 명이 가장 구석으로 들어가 표적을 던졌다. 포물선을 그리는 표적을 향해서 남자가 나이프를 던졌지만 빗나갔다.

그런데 이거 꽤 어렵지 않나? 멀리 있는 표적을 맞히는 것도 어려운데 움직이는 표적을 맞히는 건 상당한 실력이 필요하다.

남자는 역시라고 해야 할지, 한 번도 맞히지 못했다.

응원하던 여자가 아쉬워했지만 어쩔 수 없다. 무모한 도전이었다. 모험가라도 하늘을 나는 마물을 나이프로 맞히는 건 어렵다.

그리고 노아의 차례가 되었고 곰 레벨의 상품을 바라보고 있었다. 아니, 무리야. 도전하는 것 자체가 무모하다고. 노아가 내 쪽을 흘깃 봐서 고개를 저었다. 눈으로 「무리야」라고 전했다.

그러나 내 마음이 전해지지 않았는지 노아는 접수대 사람에게 「곰 레벨로 부탁드릴게요」라고 말했다.

저 아이는…….

결과는 역시 표적을 맞히는 일은 없었다.

그리고 슈리와 미사 두 사람은 무난하게 가장 가까운 표적을 맞혀 작은 머리 장식을 얻었다.

노아는 분해했고 슈리와 미사는 기뻐하면서 돌아왔다.

"저건 무리예요."

아니, 일반적으로 생각해서 무리라는 걸 알잖아. 도전하는 것 자체가 무모했어.

그런 노아와 달리 무난하게 상품을 얻은 슈리와 미사는 기뻐했다.

"유나 언니, 달아줘."

슈리가 스스로 얻은 머리 장식을 내게 가지고 온다. 나는 받아든 머리 장식을 피나와 같은 위치에 달아줬다.

"귀여워."

내가 칭찬하자 슈리는 기뻐했다.

미사는 노아에게 부탁해서 달았다. 이것으로 모두가 작은 머리 장식을 착용하게 되었다.

"유나 언니도 머리 장식을 했으면 모두 같았겠네요."

"유나 언니한테 받은 커다란 거 줄까?"

슈리의 제안을 정중하게 거절했다. 그걸 달면 곰 옷을 벗은 의미가 사라진다.

288 곰 씨, 티리아와 합류하다

오늘은 어제와 달리 눈에 띄는 일이 없었고 이상하다는 눈초리를 받지도 않으며 학원 축제를 둘러봤다. 단지, 어제 갔던 곳에는 곰 레벨의 상품이 있었고 내 이야기가 여기저기에서 들려왔다. 정말로 곰 복장이 아니라서 다행이다.

잠시 돌아다니다 점심시간이 되어서 시아 일행의 상황을 볼 겸 가게 쪽으로 먹을 것을 가지고 갔다.

먹을 것은 여느 때처럼 모린 씨의 빵이다. 노점에서 파는 음식도 생각했지만, 티리아를 포함한 아이들이 도와주러 온다고 해서 양을 얼마나 준비하면 좋을지 몰랐다. 하지만 곰 박스에 들어 있는 빵이라면 얼마든지 줄 수 있다.

시아의 가게 근처에 다다르자 솜사탕을 맛있게 먹으면서 걷는 사람들의 모습이 보였다. 솜사탕을 먹는 모습을 보니 기쁘다. 시아와 아이들도 열심히 하고 있으니까 많이 팔리면 좋겠다.

가게가 보이자 모르는 학생이 열심히 호객행위를 하고 있었다. 시아가 말했던 도우러 와준 친구인가?

"시아, 가게는 잘 되는 것 같네?"

아이에게 솜사탕을 건네고 있는 시아에게 말을 걸었다.

"유나 님?! 친구들도 도와줘서 큰 도움이 되고 있어요."

"나중에 보답으로 밥을 한번 사야 하지만요."

마릭스가 그렇게 말했다. 들어보니 도와준 친구들에게는 밥을 살 예정이라고 한다. 학생다운 조건이다.

도와주고 있는 학생들 쪽을 봤지만 티리아의 모습이 보이지 않는다. 아침의 용무가 끝난 후에 도우러 온다고 했는데, 없다는 건, 아직 일이 끝나지 않은 걸까?

"시아, 티리아는 없어?"

일단 어제의 보답을 하려고 했는데…….

"티리아 님이라면 뒤에 계세요."

"가게 뒤?"

가게의 뒤를 보니 무언가를 만지고 있는 티리아가 있었다. 티리아의 뒷모습에서는 굉장한 슬픔이 묻어나오고 있는 것 같았다.

"티리아는 왜 저래?"

"그게, 도움을 거절했더니 저런 상태가 되셔서……."

"거절했어? 왜?"

시아의 말에 따르면 티리아가 호객행위를 시작하자 티리아를 아는 학생들이 모여들었고, 티리아가 「맛있어요」라고 말하며 미소를 짓자 솜사탕의 주문이 엄청 몰려들었다고 한다.

그 무리가 다른 사람들을 불러들였고 새롭게 찾아온 사람들에게 다시 티리아가 광고를 한다. 그런 악순환이 반복되었고 일시적으로 혼란 상태가 되어 진땀을 뺐다고 한다.

둘이서 만들어도 힘든 상태가 되어 위기감을 느낀 시아와 아이들은 티리아를 서둘러 가게 뒤로 보냈다고 한다. 그리고 겨우 잠잠해져서 지금의 상황이 되었다고…….

틀림없이 유명인 효과네.

뭐, 일반적으로 생각해도 공주님이 호객행위를 하면 학생들은 몰려들겠지. 그리고 공주님인 티리아에게 권유를 받는다면 보통은 거절하지 못한다. 심지어 미인인 공주님 미소로 말을 건다면 남자들은 한 방에 녹을 것이다.

공주님 효과는 내가 만든 곰 장식 이상이었던 모양이다.

나는 티리아가 있는 곳으로 다가가 슬픔이 묻어나는 등 뒤로 말을 건넸다.

"티리아, 괜찮아?"

"유나? 들어봐 주세요."

내 목소리에 반응한 티리아는 이쪽으로 몸을 돌리더니 요리조리 주변을 바라봤다.

뭐 하는 거지?

"어머? 유나는요?"

당신의 눈앞에 있는데요.

"유나의 목소리가 들린 것 같은데."

그러니까 눈앞에 있다고요.

티리아는 나를 바라보더니 옆에 있는 피나와 아이들을 바라봤다.

"유나는?"

"유나 언니라면, 이쪽에……."

피나와 아이들이 천천히 내 쪽을 바라봤다. 티리아의 시선이 내 쪽으로 향한다. 그리고 작게 고개를 갸웃거린다.

"……유나?"

"네, 유나입니다."

새삼 자기소개를 했다.

티리아가 믿기지 않는 눈으로 나를 바라봤다.

뭐죠, 곰에서 나온 여자아이가 나라서 불만인가요?

"분명 그 장갑의 곰과 신발의 곰은 유나와 같네요."

나의 손과 발을 보고 나라고 확인한 듯하다. 다들, 그걸 보고 나를 판단하는구나.

"그 옷차림은 어쩐 일이에요?"

"곰 옷차림은 눈에 띈다고 시아가 갈아입혔어."

교복 차림인 이유를 간단하게 설명했다.

"확실히 곰 옷차림은 눈에 띄죠. 아무리 그래도 유나가 이렇게 귀여운 여자아이였다니……."

대답하기 곤란한 감상평이다.

곰 인형 옷의 모습이 귀엽다고 듣는 편이 차라리 나았다.

“의외죠. 그 곰의 내용물이 이런 귀여운 여자아이라니.”

“시아까지…….”

티리아가 시아를 보고 무언가를 떠올렸다.

“유나, 들어 주세요. 시아가 도와주는 걸 막았어요. 열심히 손님을 모았는데…….”

“그건 티리아 님이 가게 앞에서 호객행위를 하니까, 엄청난 수의 사람들이 모여들어서 저희로는 대응할 수 없었기 때문이에요. 그러니까 티리아 님이 잘못했다는 게 아니라 저희의 능력 부족이었어요.”

어느 가게에도 적용되는 말이지만 가게의 크기나 점원의 수, 요리를 만드는 속도, 수용력에는 한계가 있다.

“가게 돕기는 유나를 소개해 준 것에 대한 보답이어서 열심히 한 건데…….”

그러고 보니 그런 말을 했었지.

고작 나를 만나려고 학원 축제 시간을 사용하다니 아무튼 수지가 안 맞는 거래다. 티리아는 조금 더 자신의 가치를 알아야겠어.

“이미 충분히 도와주셨어요.”

시아는 그렇게 말했으나 티리아는 아직 도와주고 싶어 했다.

애초에 티리아는 공주님이다. 공주님이 도와주는 것은 반칙이다. 원래의 세계로 비유하자면 유명한 연예인이 홍보하는 것과 같다.

시아는 끝까지 티리아가 나쁘지 않음을 설명하지만 티리아는 납득하지 못하는 모양이다.

어쩌면 티리아도 가게 돕기를 즐기고 있었던 걸지도 모른다.

나도 학원 축제를 경험한 적이 없기 때문에 시아를 도우면서 참가하는 기분을 조금 느꼈다. 솜사탕 기계를 빌려준 것도 곰 장식을 만든 것도 그런 이유에서 무의식적으로 나온 행동일지도…….

게다가 자신 덕분에 장사가 잘 된다고 생각하면 괜스레 기분이 좋아진다. 그러니 티리아의 마음을 어렴풋이 알 것 같았다. 그래서 나는 티리아를 위로해서 진정시켰다.

"알겠어요. 괜찮아요. 이제 떼쓰지 않을게요."

티리아의 기분이 나아질 즈음, 누군가의 배가 울었다. 그 소리로 이곳에 왔던 목적을 떠올렸다.

"시아는 점심 먹었어?"

"아직이에요. 지금부터 교대로 먹으러 가려고 했던 참이에요."

아직 먹지 않아서 다행이다.

"일단, 먹을 게 필요할까 싶어서 빵을 가지고 왔는데 먹을래?"

"혹시, 실전 훈련 때 먹었던 빵인가요?"

"맞는데?"

"먹을래요!"

"저도……."

솜사탕을 만들고 있는 마릭스와 티몰도 대답했다. 아무래도 세 사람은 호위할 때 내어준 빵을 떠올린 모양이다. 모린 씨의 빵은 맛있으니까.

"그러면 이곳에 둘 테니까 다 같이 나눠 먹어."

나는 도와주고 있는 학생의 몫도 준비했다.

"그래서 유나 님 일행은 앞으로 어떻게 하실 거예요?"

"계속 둘러보려고."

아직 보지 못한 곳은 많이 있다.

오전 중에는 노아와 슈리가 어제의 재도전을 해서 어제와 같은 곳만 돌아봤다. 하지만 오후에는 다른 곳으로 가기로 했다. 같은 곳만 보면 아까우니까.

"그런 거라면, 티리아 님도 같이 가시는 건 어떠세요?"

"시아?"

갑작스러운 시아의 제안에 티리아가 놀랐다.

"호객행위가 힘들다면 다른 일을 도울게."

시아는 고개를 저었다.

"티리아 님의 광고 덕분에 손님이 많이 와줬어요. 그 손님들이 또 소문내고 있으니까 이제 괜찮아요."

이야기하는 지금도 손님은 계속해서 오고 있었다.

"게다가 이 이상 티리아 님에게 도움을 받는다면 다른 가게에서 불만이 나올 거예요."

애초부터 공주님에게 돕게 하는 것은 반칙이지.

“그러니 티리아 님은 유나 님 일행이랑 축제를 즐겨주세요.”

그런 시아의 말에 마릭스와 티몰도 찬성했다. 그리고 가게를 돕고 있던 다른 학생들도 티리아에게 말을 건넸다.

“나머진 저희가 할 테니까 티리아 님은 즐기고 오세요.”

“다들…… 고마워.”

티리아는 모두의 마음을 순순히 받아들인 뒤 우리와 함께 가기로 했다.

티리아를 새로운 동료로 더하고 출발한다.

“후훗, 제가 남자였다면 인기쟁이네요.”

조금 전까지 주눅이 들어 있던 티리아는 슈리와 미사 사이에 껴서 즐겁게 걷고 있었다. 그 뒤를 나와 노아와 피나가 걸었다.

“다들 어린아이야.”

7살부터 10살인 아이들이다. 나는 15살이지만.

“어려도 귀여운 레이디잖아요.”

뭐, 그건 부정하지 않을 거다.

티리아에게 미사를 소개하자 그란 할아버지는 알고 있었지만 손녀가 미사라는 건 모르고 있었다.

“내가 사준 옷을 입어줬네. 기뻐요.”

노아, 피나, 슈리는 어제 티리아가 사줬던 옷을 입고 있었다.

선물한 물건을 착용하거나 사용해주면 기쁘다.

"미사나도 사줄까?"

"아뇨, 그게, 저는……."

"거절하지 말아줘."

티리아는 쑥스러워하는 미사의 손을 붙잡더니 어제와 같은 가게로 달려갔다. 다 같이 미사의 옷을 골랐고 티리아가 구매했다. 티리아는 어제처럼 내 옷도 사려고 했지만 정중히 거절했다.

그런 뒤, 우리는 한 번 건물 밖으로 나갔다.

앞을 걷는 미사는 기쁜지 빙글빙글 돌고 있었다. 이러니저러니 해도 공주님인 티리아가 사준 것이 기쁜 모양이다.

"내 신부님이 또 한 명 늘었네."

"그러니까, 여자아이라고……."

티리아의 그런 농담을 들으면서 걷고 있는데 사람들이 모여있는 게 보였다.

"무슨 일이지?"

티리아가 사람들이 모인 곳으로 눈을 돌렸다.

"제가 보고 올게요."

노아가 달려가자 미사도 뒤따랐다. 슈리도 뛰려고 했지만 피나가 손을 잡고 달리지 못하게 했다.

"언니?!"

"안 돼."

"으으으."

우리는 천천히 사람들 무리로 향했다.

학생이 검을 쥐고 무언가를 하고 있었다.

"검술이네."

6명 정도의 학생들이 검을 들고 동작을 취했다.

검을 쥐고 오른쪽, 왼쪽으로 검을 능숙하게 휘두른다. 서로의 검이 아슬아슬하게 스쳤지만 부딪치는 일 없이 이어졌다.

"대단해……."

"예뻐……."

노아와 아이들이 학생들의 움직임에 감동했다. 나도 TV에서 비슷한 것을 본 적이 있는데 직접 보는 건 처음이다. 검이 좌우로 강하게 휘둘러지고 전원이 같은 동작을 하는 모습은 장관이었다.

모두가 같은 동작을 하고 검과 몸의 움직임도 동시에 같은 방향으로 움직인다. 그리고 전원이 검을 위로 들어 올렸다. 그것이 신호였는지 그 후 격하게 움직이기 시작했다. 지금까지와는 비교할 수 없을 정도의 속도로 움직였다. 하지만 서로에게 부딪치는 일 없이 춤췄다. 그리고 마지막에는 검을 휙 하고 돌려 깔끔하게 칼집에 넣고 끝이 났다. 주변에서 박수와 환성이 터져 나오고 피나와 아이들도 박수를 쳤다.

나도 팍팍 하고 곰 장갑을 부딪쳤다.

티리아의 말에 따르면 행사 등에서는 검술 무대를 선보인다고 한다. 심지어 선발되는 건 우수한 학생들이라고 했다.

"공주님도 할 수 있어요?"

"나? 나는 다른 사람이랑 맞추는 건 잘 못 해. 혼자서 한다면 괜찮지만, 함께 하는 동작은 못 할 것 같네."

티리아는 슈리의 질문에 대답했다.

확실히 저건 서로를 신뢰해야 가능하다. 게다가 많은 연습이 필요하다. 나도 절대로 못 하겠네. 티리아처럼 다른 사람하고 합을 맞추는 게 능숙하지 않아서 무리일 거다.

289 곰 씨, 연주를 듣다

"대단했지?"

"응, 마지막에 검을 휙휙 돌리더니 확 하는 게 멋있었어."

슈리는 팔을 빙글 돌려서 검을 칼집에 넣는 포즈를 취했다.

검을 들고 춤을 춘다. 이런 이세계다운 것을 보고 싶었다.

"유나는 할 수 있어요?"

티리아가 슈리에게 들은 질문을 내게로 돌렸다.

"저건 연습의 결과잖아. 마지막에 검을 돌려서 칼집에 넣는 것 정도라면 할 수 있을지도?"

게임을 하던 시절에는 검을 쓸 수 있는 게 기뻐서 발도 연습을 했었다. 마물을 쓰러뜨린 후에 멋지게 검을 넣는 동작을 연습했던 창피한 기억도 있다.

비슷한 느낌일 테니 하고자 하면 가능할 것이다.

"그건 보고 싶네요."

"다음에 기회가 되면 보여줄게."

돌려서 거절하는 방법이다.

시간이 되면 갈게, 라는 것과 같은 것이다.

"지금도 괜찮아요."

아무래도 이 거절 방법은 티리아에게 통하지 않은 모양이다. 이번엔 알아듣기 쉽게 이런 곳에서 검을 휘두를 수는 없다는 이유를 붙여 정중하게 거절했다.

티리아는 아쉬워했지만 교복을 입고 있어서 눈에 띄는 짓은 하고 싶지 않다. 학원 교사의 눈에 띈다면 성가셔질 거다.

“다음에는 어디로 갈까?”

“그러게요. 다들 검술에 감동한 모양이니 다음에도 감동할 수 있는 걸 보러 가볼까요. 시간상 맞을 거예요.”

티리아는 근처에 있던 노아와 미사의 손을 잡더니 뛰기 시작했다.

“티리아 님!”

“유나도 얼른 가요!”

외치는 노아를 무시하고 달리는 티리아를 뒤쫓았다.

티리아의 안내로 찾아온 곳은 커다란 건물.

뭐지. 체육관으로도 보이는데, 더 정확하게는 극장?

그런 건물 안으로 학생과 일반인들이 계속해서 들어갔다.

“안에서 뭔가 하는 거야?”

“들어가면 알 거예요. 분명 다들 즐거워 할걸요?”

아직 무엇을 보는 건지 알려주지 않는 티리아.

티리아를 선두로 우리는 극장으로 보이는 건물 안에 들어갔다.

안으로 들어서자 정면에는 커다란 문이 열려 있었고, 건물 안으로 들어온 사람들이 문 안쪽으로 진입했다. 우리도 그곳을 통해 들어가는 건가 싶었는데 티리아는 왼쪽 통로로 걷기 시작했다.

티리아가 걷는 곳의 앞에는 계단이 있었고 그대로 올라가서 우리도 따라갔다. 계단 너머에는 문이 늘어서 있다. 티리아는 망설임 없이 걷더니 한가운데 쪽의 문 앞에서 멈췄다. 그 문은 다른 문보다 훨씬 컸다. 티리아가 문 근처에 있는 마석으로 보이는 것을 만지자 열쇠가 열리는 소리가 들리고 문이 열렸다.

"그럼, 안으로 들어가죠."

우리는 방 안으로 들어갔다. 그곳에는 고급스러운 의자 등이 놓여 있었고 안쪽은 발코니처럼 되어 있었다.

발코니에서 주변을 둘러보니 맨 앞에는 어둡지만 무대 같은 것이 보였다. 그 무대 앞에는 의자가 있었고 사람들이 앉아 있었다.

역시, 이곳은 극장인 것 같다.

아마, 지금 층에 있던 문 너머는 모두 이런 방으로 되어있겠지. 그중에서도 이 방은 중앙에 있었다.

"티리아, 혹시, 이 방은?"

왕족이 사용하는 방일까?

"그다지 쓰이진 않는데 왕족이 관람할 때는 이곳을 이용해요."

즉, 이곳은 왕족 전용의 방이라는 것이다.

"우리가 들어와도 되는 거야?"

내 질문에 노아와 미사 두 사람이 고개를 끄덕였다. 평민인 피나 자매보다는 귀족인 노아와 미사 쪽이 이 장소의 의미를 이해하고 있는 거겠지.

"괜찮아요. 저도 있고 이 방을 다른 누군가가 사용할 거라는 말은 못 들었으니까 안심해도 돼요."

안심할 수 있는 요소가 어디에도 없거든요. 피나는 너무 긴장한 나머지 굳어 있는데 귀족인 노아와 미사조차도 어쩌면 좋을지 몰라 곤란해했다. 유일하게 슈리만이 눈을 밝히며 무대 쪽을 바라보고 있었다.

귀족인 노아와 미사라면 괜찮을지도 모르지만 왕족이 사용하는 방에 평민이 들어오면 안 되겠지. 이 관람석의 고급스러운 의자는 국왕과 왕비 전용일 거야.

의자와 함께 방에 있는 소파에서는 문외한인 나라도 알 수 있을 정도로 고급스러움이 뿜어져 나왔다.

하지만 그런 것에 전혀 신경을 쓰고 있지 않은 티리아는, 모두에게「다들 적당한 곳에 앉아」라고 말을 했다.

앉으라고 했지만 아무도 의자에 앉지 않았다. 슈리가 앉으려고 했으나 피나가 슈리의 손을 잡아 저지했다.

뭐, 그 국왕과 왕비님이라면 아무 말도 하지 않겠지만 아무래도 국왕이 앉는 의자에는 앉고 싶지 않겠지. 나도 앉고 싶지 않은걸.

그래서 모두는 정중하게 거절하고 방 제공이라는 호의만 받았다.

"그래서, 뭐가 시작되는데?"

관객으로 보이는 사람들이 모여 있었다. 무대에서 무언가를 할 것 같은데…….

“이 시간에는 연주회일 거예요. 대단하다고 하니까 즐길 수 있을 거예요.”

그건 기대되는군.

모두가 발코니에서 무대를 바라보고 있는데 악기를 든 학생들이 무대로 올라왔다.

학생들은 다 같이 인사를 하더니 연주를 시작했다.

다양한 악기가 펼치는 하모니가 건물 안에 울려 퍼져 마음속까지 전해져 왔다. 음악을 잘 모르는 나도 대단하다는 것을 알 수 있었다. 슈리와 피나도 경험한 적 없는 연주에 눈을 크게 뜨며 무대를 바라봤다.

물론 노아도 미사도 심취해 있었다.

몇 번인가 곡이 바뀌었지만 그럴 때마다 빠져든다. 전부 처음 듣는 곡이지만 마음에 울려 퍼졌다.

모든 곡이 끝나고 학생이 인사를 한 뒤 무대에서 내려갔다. 모두가 손뼉을 쳤다.

참고로 나도 손뼉을 쳤지만 곰 장갑을 끼고 있어서 퍽퍽 소리가 났다.

“대단했어요. 저, 이런 연주를 들은 건 처음이에요.”

“좋아해 줘서 기쁘네.”

피나의 감상을 들은 티리아는 기뻐했다. 분명, 학생이라고 하기

에는 대단한 연주라 나도 대만족이었다.

"언니도 할 수 있을까?"

노아가 그런 의문을 말했다.

시아가 악기라. 잘 어울릴 것 같은데, 어떨까? 역시 귀족이면 연습을 시키나?

"이것으로 연주는 끝이야?"

조금 더 들어보고 싶은데. 학생은 이미 무대에 없다.

"분명, 다음은 연극이었던 것 같은데, 보고 갈래요?"

연극이라, 보고 싶네. 연주가 이 정도라면 연극도 기대하게 된다.

"너희는 어때?"

"보고 싶어!"

"저는 상관없어요."

"저도 보고 싶어요."

"다들 본다면……."

반대 의견은 나오지 않아서 보고 가기로 했다.

무대 준비 중일 때 곰 장갑에서 모두에게 음료수를 꺼내 준 뒤 개막을 기다리는데, 뒤에 있는 문이 열렸다.

"음, 누가 있는 건가?"

"아바마마?"

"티리아구나. 왜 이곳에 있니?"

"언니?"

방으로 들어온 것은 국왕이었고, 그 뒤에는 플로라 공주와 왕비님이 있었다. 티리아를 알아본 플로라 공주는 티리아에게 안겼다.

"이런 이런, 손님들이 많네."

왕비님이 우리를 보며 미소 지었다.

"아바마마, 어째서 이곳에?"

"플로라가 학원 축제를 보러 가고 싶다고 해서 말이야. 온 건 좋은데 우리가 걸어 다니니까 주목을 받더구나. 이곳이라면 소란스러워지지 않으니까 왔단다."

국왕과 왕비님, 플로라 공주가 걷고 있으면 틀림없이 소동이 날 거다. 게다가 호위도 있을 테니까 괜히 눈에 띈다.

"후후, 무슨 말을 하는 거예요. 플로라를 구실로 쉬고 싶었던 거잖아요?"

왕비님이 갑자기 폭로하자 국왕이 당황했다.

"플로라가 가고 싶다고 한 건 사실이잖아."

"호위도 있으니까 저와 플로라만 와도 됐었는걸요."

국왕은 무언가를 말하고 싶어 했지만 입을 다물었다.

이런 사람이 국왕이어도 괜찮은 건지 걱정된다. 뭐, 아들인 왕자가 성격이 이상하긴 해도 성실해 보이니 왕국의 미래는 괜찮겠지. 이런 자유분방한 부친을 가지면 아들이 힘들 거다. 그 왕자를 동정했다.

저런 부모에게서 어떻게 그런 훌륭한 아들이 태어났을까?

왕도의 7대 불가사의 중 하나네.

국왕은 나를 잠깐 봤지만 지나친 뒤 노아 쪽으로 시선을 옮겼다.

“그쪽에 있는 건 엘레로라의 딸인 느와르라고 했던가?”

노아를 본 후, 피나와 슈리 쪽으로 시선을 옮겼고 왕비님도 피나와 슈리를 봤다.

“분명, 피나 양과 슈리 양이었지.”

왕비님은 일전에 만났던 두 사람의 이름을 기억해주고 있던 모양이다.

“뭐야, 아는 아이야?”

국왕은 슈리를 보면서 물었다.

“슈리 양은 피나 양의 여동생이에요. 얼마 전에 성에 왔을 때 이야기를 나눴죠.”

“아아, 엘레로라 녀석이 내게 유나가 왔다는 걸 보고하지 않은 날 말이군. 심지어 또 먹을 걸 가지고 왔다고 했지.”

“네, 달고 엄청 맛있었어요.”

“달고 폭신폭신했어요.”

얼마 전, 성에 견학갔을 때의 일이구나. 그건 내 잘못이 아니다. 엘레로라 씨가 막은 거다.

“피나라고 했지? 유나를 만나거든 다음에 성에 먹을 걸 가지고 왔을 때 내 몫도 준비해달라고 말해주렴.”

어, 눈앞에 본인이 있는데 피나에게 전언을 부탁하고 있다.

설마, 눈치 못 챈 거야?

피나는 곤란한 듯 나를 바라봤다. 하지만 내가 먼저 이름을 말하는 것도 좀 그렇지. 티리아도 약간 웃으면서 입 다물고 있고 노아도 미사도 자신들이 나서서 국왕에게 말을 거는 일은 하지 않는다.

그런 뒤 국왕은 미사 쪽을 바라봤다. 미사는 국왕에게 인사를 했다.

"포렌그람 가문의 여식이구나. 도대체 무슨 조합인 거지?"

"아바마마가 유나를 소개해주시지 않으셔서 친구에게 유나를 소개받았거든요. 그때 모두와 알게 되었어요."

국왕은 방 안을 둘러봤다. 그리고 나를 흘깃 보더니 생각에 잠기는 제스처를 취했다.

국왕과는 처음 만났을 때 후드를 벗으라는 말을 들었었다. 그때 잠깐의 시간이었지만 내 얼굴을 봤다. 설마 곰 옷이 아니라서 인식을 못 하는 거라던가?

"자네, 어디선가 본 적 있던가?"

나를 향해 묻는다.

네, 몇 번이고 만났는걸요.

역시 나라는 걸 알아차리지 못한 모양이다.

"당신, 조금 전부터 무슨 말을 하는 거예요. 그 여자아이는 유나잖아요."

왕비가 싱긋 웃으면서 내 쪽을 바라봤다.

"……?!"

그 말에 국왕은 당황스러운 표정을 짓고 내 얼굴을 새삼스레 쳐다봤다.

"본 적 있다고 생각했더니, 유나였군."

역시, 몰랐구나.

"한 번 본 적 있어요."

"잊, 잊었던 게 아니야. 네가 곰 옷차림을 하고 있지 않으니까 금방 알지 못했을 뿐이야."

즉, 곰으로 인식하고 있다는 거지?

"그래서, 왜 너는 그런 이상한 차림을 한 거냐."

이 사람, 지금 이상한 차림이라고 했지? 어째서 교복 차림이 이상한 차림이 되는 거야. 곰 옷차림을 하고 있어도 이상하다고 말하고, 평범한 교복을 입고 있어도 이상하다고 하고, 나한테 이상하지 않은 옷은 어떤 옷이지?

"시아…… 엘레로라 씨의 딸인 시아가 곰 옷차림은 주목을 받는다고 막무가내로 갈아입혔어요."

이상한 옷차림을 한 이유를 설명했다. 국왕은 나를 유심히 바라본다.

"뭐죠?"

"아니, 너도 평범한 옷을 입고 있으면 평범한 여자아이로 보이는구나 싶어서."

실례다. 곰 옷차림을 하고 있어도 안은 평범한 여자아이이다. 게다가 조금 전 교복인데 이상한 옷이라고 하지 않았던가?

내가 조금 뚱해 있자 플로라 공주가 다가왔다.

"곰 님이야?"

나는 허리를 숙여 플로라 공주에게 시선을 맞췄다. 그리고 곰 장갑을 눈앞에서 뻐끔뻐끔 해보였다. 이걸로 믿어주려나?

하지만 반응이 시큰둥하다.

뭐, 항상 「곰 님, 곰 님」이라고 불렀으니까 역시 플로라 공주도 나를 곰으로 인식하고 있었던 건가?

나는 머리를 쓰다듬어줬다. 그러자 플로라 공주는 꽃이 피는 것 같은 미소를 지었다.

"곰 님이 쓰다듬는 거랑 똑같아."

그걸로 판단하는 건가요!

"유나 언니가 머리를 쓰다듬을 때는 부드럽게 쓰다듬어주잖아요."

"응, 유나 언니가 머리를 쓰다듬어주면 푹하고 기분이 좋아져."

"알아요! 유나 님이 쓰다듬는 방법에는 애정이 담겨 있어요!"

"유나 님은 부드럽게 쓰다듬어주세요."

플로라 공주의 말에 모두 동의하기 시작했다. 나는 모두의 말을 듣고 부끄러워졌다.

290 곰 씨, 연극을 보다

국왕과 왕비님이 왔다는 건, 우리가 나가는 편이 나을까?

그 뜻을 전하자—.

"소란을 피우지 않는다면 이곳에 있어도 상관없다."

"정말요?"

"그런 상황의 플로라를 보고 내쫓을 수 있을 거라 생각하나."

국왕의 눈꼬리가 처진다. 그 시선의 끝에는 내게 안겨 있는 플로라 공주가 있었다. 머리를 쓰다듬어주자 좋아했다.

"곰 님이랑 같이 볼래."

지금은 곰 님이 아니지만 호칭은 곰 님인 그대로네.

"게다가 티리아가 데리고 온 손님을 내보낼 수는 없잖아."

국왕과 왕비님의 호의로 우리는 이곳에서 연극을 보게 되었다.

귀중한 경험이니 고맙게 보도록 한다. 그런데 나 이외에는 긴장한 것 같았다. 미사는 노아의 뒤에 숨은 것처럼 서 있고, 노아도 등을 빳빳하게 세워서 뒤에 선 미사를 국왕에게서 지키고 있는 것처럼 보인다. 피나는 슈리가 제멋대로 돌아다니지 못하게 손을 꽉 잡고 있었다. 슈리가 가장 긴장하고 있지 않은 것 같았다.

"원한다면 그 의자에 앉아도 된단다."

국왕은 농담인 건지, 진심인 건지, 화려한 의자를 가리켰다. 그건 정중하게 거절했다.

"그건 그렇고, 복장이 달라서 금방 너인지 몰랐어. 그런데 키티아는 어떻게 안 거지?"

"이런 귀여운 여자아이라면 어떤 복장을 하고 있어도 알아차리죠. 당신은 조금 더 여자를 자세히 볼 필요가 있어요."

내가 가진 왕비님의 이미지와 다르다. 여유롭기만 한 게 아니었구나. 설마, 곰 후드를 벗은 모습을 보인 적 없는 왕비님에게 발각될 줄은 꿈에도 몰랐다.

"이렇게 분위기가 바뀌면 알 수 없다고……."

"국왕으로서 그러면 안 되죠."

"……알고 있어. 이제 기억하지. 다음에는 유나가 어떤 이상한 옷차림을 해도 알아 볼 거야."

그러니까 어째서 이상한 옷차림이라고 하는 걸까? 평범한 차림이잖아. 교복 차림이라고요. 교복이 이상한 옷차림이면 모든 학생이 이상한 복장을 하고 있다는 뜻이 된다고.

나는 그렇게 말하고 싶은 걸 참았다.

우리가 무대를 바라보고 있자 극의 시작을 알리는 종소리가 울렸다. 학원 축제라고는 해도 본격적인 연극을 보는 건 처음이라서 기대된다.

그리고 막이 올랐다.

이야기는 기사와 공주의 사랑 이야기였다. 서로 사랑하는 기사와 공주. 하지만 신분의 차이가 두 사람을 방해한다.

응, 왕도 전개야.

국왕은 딸이 원하는 걸 이뤄주고 싶어 하지만 방해하는 대신이 나타난다. 대신은 자기 아들과 정략결혼을 시키려 했다.

국왕은 딸이 원하는 걸 들어주는구나. 뭐, 실제 국왕이 볼 가능성도 있으니까 국왕의 인상을 나쁘게 만들 수는 없나?

극이 진행되고 대신의 아들이 나타났다. 아들도 성격이 나쁠 거라 예상했는데 기사의 좋은 벗이자 이해자였다. 그러나 대신은 아들에게 공주와 결혼할 것을 강요했다.

대신은 암살자를 고용하여 기사에게 보낸다. 하지만 그 사실을 안 대신의 아들이 간발의 차로 친구인 기사를 구하고 암살자를 격퇴했다.

이게 뭐야? 대신의 아들 너무 멋있잖아.

설마, 주연이 대신의 아들인 건가?

최종적으로 대신의 아들은 아버지의 악행을 모두 폭로하고 국왕에게 고발했다. 그 사실을 안 대신은 아들에게 격노하여 자신의 부하들에게 아들을 죽이게 시킨다. 그곳에 기사가 들이닥쳐 함께 싸우는 장면이 연출됐다. 기사는 대신의 아들을 무사히 구해낸다.

대신은 지위를 상실하고 기사와 공주는 이어지게 됐다. 그리고 대신의 아들은 두 사람이 맺어지는 것을 지켜본 뒤 혼자 여행을 떠난다.

개인적으로는 대신의 아들이 주인공 같았다. 대신의 아들도 공주에게 연정을 품은 것처럼 보이는 장면이 있었다. 친구인 기사에게 양보한 느낌이었다.

으음~ 재미있었지만 대신의 아들도 행복했으면 좋았을 것 같은데.

그리고 주인공을 대신의 아들로 하면 좋은 이야기가 됐을 것 같다. 친구를 위해 고군분투하는 대신의 아들. 친구를 위해 부모의 악행을 폭로한다. 뒤에는 그의 버팀목이 되어 주는 여자를 출연시키면 뒷맛도 나쁘지 않을 것이다. 제2의 왕녀라든가?

뭐, 조금 아쉬운 결말이었지만 전체적으로 재미있었다.

"다들, 어땠어?"

티리아가 피나와 아이들에게 연극의 감상을 물었다.

"네, 대신의 아들이 멋있었어요."

"공주님, 예뻤어요."

"악덕 대신을 무찔러서 좋았어요. 하지만 아들이 불쌍했어요."

"공주님과 기사가 이어져서 좋았어요."

피나, 슈리, 노아, 미사가 감상을 말했다.

대충, 나와 같은 감상이네.

그리고 모두가 극의 감상을 이야기하고 있는데 뒤에서 보고 있던 국왕이 어처구니없는 말을 꺼냈다.

"나쁘진 않지만, 유나의 그림책이 더 감동적일지도 모르겠구나."

갑자기 무슨 말을 하는 거지, 이 아저씨는…….

국왕의 말을 들은 피나와 아이들이 반응했다.

"그러게요. 곰 님이 여자아이를 위해 힘을 내는 모습은 감동적이에요. 연극으로 만들면 아이들이 보기 쉬울지도 모르겠네요."

왕비님까지 국왕의 말에 찬성했다.

확실히, 플로라 공주는 조금 지루해 보였다. 플로라 공주에게는 이 연극이 조금 이를지도 모른다. 그렇다고 해서 곰 그림책을 연극으로 만들다니 그만뒀으면 좋겠다.

게다가 곰 그림책은 연극으로 만든다 해도 어른이 볼 법한 내용이 아니다.

"좋아, 다음에는 그림책을 토대로 연극을 만들게 할까."

"그만두세요!"

강력하게 부탁했다. 그 그림책도 조금 창피한데, 연극으로 만들어진다면 곤란하다. 봐, 피나도 몸을 떨고 있잖아요.

"그런가? 좋은 생각이라 생각했는데."

"또 그런 생각을 한다면 두 번 다시는 음식을 가지고 가지 않을 거예요."

"그건……."

나를 놀리려고 했던 모양이지만 음식 이야기를 꺼내면 멈출 거다.

"그건 플로라에게도?"

나는 고개를 젓는다.

“준비하는 건 플로라 공주님의 몫뿐이에요. 두 분이 방에 오셔도 드리지 않을 거예요.”

성의 출입을 금지 당한다면 그걸로 끝이지만. 국왕은 조금 생각하더니 입을 열었다.

“……알았어, 포기하지.”

“아쉽네.”

아무래도 음식이 이긴 것 같다. 위장을 휘어잡으면 이긴다고들 하는데 정말이었네.

내가 저지해서 피나는 안도한 표정을 짓고 있었다. 평범하게 생각해서 내가 모델인 그림책이 연극으로 만들어지면 싫겠지. 게다가 곰 역할은 어떻게 할 거야. 나는 안 할 거다.

국왕과 왕비님은 아쉬워하고 있지만 이것만큼은 허락할 수 없다.

무사히 그림책의 연극화는 막을 수 있었기 때문에 다음 출품작은 뭐냐고 티리아에게 물었다.

“다음은 학원의 가희(歌姬)의 노래예요.”

마지막에 노래가 있는 모양이다. 학원의 가희라…… 그런 만화 같은 사람이 존재하는구나.

“그런데 가희라니, 공주라면 티리아가 진짜 공주님이잖아. 노래는 안 불러? 실제 공주님이니까.”

“저도 못 한다고 생각하지는 않지만, 그녀는 각별하거든요. 가희라는 칭호는 그녀에게 어울려요."

티리아가 그렇게까지 말하니까 기대가 된다.

무대를 바라보고 있자 예쁜 하얀 드레스를 입은 한 명의 여성이 무대에 올랐다. 학생이지? 어른처럼 보였다. 무대에 오른 여자는 인사를 하고 오페라처럼 노래했다.

노래를 시작하자 모두 여자에게 시선을 보내면서 도취되어 들었다. 나도 그중 한 사람이었다. 목소리는 구석까지 울려 퍼져 마음속까지 들어왔다. 만약 녹음을 할 수 있었다면 틀림없이 했을 거다.

아쉽지만 내가 가지고 있는 곰 폰에는 녹음 기능이 없다.

노래가 끝나자 오늘 중에 가장 큰 박수가 일었다.

"예쁜 목소리였어요."

아이들도 감동한 모양이다.

국왕도 왕비님도 여운에 빠져 있었다.

그런 뒤 가희는 여러 노래를 불렀다. 계속 듣고 싶었지만 끝이 다가왔다.

"음, 마지막에 좋은 걸 들었군."

"그러게요, 대단한 노랫소리였어요. 티리아도 열심히 해야 한다?"

"어마마마, 저런 레벨을 원하시면 곤란해요."

그건 무리일 거다. 격이 다르다. 저 레벨에 도달하려면 재능과 노력이 필요하다.

모든 공연이 끝나고 관객들은 건물에서 나갔다.

나는 이곳으로 데리고 온 티리아에게 고맙다고 말했다.

"기뻐해서 다행이에요. 부모님이 오셨던 건 예상 밖의 일이었지만요."

"나한테도 너희가 있는 게 예상 밖이었지."

"그래도 즐거운 시간을 보냈네요. 모두, 고마워."

왕비님에게 감사 인사를 듣자 모두는 긴장하고 대답했다.

우리가 먼저 방을 나서려 하자 플로라 공주가 슬픈 표정을 지으며 교복을 붙잡았다.

"곰 님, 가는 거야?"

"또, 만나러 갈게요."

"응."

나는 플로라 공주와 다음에 만날 약속을 하고 손을 놓았다. 그리고 크리모니아로 돌아가기 전에 국왕에게 솜사탕을 가져가야 하니까 한 번은 가야한다.

방을 나서니 몇 명의 호위가 대기하고 있었는데 우리가 방에서 나오자 놀랐다. 뭐, 왕족만 있을 거라고 생각했는데 우리가 나오면 놀라겠지. 그래도 국왕이 나와서 설명해준 덕분에 우리는 아무 일 없이 건물에서 나올 수 있었다.

“저기, 유나 님.”

학원 축제 2일차도 끝나고 학원 밖으로 향해 걸어가고 있는데 노아가 말을 걸어온다.

“왜 그래?”

“국왕 폐하께서 말씀하셨던, 유나 님이 그린 그림책이라는 건 뭐예요?”

그러고 보니 노아는 그림책에 관해서 알지 못하는구나. 엘레로라 씨가 이야기했을 거라고 생각했는데.

“내가 플로라 공주님에게 그려준 그림책이야.”

“어떤 이야기예요? 왕비님이 곰이라는 말을 했었는데…….”

“곰이 여자아이를 위해 고군분투하는 이야기라고 할까?”

곰 역할인 내가 피나를 구해준 이야기이다. 조금 변형은 되었지만 실화를 바탕으로 했다.

“으으, 저도 유나 님이 그린 그림책이 보고 싶어요. 하지만 플로라 공주님이 가지고 있는 거죠?”

뭐, 보통은 개인적으로 그린 게 몇 권이나 있을 거라고 생각하지 않지.

복사한 그림책이라면 가지고 있으니 보여줄 수는 있다.

하지만 자신이 모델인 그림책을 노아에게 알리는 것을 피나가 싫어할지도 모른다. 피나와 상담을 한 후에 노아에게 보여주는 게 나을까?

"그런데, 유나 님은 재주가 많으시네요. 모험가로도 강하시고, 가게를 열 정도로 요리 솜씨가 좋고, 그림책도 그릴 수 있다니."

모험가를 할 수 있는 건 신님의 치트 덕분이고, 요리는 부모님이 집에 돌아오지 않아서 스스로 만들었을 뿐이다. 그림은 어릴 적(불과 몇 년 전이지만)에 연습했던 영향이다.

학원 축제 2일째의 투표는 검무, 연주, 가희에게 한 표씩 넣었다.

연극도 좋았지만 나에게는 약간 아쉬운 점이 있어서 뺐다.

291 곰 씨, 곰으로 갈아입다

저택으로 돌아오자 맞아주던 스릴리나 씨가 내 교복 차림을 보고 놀랐다.

“그렇게 교복을 입고 있으니 유나 님도 평범한 학생처럼 보이네요.”

오랜만에 평범하다고 들은 기분이 든다. 내 교복 차림은 이상한 차림이 아니다.

“그래도, 유나 님에게는 곰 옷차림이 잘 어울린다고 생각하는 건 실례겠죠.”

응, 실례예요.

이래 봬도 일단은 15살 소녀인걸요. 곰 인형 옷이 잘 어울린다는 말을 듣고 기뻐할 여자아이는 없을 거라 생각합니다.

나는 방으로 돌아가서 곰 인형 옷으로 갈아입으려 했다.

“유나 님, 옷 갈아입으실 건가요?‘

”이제 집에 돌아왔으니까 갈아입어야지.”

집에 돌아왔으면 편안한 옷을 입어야 한다. 게다가 언제까지고 교복 차림으로 있을 수는 없다. 나는 곰 박스에서 곰 인형 옷을 꺼냈다. 그리고 교복을 벗은 뒤 곰 인형 옷으로 갈아입었다.

이 감촉과 부드러움이 안도감을 준다. 으음~ 이 곰 옷차림이 가장 편안하고, 가장 안심이 된다. 이 감싸진 착용감이 외부의 적으로부터 지켜주는 느낌을 줬다.

이건 분명 신님의 저주겠지.

"곰 님 옷차림도 좋지만, 조금 더 교복 차림의 유나 님을 보고 싶었어요."

딱히 교복을 입고 있어도 문제가 될 건 없지만 마음이 놓이지 않았거든. 게다가 내일도 입게 될 테니 아쉬워하지 않아도 될 것 같은데……. 시아와의 약속이기도 해서 내일 있을 학원 축제에서도 교복을 입을 생각이다.

오늘 하루, 교복을 입어보고 알게 된 점이 있다. 교복 차림이면 『곰』이라고 불리지 않고, 손가락질을 당하는 일도 없으며, 아이들이 다가오는 일도 없고, 비웃음 당하는 일도 없었다.

다만 어째서인지 내게 시선을 보내는 남자가 많았던 것 같다. 하지만 곰 옷차림 때문에 항상 시선을 받아서 생긴 자의식 과잉일지도 모른다.

아마 함께 있던 티리아에게 보낸 시선이었을 거다. 그걸 나를 바라보고 있다고 느꼈던 거다. 그렇다, 나는 무명의 학생이고 티리아는 이 나라의 공주님이다. 모두가 보고 있던 건 티리아다.

나를 바라보고 있다고 착각하면 자의식 과잉의 불쌍한 아이가 되어버릴 거다.

곰으로 다 갈아입고 주위를 보니 아이들은 미사와 함께 트럼프를 하고 있었다. 그란 할아버지가 미사를 데리러 올 때까지 아직 시간이 남았다.

"네, 3이 모였네요."

피나는 3의 카드 2장을 가운데에 내놓는다.

아무래도 도둑잡기를 하는 모양이다.

"곰 님 카드입니다. 사실은 곰 님의 카드가 제가 있는 곳으로 와서 기뻐야 하는데 승부에서는 지는 거죠."

모두는 조커를 곰 님 카드라고 부르고 있다. 최근에는 킹을 곰 왕, 퀸은 곰 공주, 잭은 곰 기사로 부르는 것을 알았다.

틀리진 않았지만 어디까지나 모양이 곰이라서 그런 거고 평범한 트럼프와는 부르는 방식이 다르다. 하지만 피나와 아이들에게 평범한 트럼프를 설명할 수 없어서 부르는 이름을 수정하지 못하고 지금에 이르렀다.

트럼프로 놀고 있는데 모험가인 마리나가 미사를 데리러 찾아왔다.

"마리나 씨도 와 있었군요."

"그래, 이번에도 그란 님과 미사나 님의 호위야. 미사나 님, 오늘은 즐거우셨나요?"

마리나는 나와의 인사를 마치고 미사에게 물었다.

"응, 즐거웠어요."

"그건 다행이네요. 유나, 오늘은 고마웠어. 원래라면 미사나 님을 조금 더 놀게 해드리고 싶은데 내일에는 출발해야 한다나 봐."

그건 어쩔 수 없는 일이다. 그란 할아버지는 일 때문에 왕도에 왔다고 하셨다. 미사도 그걸 알고 있는지 투정을 부리지 않고 피나와 아이들에게 작별 인사를 했다.

"노아 언니, 다음번에 크리모니아에 갈 테니까 그때는 마을을 구경시켜주세요."

"여러 곳에 데려가 줄게."

"피나도 슈리도 또 만나자."

"네, 혹시 마을에 오시면 만나러 와주세요."

"미사 언니, 또 봐."

세 사람은 크리모니아에서 만나기로 약속을 했다.

"그럼, 크리모니아로 가면 내 가게에 초대할게."

"네, 반드시 갈게요."

미사는 기뻐하며 약속하고 마리나 일행과 함께 돌아갔다.

미사가 돌아가고 얼마 지나지 않아 시아와 엘레로라 씨가 함께 돌아왔다.

"들어봐. 국왕 폐하가 일을 내팽개치고 플로라 공주랑 같이 학원 축제에 간 거 있지. 그래서 나한테 일이 돌아와서 진땀 뺐다니까. 나도 학원 축제에 가고 싶었는데……."

식사하면서 엘레로라 씨가 불만을 토로했다.

확실히 왕비님이 국왕이 도망쳐 나왔다는 식의 말을 했었지. 거기에 말려든 건 그 성실한 왕자만이 아니었던 모양이다. 여기에도 국왕 때문에 민폐를 당한 사람이 있었다.

게다가 노아가 국왕과 만났다는 것을 말하자 엘레로라 씨의 볼이 빵빵해졌다.

"너무해. 그런 거라면 내가 국왕 폐하보다 먼저 플로라 공주를 낚아채서 학원 축제에 가버렸어야 했는데."

말하고 싶은 건 알겠지만 낚아채다니……. 적어도 함께 간다는 식으로 말해야 할 것 같은데.

"그래서, 피나랑 슈리는 학원 축제 즐거웠니?"

"네, 무척 재미있었어요. 오늘 본 합주도 연극도 감동이었어요."

"여자 가수의 노래, 좋았어."

피나와 슈리는 즐겁게 이야기한다.

"티리아 님이 안내를 해준 덕분에 특등석에서 볼 수 있었죠. 그래도 오늘 가장 놀랐던 건 유나 님의 교복을 입은 모습이에요. 엄청 귀여웠어요."

노아가 갑자기 이상한 말을 꺼냈다.

무슨 말을 하는 거지, 이 아이는…….

"교복을 입은 모습?"

"네, 오늘 유나 님은 언니의 교복을 입고 학원 축제를 돌았거든요. 평소의 곰 옷차림도 좋았지만, 교복을 입은 모습도 매우 잘 어울렸어요."

"시아가 곰 차림으론 이목을 끈다고 갈아입으라고 했어요."

교복으로 갈아입은 덕분에 곰이라고 듣거나 손가락질 당하는 일은 없었다.

"그래도 지나치는 사람들은 유나 님을 보고 있었어요."

"그건 공주님인 티리아를 봤던 거겠지?"

분명 시선이 느껴지긴 했지만 그건 공주인 티리아를 보고 있었을 뿐이다. 곰의 모습을 하지 않은 나를 볼 이유가 없다.

"티리아 님도 봤겠지만, 유나 님도 보고 있었던 것 같은데요?"

노아는 피나와 슈리에게 동의를 구한다.

"그런 일은 없었지?"

나는 나대로 두 사람에게 동의를 구했다. 그거야, 나를 볼 이유가 없으니까.

"저기, 두 분을 바라보고 있었던 것 같아요."

"어라, 어째서? 티리아는 공주님이니까 다들 바라보겠지. 나는 곰 차림을 하고 있던 것도 아니라서 보지 않을 텐데?"

"……그건 유나 언니가 예뻐서일 거예요."

"피나도 아부를 할 수 있는 나이가 되었구나. 딱히 마음 쓰지 않아도 괜찮아. 아마 시선을 받은 건 티리아랑 같이 있는 학생이 신경 쓰였던 것뿐일 거야."

하지만 내 말을 들은 피나와 노아는 어처구니없다는 표정을 지었다. 어째서?

"유나의 교복 차림이란 말이지. 그건 보고 싶었는데."

"내일도 입을 거니까 보실 수 있을 거예요."

노아가 괜한 말을 한다.

"어머, 정말? 그건 내일이 기대되는걸."

학원 축제 기간에는 입기로 되어있어서 이건 무조건 교복 차림을 보이게 될 것 같다.

그런 뒤로도 세 사람은 학원 축제에서 본 것과 참가했던 것들에 관해서 엘레로라 씨에게 말했다. 슈리도 이 며칠 사이에 엘레로라 씨에게 익숙해진 모양이다. 처음에는 긴장했던 것 같은데 최근에는 아무렇지 않게 이야기를 나눌 수 있게 됐다.

뭐, 엘레로라 씨는 기본적으로는 친절한 사람이다. 가끔 이상한 말을 하거나 행동을 하지만 말이다. 그것만 없으면 정말로 좋은 사람일 텐데.

"그래, 다들 즐긴 것 같아서 다행이네."

뭐, 여러 가지로 참가하고, 먹고, 보면서 나를 포함한 전원이 재미있게 즐겼다.

학원 축제에 피나와 슈리를 불러준 엘레로라 씨에게 감사해야겠네.

"그러면, 시아는 어떠니?"

"유나 님이 만들어 준 곰 장식물 덕분에 꽤 손님이 몰려서 솜사탕은 많이 팔렸어요. 게다가 오늘은 티리아 님이 조금 도와줬거든요."

시아는 곰 장식물 덕분에 손님들이 모인 일과 티리아가 호객행위를 했더니 일이 커져 버렸던 일을 엘레로라 씨에게 말했다.

"후후, 그건 그렇겠네. 티리아 님이 호객행위를 한다면 다들 모여들겠지."

"설마, 그렇게까지 몰릴 줄은 몰랐어요."

티리아와 함께 걷고 있는 것만으로도 시선을 받으니까. 공주님의 영향은 크지.

"어머님은 내일도 일하시나요?"

"내일은 국왕 폐하와 함께 학원에 가기로 되어있어. 그러니까 만날 수 있을지도 모르겠네."

내일도 국왕은 학원에 오기로 되어있는 모양이다.

발견해도 다가가는 건 피하자. 국왕과 친한 모습을 보인다면 괜히 주목을 받을 테니 조심해야 한다.

292 곰 씨, 학생의 마법을 보다

학원 축제 3일째, 나는 시아에게 빌린 교복으로 갈아입고 마지막으로 손과 발에 곰 장비를 장착한 뒤, 엘레로라 씨가 있는 곳으로 향했다. 엘레로라 씨가 내 교복 모습을 볼 때까지 일하러 가지 않겠다고 해서 보여주게 됐기 때문이다.

"드레스 모습일 때도 생각했지만 사람은 복장이 바뀌면 인상이 많이 바뀌네."

엘레로라 씨는 그런 내 교복 차림을 보고 감상을 흘렸다.

즉, 옷이 날개라는 걸 말하고 싶은 거지.

"그래도 귀여운 거로는 딸에게 이길 수 없지."

엘레로라 씨의 딸 자랑이 시작됐다.

노아와 시아는 귀엽잖아. 그런 두 사람과 비교하지 말아 주길…….

엘레로라 씨는 내 교복 차림을 보고 만족한 뒤 일을 하러 나갔다.

우리도 조금 늦게 집을 나섰다.

"오늘은 언니와 같이 있네요."

노아는 시아의 옆을 기쁘게 걷고 있다. 오늘은 점심 지나서까지 시아와 함께 학원 축제를 구경하기로 했다.

이곳에 엘레로라 씨가 있으면 세 자매처럼 보였을 텐데. 엘레로라 씨는 젊어 보여서 세 사람이 나란히 있으면 자매 같았다. 절대로 35살로는 보이지 않는다.

학원에 도착하고 우선은 시아의 가게로 향했다. 가게에 도착하자 마릭스와 아이들이 준비를 하고 있었고 시아도 조금 도왔다.

"그럼, 점심 조금 지나서 한 번 돌아올게."

첫날에는 가게가 바빠서 모두 학원 축제를 둘러볼 수 없었다. 이틀째에는 친구의 도움도 있어서 카틀레야와 티몰이 교대로 학원 축제를 돌았고, 오늘은 시아와 마릭스가 둘러보기로 되어있다고 한다.

"가게는 우리에게 맡기고 놀다 와."

마릭스의 배웅을 받고 우리는 학원 축제 3일째 구경을 출발했다.

오늘의 안내 담당은 시아라서 시아가 보고 싶은 곳에 가기로 했다. 이틀 동안 충분히 즐긴 우리는 오늘은 시아에게 맞춰주기로 했다.

"그래서 어디로 가는 거야?"

"원래는 먹을 것 위주로 돌까 생각했는데 어제 유나 님이 온 뒤에도 친구가 여러 가지 음식을 사다 줬거든요."

알고 보니 첫날에 가게가 바쁘다는 걸 들은 친구들이 가게를 도와주고, 먹을 것을 사다 줬다고 한다.

시아는 나와 달리 친구가 많은 모양이다. 평소 교우 관계의 선물이네.

그래서 오늘은 음식점이 아닌 곳으로 갈 거라고 한다.

"어제, 가게를 도와준 친구가 성의 기사와 시합을 할 예정이라서 그걸 보러 갈까 생각하는데 괜찮나요?"

물론 거절할 이유는 없으므로 우리는 그 시합을 보러 가기로 했다.

"그런데 학생이 기사랑 시합을 하면 승부가 되지 않잖아."

일방적인 시합이 될 것 같다.

"진지한 시합이 아니라 기사를 목표로 하는 학생이 성의 기사에게 한 수 배우는 연습 시합을 하는 거예요. 그래도 학생들은 자신의 힘이 어디까지 통하는지 확인하기 위해서 진지하게 싸우죠."

그런 게 있구나. 조금 재미있겠는데. 내가 싸우는 것도 재미있지만 다른 사람의 시합을 보는 것도 재미있다.

"그리고 유나 님이 보시기에는 지루할지 모르지만, 시합 전에 마법 시범도 있어요."

"언니, 정말이에요?!"

"그래, 노아가 마법을 보고 싶다고 했잖아."

"언니, 고마워요. 기뻐요."

조금 걸으니 경기장에 도착했다. 이 학원은 넓어서 경기장이 몇 개나 있는 모양이다.

경기장을 보니까 학생이 마법을 사용하고 있었다.

"그러고 보니, 노아는 마법을 쓸 줄 아니?"

이제껏 들은 적이 없었는데, 어떠려나?

시아가 마법을 쓸 줄 안다는 것은 알고 있는데 말이야.

"아직 배우지 않아서 사용할 줄 몰라요."

그렇구나.

"역시, 학원에서 마법을 배우는 거야?"

"학원에서도 알려주지만, 그 전에 부모님께 배우기도 해요."

"노아는 클리프 씨랑 엘레로라 씨에게 배우지는 않아?"

"학원에 다니기 전에 배우게끔 되어있는데, 아직이에요."

"그렇구나. 어릴 적부터 배워두는 편이 좋을 텐데."

이세계 전생 부류의 이야기는 어릴 적부터 마법 연습을 하는 것으로 치트를 얻는 사람이 많다. 마력이 늘거나 속성이 늘기도 한다. 혹시 이 세계도 그와 같다면 어릴 적부터 마법 연습을 하는 편이 좋을 거라 생각하는데 말이지.

"유나 님, 무슨 말씀이세요. 어릴 때 마법을 쓰면 몸에 무리가 와서 나중에 마법을 못 쓰게 돼요."

"그래?"

"유나 님은 마법을 쓸 수 있으면서 모르셨던 거예요?"

노아가 믿기지 않는 걸 보는 눈으로 나를 바라봤다.

그야, 원래의 세계에선 쓰지 못했고 이 세계로 온 뒤로 쓸 수 있게 되었는걸. 그래도 그런 이야기는 말할 수 없다.

그런 아무것도 모르는 나에게 노아가 설명을 해줬다.

"기본적으로 마법은 몸에 부담이 가해져서 10살까지 마법은 쓰지 않는 편이 좋다고 해요. 마법을 익히는 건 빨라도 10살에서 12살이에요. 그러니 유나 님의 나이에 그렇게 강한 마법을 쓸 수 있는 건 대단한 일인 거죠."

오호라. 그래서 모험가 길드에 가면 「이런 꼬맹이가」라며 비웃음을 당하는 거로군. 뭐, 모험가 길드에서 시비가 걸리는 가장 큰 이유는 내 복장이겠지만…….

그렇게 생각하면 모험가 길드에 들어갈 수 있는 나이가 13살부터인 것도 그게 이유인 건가.

그렇게 되면 이 세계에는 마법을 사용할 수 있는 천재 유녀는 없는 게 된다. 천재 유녀가 없다고 생각하니 판타지 측면에서 아쉽다.

그래도 노아의 이야기를 듣고 이해했다. 그래서 지금까지 아이들이 마법을 쓰는 장면을 본 적이 없었던 거로군. 게다가 노아가 내게 「마법을 알려주세요」라는 말을 꺼낸 적이 한 번도 없었다. 요구하지 않았던 것에는 이런 이유가 있었던 거야.

어쩐지 이해가 되었다.

그래도 어릴 때 마법을 사용하는 건 좋지 않다니. 뭔가 원인이 있는 건가?

그렇지만 마력에 관해 과학적으로 접근할 수는 없어서 그런 거라고 이해를 해둔다.

“그리고 제가 마법을 사용할 수 있을 정도로 마력이 있는지 없는지 아직 몰라요.”

이건 책에 적혀 있었다. 마력이 적으면 마법을 쓸 수 없다고 말이다.

일단, 이쪽 세계의 사람은 모두 마력을 가지고 있으며 그 마력으로 마석을 발동시켜 생활한다. 그중에서 마력이 많은 일부의 사람이 마법을 사용한다.

“괜찮아. 나도 어머니도 아버지도 쓸 수 있으니까 분명, 노아도 쓸 수 있을 거야.”

시아가 노아를 안심시키듯 말을 건넨다. 미사의 유괴 사건 때 엘레로라 씨가 마법을 사용하는 장면을 본 적이 있는데. 클리프도 마법을 사용할 줄 아는구나.

그래도 역시 유전이랑 상관이 있는 건가?

“피나, 티루미나 씨는 마법을 사용할 수 있니?”

“네, 조금이지만 쓸 수 있다고 들은 적이 있어요.”

“그럼, 피나랑 슈리도 마법을 쓸 가능성이 있겠네.”

이 부분은 「마법을 쓸 수 있으면 좋겠네」라고 말해야 하는 건지 몰라서 곤란하다.

마법을 쓸 수 있게 되어 피나와 슈리가 모험가가 되고 싶다는 말을 꺼낸다면 곤란하다. 여동생처럼 여기는 피나와 슈리에게는 위험한 일을 시키고 싶지 않다. 그렇지 않아도 피나는 모험가 길드에서 해체 작업을 하고 있어서 모험가들과 가까운 장소에 있다.

만일 모험가가 되고 싶다고 한다면 티루미나 씨와 겐츠 씨가 말리게끔 해야겠어.

나는 옆에 있는 피나의 머리에 손을 올렸다.

"유나 언니?"

갑자기 머리에 손이 올라오자 피나는 고개를 갸웃거리며 나를 바라봤다.

"아무것도 아니야."

나는 미소 지었고 피나는 다시 고개를 갸웃거렸다.

그런 피나와 슈리의 미래를 걱정하면서 광장으로 눈을 돌리니 학생이 주문을 외우며 표적을 맞추고 있었다. 손에서 불 구슬이 날아가 표적을 불태우고, 흙의 구슬이 날아가 파괴했다.

광장 주변에는 손님들이 모여들어 있었고 마법이 표적에 명중할 때마다 박수가 일었다.

"마법을 쓸 수 없는 사람은 마법을 볼 기회가 적어서 인기가 많아요."

그래도 위험을 고려한 것인지 큰 마법은 아무도 사용하지 않는다. 혹은 사용할 줄 모르는 것일 수도 있다.

"나도 얼른 마법을 쓰고 싶은데."

"아버님과 어머님의 허락이 없으면 사용해선 안 돼."

"알고 있어요. 허락 없이 쓰지 않을 거예요."

그런 뒤 바람 마법과 물 마법을 사용하는 학생도 나타나 경기장은 분위기가 달아오른다. 역시나 얼음 계열의 마법을 쓰는 학생은 없다. 흠, 어려운 건가?

학생들의 마법 연습을 보고 있는데 주변이 소란스러워졌다.

"뭐지?"

소란스러워진 쪽으로 눈을 돌리자 국왕이 걸어오는 모습이 보였다. 그 옆에는 교복을 입은 티리아의 모습이 있었고, 두 사람을 호위 기사가 감싸듯 걷고 있었다.

플로라 공주도 찾아봤지만 플로라 공주와 왕비님의 모습은 없었다. 오늘은 함께 오지 않은 모양이다.

"어머님?"

"정말이네요."

시아의 시선을 따라가니 국왕에게서 조금 떨어진 위치에 엘레로라 씨가 있었다.

엘레로라 씨는 우리를 발견하더니 미소 짓고 손을 흔들었다.

그걸 본 시아를 포함한 아이들 전원이 손을 흔들며 회답했다. 엘레로라 씨는 그것을 보고 기뻐했다.

국왕과 함께 학원 축제에 온다고 들었지만 이 넓은 학원에서 마주치게 될 줄은 몰랐다.

엘레로라 씨는 그대로 국왕이 있는 곳을 향하는가 싶더니 우리

쪽으로 다가왔다.

"우연이네, 이것도 우리 아이를 생각하는 내 마음이 통한 걸까."

엘레로라 씨는 기뻐했다.

"그런데, 다들 어째서 이곳에 있니?"

"제 친구 중에 기사를 목표로 하는 아이가 있어서 응원하러 왔어요."

"어머나, 그건 기대되는걸."

의심하는 눈초리로 시아를 바라봤다.

"어머님, 오해하신 모양인데, 기사를 목표로 하는 친구는 여자아이예요."

"어머, 그러니?"

엘레로라 씨는 아쉬워한다.

그렇구나. 기사를 목표로 한다고 해서 나도 분명 남자아이일 거라 생각했다.

"그러고 보니, 마릭스는 기사를 목표로 하지 않았니? 아버지가 기사라고 했던 것 같은데."

나도 그렇게 들은 것 같은데…….

"마릭스도 참가할지 고민했는데 솜사탕을 선택한 모양이에요."

어이, 마릭스. 그래서 기사가 될 수 있겠어?

"그리고 기사와 시합하는 거라면 아버지가 기사단이라서 언제든지 가능하다고 하더라고요."

뭐, 아버지가 기사라면 언제든 연습 상대를 해주겠지.

"하지만 국왕님이 온다는 걸 알면 분해할걸요. 국왕님께 자신을 보여줄 기회는 좀처럼 없는 일이니까요."

확실히 학생이 국왕에게 얼굴을 보일 기회는 거의 없을 것 같다.

그렇게 생각하니 내 얼굴(곰)이 왕족에게 알려져 있다는 걸 마릭스가 안다면 부러워하려나?

나는 그 왕족에게 딱히 감사한 건 없지만…….

293 곰 씨, 엘레로라 씨에게 귀족 이야기를 듣다

"엘레로라 씨는 돌아가지 않아도 돼요?"

엘레로라 씨는 국왕이 있는 곳으로 돌아가지 않고 우리 근처에 앉았다.

"괜찮아. 호위 기사도 있고 나는 들러리니까. 국왕이 이상한 짓을 하면 말리는 게 일이거든."

이상한 짓이라니 나한테는 비슷한 부류로 보이는데. 「이상한 사람 × 이상한 사람 = 큰일 남」……. 불에 기름을 붓는 격이 되지 않으면 좋겠는데.

분명 국왕도 엘레로라 씨의 이상한 짓을 막을 수 있는 건 자신뿐이라 생각하고 있을 거다.

서로를 억누르고 있는 것인지도 모른다.

마법 시범을 보고 있는데 학생들이 국왕의 등장을 알아차려서 국왕에게 좋은 모습을 보이기 위해 힘이 들어가기 시작했다. 큰 마법을 사용하는 학생이 나타나서 선생님으로 보이는 사람이 말리러 들어갔다.

조금은 보고 싶었는데. 위험하니까 어쩔 수 없지.

과연, 이번에는 마법의 수로 자신을 어필 하려는 자가 나타났으나 명중률이 떨어져 처참한 결과가 나왔다. 그리고 마력을 소진한 것인지 주저앉는 학생도 나왔다.

마력이 적은 건지, 쓸데없이 많이 썼는지는 알 수 없지만 조금 더 생각하고 마법을 쓰는 편이 좋을 것 같다.

"유나도 참가하고 올래?"

엘레로라 씨가 학생들의 마법을 보고 있는 내게 물었다.

"거절할게요. 저는 학생이 아니잖아요."

게다가 다른 사람들 앞에서 마법을 써서 눈에 띄는 것은 내게 득이 될 게 없다.

"그 복장이라면 아무도 알아차리지 못할걸?"

"거절합니다."

"이런, 아쉽네."

"참고로 저들의 실력은 어느 정도인 거예요?"

"으음~ 학생 중에서라면 중간보다 조금 높은 편일까. 정말로 실력이 있는 아이는 여기 참여하지 않거든."

중간 정도라. 가장 실력이 좋은 사람은 어느 정도일까?

시간이 흐르자 마법 시범도 끝났고 학생들은 국왕 앞에 서서 인사를 했다. 그에 대해 국왕은 「앞으로도 열심히 하도록」이라며 한마디 건넨다. 학생들은 국왕에게 말을 듣고 기뻐한 뒤 광장에서 퇴장했다.

역시, 국왕에게 말을 들으면 기쁜 걸까? 사실 일을 내팽개치고,

먹는 것에 관심이 많은 아저씨에 불과한데……. 그걸 모르는 학생들의 눈에는 훌륭한 국왕으로 비치는 모양이다.

뭐, 나도 처음 만났을 때는 대단한 국왕으로 보였지. 그런데 몇 번이나 만나니까 그런 이미지는 사라졌다.

마법 시범을 보인 학생들이 사라지자 다음은 검을 든 학생들이 광장에 들어섰다.

시아가 말했던 기사를 목표로 하는 학생들인가?

학생 모두가 국왕이 있는 탓인지 긴장을 했다. 국왕에게 전원이 인사를 하고 1대 1 학생 시합이 시작됐다. 전원이 한꺼번에 하는 게 아니라 몇 개의 조로 나뉘어 진행하는 모양이다. 그 뒤에 기사와의 시합이 열린다고 했다.

자신의 순서가 오는 것을 기다리고 있는 학생들 쪽을 바라보니 여자아이가 세 명 정도 있었다.

"역시, 여자아이는 적네."

남자 학생은 20명 정도 있다. 여자 학생은 적었다.

"보통 여자아이는 기사를 목표로 하지 않으니까. 남자 기사에게 미움을 받기도 해서 기사가 되려는 사람은 적어."

엘레로라 씨가 알려준다.

"그러면 어째서 기사가 되고 싶어 하는 거예요?"

"그건 말이지, 왕비님이 결혼했을 당시, 호위 기사를 옆에 두려거든 여자가 좋다고 하셨거든. 그 이전까지는 호위 기사를 포함해서 기사는 남자만 될 수 있었어. 그런데 왕비님의 부탁도 있어서 여자가 호위로 붙을 수 있게 된 거지."

뭐, 평범하게 생각한다면 남자 기사 쪽이 힘이 세니까 강할 수밖에 없겠지. 호위가 어디까지 따라다니는지 알 수 없지만 웬만한 곳에 다 따라다닌다고 생각하면 오싹하네.

그렇게 생각하니 왕비님의 마음도 알 것 같다.

"그리고, 티리아 님이 태어나서 더욱 여자 호위가 필요하다고 여겨지게 됐지. 그래서 지금, 저쪽에 있는 여자아이들은 티리아 님의 호위 기사를 목표로 하는 거야."

티리아의 호위 기사인가……. 그런 거라면 납득이 된다.

아직 만난지 이틀밖에 안 됐지만 티리아는 천진난만하고, 평민에게도 친절해서 티리아가 가게에 얼굴을 비추면 다들 기뻐했다. 모두 티리아를 좋아하고 있는 것이 전해진다.

그런 티리아의 옆에서 도움이 되고 싶다고 생각하는 학생이 있는 것은 이상하지 않다.

"그럼, 시아의 친구는 티리아의 기사를 노리고 있는 거네요."

"티리아 님과 대화를 나눈 뒤로 티리아 님에게 심취해버렸거든. 손에 피 섞인 물집이 생길 때까지 검을 휘두르며 오늘까지 열심히 해왔어. 그러니 국왕 폐하가 보러 왔다는 것보다도 티리아 님이 왔다는 점이 기쁘겠지."

기사를 목표로 하는 여자아이가 국왕을 보고 있나 싶었는데 그건 옆에 있는 티리아를 보고 있던 거였군.

"참고로 마법사는 호위가 못 돼요?"

호위라면 마법사가 되어도 좋을 것 같은데…….

"될 수 있어. 왕비님의 호위는 처음에는 여자 마법사였거든. 그래도 마법을 쓸 수 없는 사람은 기사가 될 수밖에 없잖아. 게다가 적이 바짝 붙었을 때는 마법보다도 검 쪽이 빠르지. 그러니 보통은 마법사와 기사 양쪽이 호위로 붙게끔 되어있어."

그러면 시아의 친구는 마법은 쓸 수 없는 건가?

첫 시합이 종료되고 다음으로 여자 학생이 나왔다.

"유나 님, 저쪽에 있는 게 친구인 리네아예요."

짧은 머리를 한 여자아이이다. 리네아가 가느다란 검을 쥐더니 시합을 시작했다.

리네아가 열심히 검을 휘두르며 남학생과 맞서고 있었다.

몇 번이고 검이 서로 부딪쳤지만 그럴 때마다 리네아는 뒤로 물러섰다.

새삼 보니, 역시 체격에 차이가 있었다. 기사나 병사는 남자 쪽이 더 적합한지도 모른다.

그리고 리네아가 일방적으로 밀린 시합이 끝나고 다음 시합이 시작됐다.

"엘레로라 님이시군요. 이런 곳에서 견학이신가요?"

학생 시합을 보고 있는데 갑옷을 걸친 40대 정도의 남자가 엘레로라 씨에게 말을 건넸다. 엘레로라 씨는 싫은 기색의 표정을 지었다. 그런 엘레로라 씨의 얼굴을 보고 남자의 입가가 씰룩거렸다.

그 입가를 본 순간, 떠올랐다.

며칠 전, 성의 기사 연습장에 있던 엘레로라 씨와 노아에게 싫은 시선을 보냈던 남자다.

"……르툼 경, 어째서, 당신이 이곳에?"

"그건 기사를 희망하는 학생들의 시합 상대 역할을 저희 제3 기사단이 담당하게 되었거든요."

"그런 보고는 받지 않았습니다. 분명, 제4 기사단이었던 걸로 아는데요?"

"그런가요? 그건 착오가 있는 모양이군요."

입가가 치켜 올라가는 미소를 보니 거짓이라는 것을 바로 알 수 있었다.

"그쪽이 엘레로라 님의 따님인 시아 양이었죠?"

시아는 르툼이 바라보자 움찔하며 몸을 떨었다.

"그게 무슨 상관이죠? 일부러 우리가 있는 곳까지 오고…… 기사를 관리하는 당신이 이곳에서 여유를 부리고 있어도 되나요?"

엘레로라 씨가 시아의 앞에 서서 시아를 조금 뒤로 물렸다.

"엘레로라 님에게 듣고 싶지는 않네요. 부하들은 우수하니 제가 없어도 괜찮습니다. 이곳에 온 이유는 엘레로라 님과 시아 양이 보여서 한 번 더 부탁하러 온 것입니다. 시아 양과 아들과의 혼약을……."

""""………!""""

터무니없는 말이 르툼에게서 나왔다. 피나와 아이들도 놀란 나머지 굳었다.

혼약, 즉, 결혼이라는 거지?

"그건 거절했을 텐데요."

"좋은 이야기라 생각합니다만."

"그건 당신에게만 그렇겠죠. 게다가 혼약을 하려면 해결해야하는 문제점이 있잖아요?"

"그건 뭔가요?"

"어머, 몰랐어요? 그건, 내가 당신을 싫어한다는 사실이죠."

기분은 알겠는데. 엘레로라 씨, 너무 솔직하잖아.

"그건 우연이군요. 저도 당신이 싫거든요."

"같아서 다행이네요."

서로가 「후후후」 하고 웃었다.

이 두 사람 뭐야?

"그럼, 싫은 사람끼리 아이들의 혼약 이야기는 없었던 것으로 하죠."

"그러고 보니, 최근에 이상한 소문을 들었는데. 크리모니아에서는 산에 터널을 파고 그 너머의 바다 마을과 교류를 하게 되었다지요?"

"어머나, 어디서 그런 이야기를 들으셨죠?"

"아들의 약혼녀가 있는 마을이니까 알아봤죠."

"이런, 언제부터 약혼녀가 되었을까요? 게다가 시아는 데릴사위를 얻기로 했거든요? 며느리로는 내주지 않을 거예요."

"괜찮습니다. 제 아들을 데릴사위로 두면 되죠. 롤랜드 가문이 떠받치겠습니다."

"필요 없어요."

찌릿찌릿, 하고 불꽃이 터졌다.

"그런데, 어떻게 터널을 만든 건가요? 동굴을 발견했다는 소문도 있지만……."

"글쎄요. 당신에게는 알려주지 않을 겁니다."

내가 팠답니다. 그래도 알려지지 않았다는 건 정보 조작이 제대로 이루어진 모양이라 다행이다.

"우리가 친하지는 않지만 그 정도는 알려 주셔도……."

"어머나, 우리는 사이가 안 좋잖아요."

"제 친족이 신세를 질 정도의 사이였죠."

"불행한 사고였죠."

"그렇습니다. 도적이 침입해서 살해 당했으니까요."

후후후, 하고 웃는 두 사람.

어쩐지, 더는 싫다.

시아와 노아는 엘레로라 씨의 뒤에 숨었고 피나와 슈리는 내 교복을 붙잡고 있었다.

어른의 음험한 언쟁은 아이들에게 좋지 않은 영향을 끼치잖아.

"두 번 다시 그러한 일이 없도록 저희 아들을……."

"마음만은 받아두죠. 그리고 클리프가 두 번 다시 그런 일이 일어나지 않도록 방어를 강화하고 있으니 걱정하지 마세요."

또다시 두 사람은 무서운 미소를 지었다.

"그럼, 시아 양 본인에게 확인하죠. 본인이 원한다면 조금은 바뀌지 않겠습니까."

르툼이 미소를 지으면서 엘레로라 씨의 뒤에 있는 시아를 바라봤다.

"제 아들과 결혼을 하지 않겠나요? 기사로서도 강하고, 당신을 한평생 지킬 것입니다."

"거, 거절할게요."

시아는 조금 무서움을 느끼면서도 용기를 내어 거절했다.

"그런 말은 하지 마시고 한 번 만나보기만 해도……."

"그만하시죠, 딸이 겁내잖아요."

엘레로라 씨는 시아의 앞에 서서 재차 시아를 감쌌다.

그 후 르툼은 시선을 경기장으로 옮겼다.

"이런, 슬슬 우리 기사와의 시합이 시작할 모양이네요. 시합을 보면 마음도 바뀔지 모르겠군요."

경기장을 보자 학생은 기사를 향해 인사를 하고 시합이 시작된다.

기사는 자세를 잡았지만 자신이 먼저 공격을 하지는 않았다. 어디까지나 학생에게 시킨다. 하지만 학생에게 틈이 있으면 반격했다. 역시 실력 차이가 나네.

이렇게 연습 시합을 보니 게임 시절에 플레이어끼리 대전을 했던 때가 떠올랐다.

공격 특화형은 한 방이 무섭다. 방어형은 좀처럼 데미지를 입히지 못한다. 공격력은 약하지만 움직임이 빠른 사람도 있다. 그 밖에 밸런스형도 있고 특수한 전투 방식을 취하는 사람도 있었다.

능력치와 장비 때문에 여러 방식의 전투가 있어서 재미있었다. 그리운 추억이다.

294 곰 씨, 포슈로제 가문을 위해 시합을 하다

기사와 학생의 시합이 끝나고 서로에게 인사를 한 뒤 내려왔다.

그리고 다음 멤버가 나온다. 그중에는 시아의 친구인 여자아이도 있었다.

"다음은 여학생이 나오는군요. 부상을 입지 말아야 할 텐데."

르툼이 소름 끼치는 미소를 지었다.

"당신, 설마……."

"딱히 혼약을 거절당해서 그러는 건 아닙니다. 이 일을 인계받은 것도 여자 기사를 목표로 하는 자가 있다는 걸 들었기 때문이죠. 기사는 남자가 하는 겁니다."

"당신, 아직도, 그런 말을 하는 거야? 여자 기사는 이미 인정받고 있잖아."

"대부분의 여자 기사는 이름뿐이고 쓸모가 없죠. 그런 자에게 기사의 이름을 줄 수는 없어요."

아무래도 르툼은 여자가 기사가 되는 게 마음에 안 드는 모양이다.

"여자 기사는 티리아 님, 플로라 님을 생각한다면 필요해요. 국왕 폐하가 정한 것에 당신이 이의를 제기하는 건가요?"

으음~ 그래도 르툼이 하고 싶은 말이 무엇인지는 알겠다.

시합을 봐도 남자는 힘을 사용한 전투를 할 수 있지만 여자는 힘이 약하다. 그러나 여자는 힘이 약해도 스피드가 있다. 힘을 보완해서 싸우는 방법은 얼마든지 있다. 그러니 기사가 남자만의 것이라는 건 부정하고 싶다.

"그래도, 국왕 폐하가 보고 있는 앞에서 여자 기사를 희망하는 학생이 처참하게 무너진다면 어떻게 생각하실까요?"

"르툼 경……."

"게다가 크게 다친다면 기사를 목표로 하는 여자들이 사라질지도 모르겠군요."

"리네아!"

시아가 광장을 향해 소리쳤다. 시아의 시선 끝에는 리네아가 기사를 향해 검을 쥐고 있는 모습이 있었다.

"친구가 다치지 않으면 좋겠네요."

"설마, 협박하는 건가요?"

"그럴 생각은 없습니다. 저는 국왕 폐하에게 현실을 알리고 싶을 뿐이죠."

르툼은 미소를 지었다.

"그래도 다친다면 당신의 책임 문제가 될 거야."

"물론 성의를 담아 사죄를 할 겁니다. 너무나도 나약해서 힘 조절이 어려웠다고 말이죠. 기사가 되려고 해서 조금 더 강할 거라 생각했다고 말이에요. 하지만 그와 동시에 국왕 폐하께 진언할 겁니다. 남자들만 기사가 되어야 한다고, 여자 호위는 마법사로 충분하다고 말입니다."

상대 기사의 공격 때문에 리네아의 검이 튕겨 날아갔고 아픈 듯 팔을 누르고 있었다. 하지만 이를 꽉 깨물면서 검을 재차 잡았다.

"얼마나 버틸까요?"

"당신……."

"시합 종료 후에는 평생 검을 쥘 수 없게 될지도 모르겠네요."

그는 엘레로라 씨를 보며 기분 나쁜 미소를 지었다.

그 미소를 보니 한 방 먹이고 싶네.

한 대 쳐도 되나?

하지만 그런 짓을 한다면 엘레로라 씨에게 폐를 끼치겠지.

음, 고민되네. 이 분노를 어디에 분출하면…….

나는 언제든지 움직일 수 있도록 교복을 붙잡고 있는 피나와 슈리에게 작은 목소리로 조금 물러나라고 말했다.

"그럼 거래를 할까요. 혼약의 건을 받아들이신다면, 저의 지시로 막겠습니다. 어떻게 하실 건가요?"

"그런 불합리한 조건을 받아들일 거라 생각하나?"

"따님은 그렇게 생각 안 하는 것 같은데요?"

엘레로라 씨는 곧바로 거절했지만 시아는 리네아를 바라보고 있었다.

리네아와 기사를 바라보자, 리네아가 공격을 하고 기사가 막고 있는 것처럼 보였지만 기사는 막는 척하면서 검을 크게 튕겨냈다.

그리고 이번에는 기사가 있는 힘껏 검을 휘둘러 내려쳤다. 리네아는 곧장 검으로 막았으나 두 번째, 세 번째의 강력한 공격이 이어져서 결국 버텨내지 못하고 검을 떨어뜨렸다. 아픈 듯 팔을 문질렀다.

그러나 팔의 고통을 참고 검을 주워 다시 일어섰다. 그리고 다시 시합이 시작됐다. 이번에는 기사가 힘껏 몸을 부딪쳐서 힘으로 밀어냈다. 리네아는 점점 궁지에 몰렸다.

슬슬 참는 것에도 한계가 왔다.

"아니면, 시아 양이 대신 시합을 할 건가요? 만약 이긴다면, 앞으로 여자 기사를 목표로 하는 사람들에게 아무 짓도 안 한다고 약속하죠. 하지만 시아 양이 진다면 내 아들과 혼약을 하는 건 어떤가요?"

그 말을 받아들이면 안 돼.

시아가 이기는 것은 힘들어 보였다.

"그건……."

"그리고 제 막내아들과 여동생인 느와르 양이 혼약하면 어떤가요. 형제와 자매가 같이 혼약을 하다니, 대단하지 않나요?"

노아는 자신의 이름이 거론된 순간, 몸을 떨었다.

이야기의 내용이 나쁜 방향으로 흐르고 있다.

응, 이건 더이상 못 참아.

"제가 저 기사를 이긴다면 앞으로 여자 기사에게 간섭하지 않으실 건가요?"

"시아!"

엘레로라 씨가 소리쳤다.

"약속하죠. 하지만, 진다면 혼약을 하셔야 합니다."

더러워.

인질을 잡은 것과 같아.

"제가 리네아 대신에……."

시아가 말을 끝내기 전에 나는 시아의 팔을 잡아당겨 말을 못 하도록 막았다.

"시아, 내가 대신 싸울게."

"유나 님?"

더는 못 참겠어.

시아와 노아를 억지로 결혼시키려 하다니 용서 못해.

"아가씨는 누구죠? 이건 포슈로제 가문과 롤랜드 가문의 문제입니다. 관계없는 자는 끼지 말아주시죠."

물론, 거절하지.

"엘레로라 씨, 저에게 맡겨주실래요?"

"유나……."

시아가 이런 남자의 자식과 결혼하다니 상상도 하고 싶지 않다. 게다가 노아까지. 시아가 이 남자의 아들과 결혼하게 된다면 크리모니아는 이 남자의 것이 될 것이다.

그 마을에는 내 집이 있고 가게가 있다. 고아원의 아이들도 있다. 그런 내 마을을 이런 남자가 제멋대로 하게끔 내버려 두지 않을 것이다. 그 마을은 내 마을이다.

엘레로라 씨는 시합하는 여자아이를 보고 나와 시아와 노아를 순서대로 바라봤다.

“알았어. 여기는 유나에게 맡길게.”

엘레로라 씨는 르툼 앞에 섰다.

“그 승부, 받아들이죠. 단, 조건을 바꿀게요. 만일 이 아이가 진다면 나는 지금의 자리에서 내려오죠.”

엘레로라 씨의 새로운 제안에 르툼은 믿기지 않는지 눈을 크게 뜨고 엘레로라 씨를 바라봤다.

“당신은 내가 국왕 폐하의 옆에 있는 게 싫은 거잖아? 진다면 나는 크리모니아로 돌아가죠. 당신에게는 충분한 조건이죠?”

엘레로라 씨의 말을 들은 르툼은 미소를 지었다.

“그 말에 속임수는 없겠죠? 자신의 지위를 이런 여자아이에게 맡기는 건가요?”

르툼이 미소를 지으면서 나를 바라봤다.

“그래요, 맡기겠습니다. 그녀가 진다면 자리에서 물러나죠. 당신도 자리를 거는 건 어떤가요? 만약 그녀가 이기면 당신은 기사단장의 지위에서 내려오는 건 어때요?"

"후후후, 하하하하하. 좋습니다, 받아들이죠. 지금 한 말을 잊지 마세요."

"당신도."

르툼은 크게 웃었다.

어쩐지 일이 커져 버렸다.

"로타스! 멈춰!"

르툼이 외치자 리네아와 싸우고 있던 기사의 움직임이 멈췄다. 그걸 본 시아가 안도의 표정을 지었다.

"그럼, 구두 약속은 신용할 수 없으니 국왕 폐하께 증인이 되어 달라고 하죠."

르툼은 미소를 짓고 걸어갔다.

"유나, 말려들게 해서 미안해. 원래는 내가 해야 하는데. 르툼도 그 나름의 힘을 가지고 있어서 말이야."

엘레로라 씨는 르툼이 멀어지자 나에게 사과했다.

"그건 괜찮지만, 어디까지 해도 되요?"

나는 섀도우 복싱을 하며 때리는 시늉을 해보였다.

"마음대로 싸워도 좋아. 져도 내가 자리에서 물러나기만 하는 거니까. 그때는 크리모니아에서 클리프를 도와야지."

"안 돼요. 그러면 왕도에 저 혼자 남게 되잖아요."

나는 시아를 안심시키기 위해 미소를 지었다.

“그래도 방심을 하면 안 돼. 일단 그들도 우수한 기사니까.”

물론이지. 곰 인형 옷이 없는 상태라면 방어력은 없는 거나 마찬가지다. 방심을 할 생각은 없다.

게다가 엘레로라 씨의 자리가 걸려 있다. 질 수는 없다.

우리는 르툼을 쫓아 국왕이 있는 곳으로 갔다.

“뭔가? 두 사람이 같이 오다니.”

“국왕 폐하께 부탁이 있습니다.”

르툼은 송구한 표정으로 국왕에게 말을 올렸다.

“이번에 엘레로라 님과 직위를 건 시합을 하게 되었습니다. 그걸 지켜봐 주십사 청을 드리러 왔습니다.”

“직위를 건 시합이라니…….”

국왕은 얼굴을 찌푸렸다.

“네, 제 기사가 이기면 엘레로라 님이 자리에서 물러나고, 제 기사가 지면 제가 지금의 자리에서 물러나기로 했습니다.”

“만약 지면 클리프가 있는 곳으로 돌아갈 테니까, 잘 부탁해요.”

엘레로라 씨가 낙관적으로 말했다.

설마, 사실 엘레로라 씨는 크리모니아로 돌아가고 싶은 건가?

“제멋대로 그런 걸 정하다니, 왕으로서 허락할 수 없다.”

뭐, 보통을 그렇겠지.

“그렇지만, 직위를 반납하고 내려오는 건 자유입니다.”

이 나라에는 관두는 자유도 있나?

국왕이 내 쪽을 흘깃 바라봤다. 「네가 싸우는 거냐?」라고 묻는 것 같아서 작게 끄덕였다.

"그래서, 누구와 누가 시합을 하는 거지?"

국왕은 확인하기 위해 묻는다.

"저희 기사단의 휴고입니다."

"제 쪽은 그녀예요."

엘레로라 씨는 나를 바라봤다.

국왕은 내 얼굴을 보더니 역시나, 같은 표정을 지었다.

"국왕 폐하 그녀를 믿어주시겠어요?"

엘레로라 씨와 국왕이 눈으로 의논을 하는 것처럼 보였다.

국왕은 엘레로라 씨와 눈의 대화를 마치고 나를 바라봤다. 그리고 조금 생각하더니 입을 열었다.

"자네, 이름은 뭔가?"

이름? 알잖아. 설마, 잠꼬대하는 거야?

"국왕 폐하는 걱정하시는 거야. 본명을 말하면 곤란하잖아."

엘레로라 씨가 작은 목소리로 알려줬다.

아아, 그렇군, 그런 뜻이란 말이지.

국왕의 배려를 알아차린 나는 이름을 생각했다.

그렇지만 갑자기 가명을 말하라 해도 떠오르지 않는다.

"유, 유, 유우나입니다."

내 가명에 국왕은 어처구니없는 표정이 되었다.

가명이 갑자기 떠오르진 않는걸.

"유우나로군. 정말로 기사와 시합을 할 것인가?"

"친구인 시아 님을 위해서요."

주위에는 다른 사람의 눈이 있어서 일단 귀족인 시아의 이름에 존칭을 붙였다.

"알았다. 그 시합, 내가 봐주도록 하지."

"고맙습니다."

르툼이 고개를 숙이고 미소를 지었다.

으음~ 아무래도 이것만으로는 개운하지 않다.

기사와 시합하는 것만으로는 이 남자를 때릴 수 없다.

"국왕 폐하, 한 가지 더 괜찮을까요?"

"뭐지?"

내가 말을 건네자 그 자리에 있던 모두가 놀랐다.

"아무래도, 르툼…… 님은 여자를 경시하고 있어서 여자를 기사로 두고 싶지 않은 모양이에요."

이 남자를 존칭을 붙여서 부르고 싶지는 않았지만 국왕 앞이니까 이번에는 존칭을 붙여서 불렀다.

"그건 물론이죠. 기사는 남자가 해야 하는 겁니다."

르툼은 내 말에 곧바로 대답했다.

"여자는 나약해서 기사와는 어울리지 않아요. 조금 전의 시합을 보면 알겠지만, 여자가 남자와 비교해서 힘이 약하다는 것은 명백합니다. 국왕 폐하도 티리아 공주님과 플로라 공주님의 목숨을 지키고 싶으시면 남자 기사에게 호위를 시켜야 합니다."

"그건 딸들이 원한다면 그렇게 하겠다고 몇 번이나 말하지 않았는가."

"목숨이 걸린 문제입니다."

"그런 이유로 제안이 있습니다."

내 말에 국왕과 르툼이 내 쪽을 바라봤다.

"르툼…… 님이 싸울 상대로 지정한 기사에게 제가 이긴다면, 여기 있는 르툼 님과도 시합하게 해주셨으면 좋겠습니다. 그리고 제가 르툼 님을 이긴다면 여자를 무시하는 발언은 두 번 다시 하지 않도록 부탁드리겠습니다."

이런 남자에게 님이라는 호칭을 붙이고 싶지는 않지만, 참았다.

일단, 국왕과 다른 사람들도 있으니까 불경해 보이지 않도록 말투를 조심했다. 하지만 익숙하지 않았다.

"기사단장인 나와 싸우겠다는 건가. 학생인 주제에……."

나는 르툼의 말을 무시하고 국왕에게 말했다.

"모든 여자가 약한 것은 아닙니다. 육성하면 강해지는 사람도 나올 겁니다. 처음부터 훈련도 시키지 않고 싹을 잘라버리는 건 옳지 않습니다."

"남자 기사를 육성하는 것과 달리 여자 기사를 육성하는 건 시간과 노력의 낭비야."

르툼이 내 말을 부정했다.

남자가 잘하는 일이 있다면 여자가 잘하는 일도 있다.

하지만 그건 성별로 제한된 게 아니다.

어느 직종이든 재능이 있는 자와 없는 자를 육성시킨다면 전자가 수월하다.

게임에서도 흡수가 빠른 플레이어가 있고 반대로 몇 번을 가르쳐도 이해하지 못하는 플레이어가 있었다. 만일 파티를 결성해야 한다면 전자를 고를 거다.

초기 능력치가 높은 플레이어와 낮은 플레이어가 있다면, 높은 플레이어와 파티를 짤 것이다.

그렇기 때문에 그의 말에는 어느 정도 동의한다. 그러나 가능성이 있음에도 잘라버리는 방식은 좋아하지 않는다.

빠르고 느린 건 있을 수 있지만 사람은 가르치면 배우는 생물이다.

그러니 여자 기사의 길은 없애지 않아 줬으면 좋겠다.

나는 국왕에게 청했다.

"만일 제가 이긴다면, 르툼 님이 태도를 고쳤으면 좋겠습니다. 그리고 여자 기사를 인정했으면 좋겠습니다. 부정적인 르툼 님이 여자 기사를 호의적으로 본다면 주위의 시선도 달라질 겁니다. 하지만 르툼 님이 변하지 않고 계속 여자 기사를 무시한다면 그 때는 처벌을 부탁드립니다."

평민으로 보이는 내가 귀족을 벌해달라 요청하자 주위가 술렁였다.

"르툼, 유우나의 제안을 받아들일 건가?"

"후후후후, 송구합니다. 너무 바보 같은 말을 해서 그만 웃음이 멈추질 않네요. 물론 받아들이죠. 그러면 자네가 졌을 땐 어떻게 할 건가?"

"설마, 이런 승산이 없는 승부에 도전하려는 여자 학생에게 자신이 이겼을 때의 보답을 바라시는 건가요?"

조금 연약한 척 말해봤다.

르툼은 국왕과 주위에 있는 사람들의 얼굴을 바라봤다.

르툼도 국왕이 있는 앞에서 학생인 나에게 요구를 할 수는 없을 것이다. 아무리 봐도 르툼 쪽이 유리한 조건이니까. 나는 르툼과 싸우기 전에 기사와 시합을 해야 한다. 그것만으로도 내 쪽이 불리하다.

"그렇군. 승산도 없는 도전을 한 것에 경의를 표해서 졌을 때의 요구는 없는 것으로 하지. 어차피 휴고에게 이길 수 없을 테니까."

강자의 오만함인지, 여유로운 미소로 받아들였다.

"그 말을 잊지 말아주세요."

르툼이 조건을 받아들였을 때 내 실력을 알고 있는 국왕과 엘레로라 씨는 황당한 얼굴이 됐고, 나를 모르는 사람은 곤란한 얼굴을 지었다.

그래도 이곳에 있던 모두가 증인이 되었다.

이것으로 이 열받는 아저씨를 당당하게 때려눕힐 수 있다.

295 곰 씨, 시합 준비를 하다

국왕과 이야기를 마치고 시아가 있는 곳으로 돌아가자 시아가 쭈뼛거리며 다가왔다.

"유나 님, 저기, 죄송해요. 저 때문에."

"시아는 잘못 없어."

잘못은 아이의 마음을 생각하지 않는 어른, 르툼에게 있다.

시아와 함께 노아, 피나, 슈리도 불안한 얼굴을 하고 있다.

"하지만……."

"시아랑 나는 친구지?"

확인하듯 물었다.

만일 여기에서 「아니에요」나 「곰 옷차림을 한 창피한 친구는 없습니다」와 같은 대답이 나오지 않기를 빌면서 말을 기다렸다.

"유나 님은 존경하는 사람이에요."

어쩐지 다른 대답이 돌아왔다.

"강하고, 요리도 할 수 있고, 여러 가지를 알고 있고, 저를 지켜주잖아요. 그래도 유나 님이 저를 친구로 생각해주니 기뻐요."

다행이다.

일단, 친구라고 인정해도 괜찮을 것 같다.

"그러면 시아가 리네아라는 친구를 지키려고 하는 것과 똑같이 내가 친구인 시아를 지키는 것도 당연한 거지?"

"……유나 님, 고마워요."

시아가 만면의 미소로 바라봤다.

"어, 언니, 치사해요. 유나 님, 저도 친구죠?"

노아가 팔을 끌어안으면서 위로 올려다보며 묻는다.

그런 눈으로 바라보면…….

"노, 노아는 동생 같은 느낌일까?"

"동생이요?"

"응, 조금, 응석 부리는, 귀여운 동생이라고 할까?"

"응석 부린다니……, 저는 응석 부리지 않아요. 유나 님, 너무해요."

노아는 볼을 부풀리며 항의를 해왔지만 그 얼굴은 웃는 것처럼도 보였다.

그런 우리를 본 시아는 나에게 노아를 뺏기지 않으려는 듯 노아를 끌어안았다.

"유나 님, 노아는 제 여동생이에요. 아무리 유나 님이 친구라도 노아는 줄 수 없어요."

"언니, 괴로워요."

안겨진 채 괴로워하는 노아를 보고 나와 시아는 서로 웃었다.

"노아는 뺏겼지만, 나한테도 귀여운 동생이 두 명 있는걸."

나는 피나와 슈리를 끌어안았다.

"유나 언니!"

“유나 언니!”

나에게 안겨진 두 사람도 괴로워했다.

하지만 그런 대화를 주고받으며 모두에게서 불안한 얼굴은 사라지고 미소가 피었다. 자, 시합에서 진다면 슬픈 표정으로 변할 테니 어떻게든 이겨야 하겠네.

그리고 시합을 할 장소로 시선을 옮기자 르툼이 기사단원들에게 한 명을 남기고 내려가도록 지시를 내렸다.

갑작스러운 일로 주위가 소란스럽다.

내기라는 것을 숨기고 견학자와 학생들에게는 특별 시합이 열린다고 알렸다.

그 때문인 것도 있어서 돌아가려던 사람들의 발이 멈췄다.

르툼은 남은 기사에게 무언가 말했다.

저 기사가 내 상대인가?

“엘레로라 씨, 저 기사는 강한가요?”

“강해. 르툼의 기사단 중에서 가장 강할지도 모르겠어. 적당히 하려는 생각은 전혀 없는 것 같네.”

르툼의 기사단 중에서라는 건 나라에서 제일이라는 뜻은 아니라는 거다.

하지만 자신의 기사단 중에서 가장 강한 기사를 내보인다는 건, 겉으로 약해 보이는 나를 상대로도 방심은 하지 않겠다는 뜻이겠지.

물론 나도 누가 나온다 해도 방심할 생각은 없다.

"그래서, 국왕 폐하와 무슨 이야기를 나눈 거예요?"

르툼과의 이야기가 끝나고, 엘레로라 씨는 국왕에게 눈으로 남으라고 전달 받아 르툼이 사라지는 걸 기다린 후 이야기를 나눴다.

"「제멋대로 굴지 좀 마」라고 혼나기만 했어. 「네 녀석이 일을 관두면 곤란할 사람이 누구라고 생각하는 거냐!」 하고 말이야."

뭐, 제멋대로 직위를 걸면 혼나겠지.

일을 내팽개치는 엘레로라 씨라도 국왕에게는 중요한 부하라는 거겠지.

뭐가 어떻든 사이가 좋은 두 사람이다.

"나로서는 크리모니아로 돌아가도 좋은데. 그렇게 되면 유나의 요리도 먹을 수 있잖아."

내 요리가 크리모니아로 돌아오려는 진짜 이유는 아니겠지?

정말 그렇다면 클리프가 불쌍하잖아.

"그리고, 국왕 폐하께서 유나가 이길 수 있는 거냐고 물었어."

"글쎄요, 그것만큼은 해보지 않으면 몰라요. 저 기사가 웜이나 블랙 바이퍼보다 강하다면 질 수도 있죠."

기사와는 싸운 적 없고 상대의 힘도 모르기 때문에 확답할 수는 없다.

"유나, 비교 대상이 이상해."

그런 어이없다는 눈으로 보지 마세요. 나는 아직도 이 세계에 사는 주민들의 능력을 잘 모르겠는걸요.

그리고 상대가 될 기사를 보고 무기를 발견했다.

"엘레로라 씨, 시합은 어느 검을 사용하는 거예요?"

내가 가지고 있는 검은 가장 처음에 주운 용사의 검『노송나무 막대』 정도밖에 없다. 나머진 싸구려 검과 미스릴 나이프 정도였다. 아무래도 기사와의 시합인데 나이프로 싸우는 건 조금 그렇다.

"일단 연습 시합이 될 테니까 연습용 검이지. 시아, 빌려와 주겠니?"

시아는 고개를 끄덕이고 연습용 검을 가지러 갔다.

무기의 성능에서 차이가 날 일은 없을 것 같군.

그리고 친구인 리네아에게 부탁해서 검을 빌려왔다.

"유나 님, 연습용 검이에요. 리네아의 검이니까 또래인 유나 님도 쓰실 수 있을 거예요."

"고마워."

시아에게서 검을 받아 들고 칼집에서 검을 뺐다. 리네아가 들고 있던 검이라서 그런지 다른 기사와 비교해서 짧고 가늘다. 하지만 키가 작은 나에게는 딱 좋은 사이즈다.

나는 검의 느낌을 확인하기 위해 가볍게 검을 휘둘렀다. 오른쪽으로 베고, 왼쪽으로 베고, 내려 베고, 찌르고. 몇 번인가 같은 동작을 반복하고 마지막에는 검을 휙 돌린 후 칼집에 넣었다.

응, 괜찮네. 몸이 기억하고 있어. 오랜만인데 위화감이 없어.

"유나 님, 대단해요."

"유나 언니, 멋있어."

아이들이 존경의 시선으로 바라봤다. 이 정도로 칭찬을 받으니 조금 쑥스럽다.

"유나, 슬슬 괜찮아? 르툼이 기다리고 있어."

나는 고개를 끄덕이고 아이들의 머리를 퐁, 퐁, 퐁 하고 가볍게 건드렸다.

"그럼, 다녀올게."

준비를 마치고 기사가 있는 광장 중앙을 향해 걸었다.

그리고 내 등장에 주위가 술렁인다. 심지어 내가 학원의 여자 대표라는 느낌으로 알려져 있다. 주위에서 여러 소리가 들렸다.

「누구야?」, 「처음 보는 여자애인데?」, 「저 작은 여자아이가 여자 대표?」.

아무래도 르툼은 여자의 지위를 떨어뜨리고 싶은지 굳이 나를 여자 대표라고 소개했다.

학원의 여자 대표인 내가 허무하게 진다면 주위에 여자가 약하다는 좋은 선전이 될 거라 생각하나?

하지만 나 같은 작은(세간에서 일반적인) 여자아이를 쓰러뜨려도 설득력이 없을 것 같은데 말이지.

오히려 내가 져도 당연하다고 여겨질 것 같다.

뭐, 어느 쪽이든 질 생각은 없다.

내가 기사 앞에 서자 내 머리가 기사의 가슴 언저리에 왔다. 크네, 올려다보지 않으면 얼굴이 보이지 않아.

20대 중반인가?

기사는 갑옷을 입고 왼손에 방패를 들고 있었다. 검은 검집에 넣어져 있었다.

"이봐, 저런 작은 아이인데 괜찮은 건가?"

"저렇게 체격 차이가 나면 승부가 되지 않을 텐데……."

"심지어 방어구도 입지 않았어."

구경하는 학생들에게서 걱정스러운 말이 나왔다.

상대가 방어구를 두르고 있는데 나는 교복 차림.

내 방어구는 곰 옷이지만 지금 입을 수는 없으니까.

"아가씨, 방어구는?"

기사가 묻는다.

"맞지 않아서 필요 없어요. 그쪽이야말로 그런 무거운 방어구를 입어도 괜찮겠어요?"

방패를 들고 철 갑옷을 입어서 무척 무거워 보인다. 하지만 그만큼 방어가 견고하다는 뜻이 된다. 노려야 하는 건 관절 부분인가, 아니면 다리인가?

기사는 내 복장을 보고 조금 생각하더니 입을 열었다.

"그렇지, 갑옷을 입고 있어서 졌다는 식의 말을 들어도 곤란하니 같은 조건으로 싸우지."

기사의 예상 밖의 말에 놀랐다.

"휴고!"

르툼이 기사의 제멋대로인 발언을 듣고 소리쳤다.

"네 녀석, 이 시합이 얼마나 중요한지 알고 있는 거냐!"

"르툼 단장님, 알고 있습니다. 그러니 하는 말입니다. 저 엘레로라 님이 내보낸 여자아이인데 약할 리가 없습니다. 왜소한 몸이지만 움직임이 빠를 겁니다. 그렇다면 이쪽도 몸을 가볍게 만드는 편이 좋습니다. 갑옷을 입고 있으면 대처하지 못할 수도 있습니다."

기사의 말을 듣고 르툼은 나를 바라봤다.

"분명 그렇겠지. 그 엘레로라가 신용하지 않는 자를 시합에 내보낼 리 없으니 그렇게 생각하는 편이 나을지도 모르겠군. 방심은 하지 말도록."

기사는 르툼에게 허락을 받자 동료 기사를 불러 방패를 건네고 갑옷을 벗었다.

편한 복장이 되자 단련된 몸이 드러났다. 이 모습을 보면서 여자가 기사에 어울리지 않는다는 말을 들으면 납득해버릴지도 모른다.

하지만 싸움은 근육만으로 하는 것이 아니다. 있으면 유리하지만…….

"내 움직임이 느릴 거라고 생각하지 않는 편이 좋을 거다."

"갑옷을 벗었다고 해서 내 움직임을 따라잡을 수 있을 거라고 생각하지는 마세요."

나도 상대의 기사와 같은 충고를 했다. 기사는 그것을 들은 뒤

「알겠다」라고 한마디 대답만 했다.

어쩐지 이 기사는 르톰과 달리 진짜 기사처럼 보였다. 하지만 적당히 봐줄 것 같지는 않다. 그러므로 더욱더 같은 조건에서 싸우려고 하는 건지도 모른다.

조금 더 나를 무시하는 태도를 보이거나 폭언을 했으면 스트레스를 발산하며 싸울 수 있었는데……. 뭐 아니었다고 해서 적당히 할 생각은 없다.

단지, 싸우기 어렵다는 건 분명하다.

“아가씨, 미안하지만 봐주지 말라고 르톰 단장님에게 말을 들었어. 상처를 입기 전에 빨리 지는 것을 추천하지.”

“고마워요. 하지만 충고만 받아 둘게요.”

게임을 하던 시절이 그리워진다. 게임을 할 때 이런 근육질인 남자와 시합을 했던 적도 있었다. 엘레로라 씨에게는 미안하지만 조금 즐거워졌다.

“이상한 아가씨로군. 보통은 무서워하거나 몸을 떠는데 말이야.”

아무래도 나는 웃고 있었던 모양이다.

“질 리는 없으니까요.”

“그건 나도 마찬가지다.”

서로가 질 수는 없는 시합.

나는 엘레로라 씨와 시아를 위해…….

기사는 명예를 위해서라도 나 같은 여자아이에게 질 수는 없었다.

"그럼, 시합을 시작하지. 얼굴 등의 위험한 부위의 공격은 금지다."

나에게는 없는 그곳을 공격해도 아웃인가?

그곳은 남자의 급소라고 하던데……. 여자인 나는 잘 모르지만 꽤 아프다고 했다.

"그리고 우리가 멈추라고 하면 시합은 종료야."

"그럼, 시작할까."

우리는 대답을 한 뒤 서로에게서 거리를 뒀다.

심판 역의 르툼과 엘레로라 씨도 물러났다.

공정하게 심판을 하기 위해 두 사람이 심판을 보게 되었다.

르툼에게만 심판 역할을 시키면 부정투성이의 시합이 될 거고, 엘레로라 씨도 편파 판정을 할 수 있다. 둘이 같이 한다면 공평하겠지.

"어린아이가 다치지 않게 빨리 멈추시지."

"그건 이쪽의 대사야. 지금이라도 항복하면 여자아이에게 승리를 양보하기 위해 일부러 졌다고 해줄게."

심판인 두 사람이 언쟁을 벌였다.

기사와 나의 시합에 앞서 먼저 장외 난투가 시작됐다.

"그래도 유나, 무리는 하면 안 돼. 져도 크리모니아로 돌아가기만 하는 거니까 책임 같은 건 생각하지 않아도 돼. 너를 걱정하는 아이들이 있다는 걸 잊어선 안 된다?"

"휴고, 봐줄 필요는 없어. 기사는 남자만 해야 한다는 걸 증명해."

그리고 나와 기사는 검을 감아쥐었다.

296 곰 씨, 기사와 시합하다

시합 시작의 신호가 나옴과 동시에 기사가 내 쪽으로 달려왔다. 상황을 지켜볼 생각은 없었지만 상대 쪽의 행동이 더 빨랐다.

기사는 나와의 거리를 좁히더니 검을 휘둘렀다. 신장 차이 때문에 머리 위에서 검이 내려쳐지는 감각이었다. 기사는 위에서 검을, 나는 아래에서 검을 뻗어 막았다.

광장에 검과 검이 맞부딪치는 소리가 울렸다. 그 소리의 크기가 봐주고 있지 않다는 것을 증명했다.

응, 막을 수 있어. 괜찮아.

나는 첫 공격은 무조건 막을 생각이었다. 공격을 받아낼 수 있는지 없는지에 따라 싸우는 방식이 바뀐다.

"아가씨, 거짓말이지? 손쉽게 막아낼 정도로 내 검은 가볍지 않을 텐데. 당신의 팔은 어떻게 되어있는 거야?"

힘을 담은 일격이 막히자 기사는 경악을 금치 못했다. 아무래도 이 일격으로 끝낼 생각이었던 모양이다.

기사는 더욱 힘을 담아 밀어붙이려 했지만 그 이상 검이 아래로 내려오는 일은 없었다. 오히려 내가 검에 힘을 넣어 되받아치자 기사는 후방으로 가볍게 점프해서 간격 밖으로 나갔다.

그 순간 주위에서 환호성이 일었다.

단지 일격을 받아냈을 뿐이라서 그렇게 소란스러워질 일이 아닐 텐데…….

하지만 이것으로 상대의 공격을 받아낼 수 있다는 건 알았다. 뭐, 이것도 곰 인형 장갑 덕분이지만.

나머지는 기사의 공격에 대응하는 것과 내 공격을 어떻게 맞추느냐이다.

기사는 천천히 간격을 좁혀왔다.

이번에는 내가 먼저 공격을 했다. 아래에서 올려치듯 검을 휘둘렀다. 하지만 기사는 그 공격을 쉽게 피한 뒤 기회를 놓치지 않고 반격했다. 나는 몸을 비틀어 피하고 그 비튼 힘을 이용하여 검을 옆으로 후려쳤다. 기사는 후방으로 물러나며 검을 피했다.

한순간의 공방이지만 역시 강한 것 같네.

"후훗, 아하하하."

기사는 웃기 시작했다.

"역시 엘레로라 님이 내 상대로 내보낼 만큼의 실력이군. 아가씨는 도대체 뭐 하는 사람이지? 학생이 나의 일격을 받아내는 것뿐 아니라 피하다니."

"당신도 내 공격을 피했잖아요."

보통은 맞았을 건데 그걸 피했다. 게임에서도 상위 플레이어 정도의 실력인 것 같다.

"갑옷과 방패가 있었다면 피하지 못했을 거야."

"그런 경우에는 방패로 막았겠죠."

이 기사라면 틀림없이 방패로 막았을 거다.

"휴고! 그런 꼬맹이한테 왜 쩔쩔매는 거야. 얼른 해치워!"

"저 사람은 저렇게 말하고 있지만, 순순히 해치워질 생각은 없어요."

나는 다시 검을 감아쥔다.

"그렇다면 이 공격을 받아낼 수 있을까?"

나는 대처를 하기 위해 거리를 두려고 뒤로 물러섰으나 기사는 거리를 좁혀왔다. 오른쪽으로 돌아 달리는데도 기사가 따라붙었다.

으음~ 갑옷을 벗어서 몸이 가벼워진 건가?

곰 신발을 신고 있어서 진심으로 달리면 거리를 쉽게 벌릴 수 있지만 그러면 의미가 없다. 나는 발을 멈추고 싸우는 것을 택했다.

기사가 검을 찔러왔지만 피했다. 그러나 공격은 한 번이 아니었고 연속으로 찔렀다. 하지만 나는 확실하게 검의 방향을 보고 피했다.

오히려 틈이 있으면 나도 공격을 했다. 두 사람 사이에서 검의 공방이 이어진다.

날카로운 공격이 덮쳐왔다. 기사의 검을 옆으로 흘려보내고 몸의 중심이 틀어짐과 동시에 기사의 다리를 향해 발차기를 했다. 그러나 기사는 몸을 회전시켜 발차기를 피했다.

"농담이지? 전부 막고 있잖아. 심지어 피하기만 하는 게 아니라 반격까지 하고 있는데?"

검을 막아내는 건 곰 장갑의 힘 덕분이지만 검을 흘려보내거나 피하고 발로 차는 동작은 게임 속에서 내가 습득한 기술이다.

하지만 아까의 상황에서 내 발차기를 피한 거야?

틀림없이 맞을 거라고 생각했는데.

"조금만 늦었더라면 그 귀여운 신발로 차일 뻔했네."

"발에 차여서 넘어졌으면 끝이었을 텐데, 아쉽네요."

"기분 탓인지 아가씨의 발차기에 공포를 느껴서 말이야."

설마 급소를 노린 게 들켰나?

남자의 약점을 노렸는데 실패한 것 같네.

심호흡하고 이번에는 내 쪽에서 공격하기로 한다.

기사를 향해 달려가 검을 아래에서 위로 베어 올렸다. 기사는 그것을 위에서 뿌리치듯 막았다. 나는 연속해서 공격했다. 하지만 모든 공격이 막혔다.

곰 인형 장갑의 힘으로 날려 보내고 싶었지만 꾹 참았다. 검을 막기 위해 사용하는 건 어쩔 수 없지만, 그것을 제외하면 상대와 같은 상황에서 이겨야 의미가 있다.

기사는 나의 공격을 막은 뒤 힘을 담아 일격을 가했다. 이것을 막으면 기사에게 커다란 틈이 생길 거다. 나는 검을 사선으로 들고 기사의 공격을 흘려보냈다.

기사의 검은 허공을 갈랐고 나는 텅 빈 몸을 향해 검을 내려쳤다.

이것으로 끝이다.

그렇게 생각했지만 기사는 오른손을 뻗어 나의 팔을 잡더니 그대로 집어 던졌다. 몸이 가벼운 나는 공중으로 날아갔다.

아무래도 검이 빗겨나감과 동시에 양손으로 쥐고 있던 검을 왼손으로만 들고 빈 오른손으로 나를 잡아채서 날린 모양이다.

나는 몸을 비틀어 착지했다. 그와 동시에 달렸다. 무리하게 나를 던진 탓에 기사의 자세가 흐트러져 있었다.

내가 착지할 수 있을 거라 생각 못했던 기사의 행동은 늦었다. 나는 검을 뻗었다. 기사는 무너진 자세에서 나의 검을 쳐냈다. 그리고 반격을 하기 위해 스텝을 밟은 뒤 검을 아래로 내려쳤다.

나는 반 발자국 정도만 움직인 뒤 몸을 돌려서 피했다. 기사는 검을 다시 들어올리려고 했으나 검은 움직이지 않았다. 기사는 자신의 검을 바라봤다. 그곳에는 검과 나의 발이 있었다. 기사의 검은 내가 밟고 있어서 움직이지 않았다.

나는 기사를 향해 검을 내리쳤다. 기사는 검을 놓고 뒤로 도망치려 했다.

놓치지 않는다.

나는 곰 인형 장갑으로 쥐고 있던 검을 놓고 그 손으로 기사의 팔을 잡았다. 기사는 뿌리치려고 했지만 나는 곧장 던져버렸다.

기사는 회전하면서 날아간 뒤 등부터 지면에 떨어졌다.

나는 그런 기사를 향해 말을 건넸다.

"내가 이겼죠?"

"제가 졌습니다."

기사의 패배를 인정하는 말이 나온 순간, 조용하던 주위에서 환호성이 일었다.

"휴고, 네 녀석. 어째서 이런 어린애한테 지는 거냐. 기사의 수치다!"

르툼은 기사가 있는 곳으로 가더니 격분했다.

"죄송합니다. 하지만 르툼 님이 보신 것처럼 그녀는 강해요. 그걸 모르실 리 없을 텐데요."

"나는 어떻게든 이기라고 했을 텐데?"

"저는 전력을 다했습니다. 그런데도 그녀가 강했어요. 저의 공격을 모조리 막아내고 피했습니다. 그녀의 공격은 날카롭고 대응력도 대단해요. 모든 게 일류라고 할 수 있을 정도의 실력이었습니다."

"웃기지 마!"

르툼이 주먹을 쥔 뒤 기사를 때리려고 해서 나는 르툼의 엉덩이를 가볍게 찼다. 르툼은 균형을 잃고 앞으로 고꾸라졌다.

"뭐야?!"

"약속은 기억하고 있겠죠?"

르툼은 분한 듯 나를 노려봤다.

"이번에는 당신 차례예요."

"애송이가……."

"설마, 도망치진 않겠죠. 혹시, 모두의 앞에서 나 같은 애송이한테 질까봐 무서워요?"

"여자아이가 건방지군. 좋아, 약속대로 내가 상대해주마."

시합 개시는 약간의 휴식을 취한 후 이루어지게 됐다.

"지쳐서 졌다는 변명은 곤란하다."

르툼의 친절함인지 자존심인지, 그것도 아니라면 대책을 짜낼 시간 벌기인지 알 수 없지만 휴식을 하게 됐다.

"유나, 조심해. 르툼은 성격에 문제가 있지만, 실력은 좋으니까."

"그렇다면 조금 전의 기사랑 싸우게 하지 말고, 본인이 싸우면 됐을 것 같은데요?"

그러는 편이 이길 확률이 높아진다. 자신의 지위를 내건 중요한 시합이다. 자신이 가장 세다면 스스로 싸우면 되는데 왜 다른 사람에게 맡긴 거지?

"휴고도 그 나름의 실력자니까, 여자아이에게 질 일은 없을 거라고 생각했겠지. 이 광장에서 유나가 이길 거라고 생각한 사람은 많지 않을 거야."

즉, 나 정도라면 자신이 나서지 않아도 이길 수 있을 거라 판단했다는 거네. 사람은 겉모습만으로 판단하면 안 된다고 배우지 않았나?

내가 르툼을 바라보고 있는데 조금 전 싸웠던 기사가 우리 쪽으로 다가왔다.

"엘레로라 님, 그 여자아이는 정체가 무엇입니까?"

기사가 나를 바라보며 물었다.

"딸의 소중한 친구야."

"그런 의미가 아닙니다. 솔직히 저의 검을 저 가느다란 팔로 받아쳤다는 걸 믿을 수 없습니다."

그건 곰 인형 장갑 덕분이다.

"게다가 실전을 몇 번이나 반복한 듯한 검술. 그건 많은 실전 경험이 없으면 익혀지지 않는 것입니다."

『게임 시절』에 대인전은 많이 했었다. 그것도 여러 기술을 지닌 플레이어들이랑 말이다. 이긴 적도 있고 진 적도 있다. 그 경험이 조금 전의 시합에서 도움이 됐다.

"그 움직임에는 나도 놀랐어."

"아가씨, 즐거웠어. 그래도 르툼 님과의 시합은 조심하는 게 좋을 거야. 되도록 기권을 권하고 싶지만……."

"그럴 생각은 없어요."

"그럴 거라 생각했어. 다치지 않길 기도하지."

기사는 충고를 한 후 자리를 떠났다.

297 곰 씨, 르툼과 시합하다

“유나, 르툼이 불러. 준비는 됐어? 아직 시간이 필요하면 내가 말해둘게.”

“괜찮아요.”

마법은 쓰지 않았고 곰 인형 장갑 덕분에 검을 쥐고 있어도 지치지 않는다. 곰 신발 덕분에 발의 피로도 없다. 지친다고 하면 정신적으로 지쳐있는 정도이다. 오랜만의 시합은 즐겁지만 곰 인형 옷의 방어력이 없어서 막무가내로는 할 수 없다. 상대의 공격에 주의를 해야 한다. 이것은 생각보다 정신이 지친다.

그 이외에 문제되는 건 없어서 르툼이 있는 곳으로 향했다.

르툼은 조금 전의 기사와 같이 갑옷을 벗고 가벼운 복장을 하고 있었다. 아무래도 무거운 장비는 불리하다는 걸 알아차린 모양이다.

“준비는 됐나, 애송이.”

“언제든, 좋아요.”

“그 자신만만한 얼굴을 당장에라도 때려눕혀주지.”

“그럼 제가 이기면 당신의 얼굴을 때릴게요.”

“내게 이긴다면 말이지. 한마디 충고해두마. 네 녀석에겐 약점이 있어. 휴고 녀석은 적당히 봐준 모양인데 나는 그렇게 무르지 않아.”

적당히 봐줘?

그 기사가 적당히 봐준 거였어?

나는 기사 쪽을 바라봤다. 저 기사가 진심으로 싸워주지 않았다고 생각하니 조금 아쉬웠다.

역시, 내가 여자라서?

“그럼, 봐주는 것 없이 당신을 이긴다면 아무런 문제가 없는 거네요.”

“만약 나에게 이긴다면 여자 기사를 인정하고 네 녀석을 내 아들과 결혼시키도록 하지.”

잠깐, 뭐라고? 그건 이겨도 벌칙 게임 아냐?

보통은 이기면 이득이 생기는 거잖아.

그래서 그런 벌칙 게임은 거절했다.

“그런 거 필요 없어요.”

“평민이 귀족의 아들과 결혼할 수 있다는 뜻이야. 영광으로 생각해라!”

영광이라고 생각하지 않아. 게다가 조금 전까지 아들은 시아나 노아랑 결혼시키겠다고 하지 않았나?

그런 내 마음속 외침도 허무하게 엘레로라 씨의 신호로 시합이 시작됐다.

시작하자마자 검술의 응수가 이루어졌다.

나는 곰 인형 장갑과 곰 신발의 힘을 빌려서 르툼의 검을 피했다. 검을 빗겨내고 몸을 비틀어 피한다. 상대의 힘을 흘려보내는 전투 방식이 내 본래의 모습이다.

게임 시절에도 마법 검사였기 때문에 근력과 힘으로 하는 승부에서는 이길 수 없어서, 자연스럽게 상대의 공격을 피하거나 적당히 받아넘기는 것이 기본 전투 방식이 됐다.

"이것도 피할 수 있겠나!"

르툼은 웃었다.

앞선 기사와 시합을 하지 않았더라면 피하지 못했을지도 모른다. 르툼 녀석, 입을 놀릴 만하다. 조금 전의 기사보다 강해.

"조금 전의 시합에서도 생각했지만, 네 녀석 같은 여자애가 이렇게 강할 줄은 몰랐어."

르툼의 얼굴에는 미소가 삐져나오고 있다. 설마 전투광인 거야?

서로가 검을 피하고, 받아넘기고, 막아냈다. 틈이 생기면 발과 빈손을 사용해서 공격했다.

어느 정도의 공방을 주고 받았는지 모르겠다.

국왕도 주위 사람들도 엘레로라 씨도 조용히 시합을 지켜보고 있었다.

검을 피하자 르툼이 발로 차려고 다리를 내밀었다. 나는 하얀 곰 인형 장갑으로 받아치고 르툼의 중심을 무너뜨렸다. 반대로 발차기를 날렸으나 허공을 갈랐다.

결코, 나의 다리가 짧아서가 아니다. 키가 조금 작은 것뿐이다.

"재밌군, 애송이."

동감하고 싶지 않지만 즐기고 있는 나 자신이 있었다.

"그렇지만 조금 전에도 이야기했듯, 네 녀석에겐 약점이 있지."

르튬이 공격을 하면서 말을 건넸다. 곰 인형 장갑 덕분에 힘에서의 약점은 없다. 검을 주고 받는 르튬이 모를 리 없다.

스피드에서도 지지 않는다. 검의 기술에서도 지지 않는다.

그렇다면 나의 약점이라는 건?

내가 그렇게 생각하고 있는데 르튬에게 위화감을 느꼈다. 지금까지 양손으로 들고 있던 검을 한 손으로 들고 있었다. 르튬의 검을 쥐고 있지 않은 왼쪽 손에 바람이 모여들었다.

아직 늦지 않았어!

"네 녀석의 약점은 마법을 쓸 수 없다는 것이다!"

르튬은 왼손을 들이밀었다.

나는 몸을 뒤로 젖혀 르튬의 왼손에서 날아온 바람 마법을 피했다.

그리고 나는 후방으로 스텝을 밟고 거리를 두었다.

"지금 공격을 피한 거야?"

르튬은 믿기지 않는 듯 나를 바라보고 있었다. 믿기지 않는 건 내 쪽이야.

"자, 잠깐, 마법은 반칙이잖아요."

나는 르툼을 향해 호소했다. 기사가 마법을 쓰다니 반칙이다. 무엇보다도 검과 검의 시합에서 마법을 쓰다니 격이 떨어진다.

"무슨 말을 하는 거냐. 우수한 기사라면 마법도 쓸 수 있어. 기사라는 건 그런 거야."

내 항의에 르툼은 그렇게 잘라 말했다.

"그래요?"

르툼의 발언을 들은 나는 엘레로라 씨에게 확인했다.

"맞아, 마법을 써도 문제는 없어. 기사도 마법을 쓸 수 있으면 써도 돼."

엘레로라 씨가 「무슨 말을 하는 거야?」라는 표정으로 나를 바라봤다.

이 세계의 상식이라고 말해도 나는 모른다고. 기사는 검으로 싸우는 거잖아. 그리고 마법사가 마법을 사용하는 존재잖아.

내가 이상한 말을 한 거야? 이상하지 않지?

진지하게 검만으로 싸우고 있던 나는 혹시, 바보 아니야?

"네 녀석의 검 기술은 칭찬할 가치가 있어. 하지만, 마법도 기사의 공격 방법의 하나지. 그러니 마법을 쓰는 건 잘못됐다고 생각하지 않아. 네 녀석의 약점은 마법을 쓸 수 없다는 점이다."

르툼은 나를 가리켰다.

"저기, 나도 마법 쓸 줄 아는데요."

"그렇다면 어째서 조금 전의 시합에서 사용하지 않았지? 네 녀석이 사용하지 않았기 때문에 휴고 녀석도 사용하지 않은 거야. 그게 휴고의 무른 점이지."

조금 전의 봐줬다는 이야기는 마법을 쓰지 않았다는 의미였나 보다. 확실히 마법도 쓸 수 있는 시합에서 마법을 쓰지 않았다면 봐주고 있다고 여겨져도 어쩔 도리가 없다.

그 기사와 마법을 사용해서 싸웠으면 재미있었을 것 같다. 조금 아쉽네.

"어째서 마법을 쓰지 않는 거지, 라고 생각했는데. 마법을 쓰면 안 된다고 생각했구나."

엘레로라 씨는 납득을 한 것처럼 말했다. 아무래도 여기에서는 내 쪽이 상식이 없는 모양이다.

"마법을 사용할 수 있는 시합이라면 내가 유리한데, 정말로 마법을 사용해도 괜찮겠어요?"

"후훗, 재미있군. 네 녀석의 실력을 봐주지."

"말해두는데 이건 어디까지나 시합이야. 위험한 마법은 금지야."

엘레로라 씨는 우리에게 주의를 주었다.

"다행이겠군. 나도 이렇게 사람이 많으면 강한 마법을 쓸 수 없으니까."

"그건 피차일반이네요."

곰 마법을 사용하면 틀림없이 이긴다. 그와 동시에 비참한 풍경을 만들게 될 거다.

개인적으로는 검만 사용하는 시합이 재미있었지만 지금부터는 마법도 사용하는 싸움이 된다.

다시 자세를 잡고 엘레로라 씨의 신호를 기다렸다.

그리고 두 번째 시작 신호와 동시에, 나는 상황을 지켜보기 위해 공기탄을 날렸고 동시에 달려 들어갔다. 르툼은 공기탄을 검으로 휘둘러 막아냈다. 나는 공기탄을 연속으로 날렸다.

"그 정도냐!"

르툼은 공기탄을 전부 베었다.

온 힘을 다해 마법을 사용하면 주위에 큰 소동이 일어나서 사용하지 않는 것뿐인데, 그런 거만한 얼굴을 해도 곤란하다.

서로에게 마법으로 견제를 하며 거리를 좁혔다. 르툼은 검을 번쩍 쳐들고 다가왔다.

나는 검을 피하고 받아 쳤다. 검이 몇 번이고 공격을 가해온다. 모두 빠르다.

접근전에서는 마법을 사용하는 것보다 검으로 공격할 수단이 많았다.

"느려!"

르툼이 외쳤다.

피할 수 없어서 르툼의 검을 막았다. 검과 검이 겹쳐진다.

“이것도 막았군. 하지만 어디까지 버틸 수 있을까?”

르툼은 검에 화염을 휘감았다.

마법?!

나도 마법을 사용해서 내가 가지고 있는 검에 물을 휘감았다.

화염과 물이 겹쳐져 수증기가 피어올라 시야를 가렸다. 나와 르툼은 서로 거리를 뒀다.

그리고 생각하는 게 같은지 바람 마법을 써서 수증기를 걷어냈다.

게임 시절에 마법 검사를 했던 기억을 떠올리고 마법과 검을 번갈아 가며 공격했다. 성격은 나쁘지만 르툼은 기사단장을 맡을 만큼의 실력이 있었다.

“계집, 정말로 재미있군!”

그 말에는 나도 동감하지만, 동의는 하고 싶지 않다.

서로의 마법은 마법으로 상쇄되어 고착 상태가 이어졌다.

잠깐 검과 마법의 공방이 이어지는 와중에 르툼이 달려들었다.

이 순간을 기다리고 있었지.

르툼에게 발각되지 않도록 마법을 발동시켰다. 르툼은 발 부근에 변화가 일어난 점을 알아차리지 못했다.

르툼은 내 손에서 날아드는 마법만 보고 있어서 아래쪽을 신경 쓰고 있지 않았다. 르툼의 발 쪽 지면을 흙 마법으로 울퉁불퉁하게 만들었다. 상대의 신경을 다른 곳에 쏠리게 한 뒤 몰래 만드는 것이 포인트다. 게임 시절에 상대의 기동력을 억누르고 싶을 때 사용했던 기술이다.

나를 바라보고 있던 르튬은 울퉁불퉁해진 지면을 알아차리지 못하고 균형을 잃었다.

"뭐지?!"

나는 균형을 잃은 르튬을 향해 검을 휘둘러 내려쳤다. 르튬은 균형을 잃었지만 내 검을 막았다.

"균형을 잃다니, 나이가 들어서 다리랑 허리가 약해진 거 아니에요?"

"깔보다니……."

르튬은 힘을 가해 내 검을 쳐냈다. 그리고 나에게서 떨어진다.

"여자인데 잘도 그런 힘을 지녔군. 하지만, 이제 끝내주지. 네 녀석에게 질 수는 없어."

르튬은 좌우로 바람을 불러일으켰다. 내 행동 범위를 좁히는 것이 목적인 것 같다.

나는 바람 마법으로 상쇄시키고 오른쪽으로 돌아 빠져나갔다.

"교활한 것!"

나도 당하고 있을 수만은 없잖아.

르튬은 바람 마법을 날리면서 내 행동을 제한했다. 르튬이 원하는 대로 유도되고 있다는 건 인지하고 있다.

나는 르튬에 의해 유도된 길로 나아가 르튬에게 향했다.

"이것으로 끝이다."

르툼은 나를 향해 검을 내리쳤다. 나는 검으로 막지 않았다. 피하지 않는다. 내 검은 르툼의 검보다 느리게 르툼을 덮쳤다.

좀 더 빠르게 내려쳐진 르툼의 검이 나에게 닿았어야 했다. 하지만 르툼의 검은 내 정면에 나타난 곰 석상에 의해 튕겨 나갔다.

"뭐지?!"

반칙 기술, 흙 곰 마법이다. 내 앞에 나타난 곰의 석상은 르툼의 검을 튕겨냈다. 르툼은 예상을 하지 못해서 반응이 둔해졌고 그 틈을 노려 내 검이 르툼의 목 앞에서 멈췄다.

"내 승리죠? 아니면 마저 할래요?"

"아니, 내 패배다."

"쉽게 인정하네요. 분명 지지 않았다고 주장할 줄 알았는데."

르툼은 주위로 시선을 보냈다. 학생과 기사, 국왕, 국왕의 호위. 많은 사람이 보고 있었다.

"게다가 이 이상은 움직이지 못해."

자세히 보니, 르툼의 다리는 경련을 일으키고 있었다.

"네 녀석의 승리다."

르툼의 패배 선언으로 광장이 환호에 휩싸였다.

패배를 인정한 르툼은 허리를 숙였다. 그 얼굴은 어쩐지 후련해 보였다.

뭐지? 저 만족스러운 얼굴은?

"네 녀석의 정체는 무엇이지?"

"평범한 학생이에요."

거짓말이지만…….

"네 녀석 같은 학생이 있을까 보냐!"

르툼은 웃었다.

"아무튼, 내가 이겼으니 약속은 지키세요."

그것 때문에 시합을 했다.

"그래, 아들과의 결혼 말이지?"

"아냐!"

내가 소리쳤다.

298 곰 씨, 국왕에게 혼나다

"아, 참. 제가 이겼으니 약속대로 한 대 때릴게요."

나는 지면에 앉아있는 르툼의 앞에 선 뒤 르툼의 얼굴을 향해 곰 인형 장갑을 힘껏 뻗었다. 르툼의 몸이 회전하면서 튕겨 나갔다. 그대로 커다란 소리를 내고 지면에 쓰러졌다. 그리고 꿈쩍도 하지 않았다.

나의 갑작스러운 행동에 크게 소리치던 환호성은 멈추고 조용해졌다.

이런, 죽지 않았겠지?

아, 발이 조금 움직였다. 괜찮은 것 같네.

나는 르툼에게 다가가 물 마법을 써서 머리 위로 물을 끼얹었다.

"뭐야?!"

사실은 기절해 있는 편이 가장 좋지만 국왕 앞에서 약속하도록 만들어야 한다.

"무슨 일이 있었지?"

르툼은 이리저리 주위를 확인한 후 나를 바라보곤 맞았다는 것을 알아차렸다.

"나를 때릴 줄이야. 무서움을 모르는 계집이군."

"제가 이기면 맞겠다고 약속했잖아요."

"크큭, 재미있는 계집이다. 엘레로라가 자신의 자리를 걸면서까지 시합을 시킨 이유를 알겠어. 나에겐 보는 눈이 없었군그래."

르툼은 이쪽으로 다가오는 엘레로라 씨에게로 시선을 옮겼다.

"나도 그녀가 강하다는 건 들었지만 이 눈으로 보는 건 처음이야."

그러고 보니 엘레로라 씨는 클리프에게 나에 대해 여러 이야기를 들었지만, 싸우는 모습을 본 것은 오늘이 처음일지도 모른다. 그렇게 생각하니 나를 용케 신용해줬다고 생각했다.

"점점 더 며느릿감으로 탐나는군."

"거절하죠."

애초에 결혼 상대는 시아와 노아를 희망하고 있었잖아, 라고 입 밖으로 꺼낼 수는 없다. 하지만 나에게 혼약을 제안해도 곤란하다.

우선, 결혼의 건은 거절하고 우리는 국왕이 있는 곳으로 갔다. 물론 곰 석상은 치웠다.

"두 사람 모두 좋은 시합이었다. 학생들에게도 좋은 자극이 되었을 거야."

"아뇨, 창피한 모습을 보였습니다."

르툼이 국왕에게 머리를 깊게 숙였다.

"르툼."

"네."

"약속대로 자네의 제3 기사단 단장의 임무는 해제하지. 그리고 새로운 임무를 주겠네. 학원의 교사가 되어 여자 기사의 육성에 힘을 써주도록."

"국왕 폐하?"

"자네가 하고자 하는 말도 이해가 되네. 옛날이었다면 남자 기사만 있어도 괜찮았겠지. 하지만 지금은 평화의 시대지 않은가. 그렇게 남자와 여자를 구분하지 않아도 될 거야. 티리아와 플로라에게도 여자 기사는 필요하니 자네가 남자 기사와 함께 여자 기사도 육성시켜주게."

"국왕 폐하……."

"단, 이번처럼 여자 기사를 깔보거나 고의로 다치게 하는 것은 그만두도록."

국왕은 알고 있었던 모양이네.

"……알겠습니다. 국왕 폐하의 분부대로 하겠습니다."

르툼은 순순히 국왕의 명을 따랐다.

"하지만, 학생의 즐거움이기도 한 기사와의 시합을 이대로 끝낼 수는 없지 않은가. 오늘은 기사 단장의 임무를 다하도록 하게."

"네, 그럼 저는 이것으로 실례하겠습니다."

르툼은 나를 바라본 뒤 아무 말 없이 자리에서 물러났다.

때린 얼굴이 부어있네. 나는 잘못 없어. 게다가 시아랑 노아에게 겁을 줬으니 한 대 정도는 때려둬야지.

그렇게 나도 물러나려 했는데 국왕이 말을 건넨다.

"나는 성으로 돌아갈 거야. 엘레로라, 유우나, 두 사람은 따라오도록."

"저도요?"

아직 오전이고 학원 축제를 돌아볼 시간은 충분히 있다. 그런데 어째서 국왕을 따라가야 하는 거야?

"뒤를 봐."

뒤를 돌아보니 학생과 구경꾼들이 이쪽을 바라보고 있었다.

"국왕 폐하를 보고 있네요."

"틀렸어. 너를 보고 있는 거야."

그래?

"지금의 너를 내버려 둔다면 틀림없이 일이 커져 버리겠지. 게다가 두 사람에게는 하고 싶은 말이 산더미처럼 있다."

어쩐지 화가 난 것 같은데?

따라가고 싶지는 않았으나 뒤를 보니 구경꾼이랑 학생, 기사들의 눈이 무섭다.

그래도 나에겐 다른 일이 있다.

"하지만, 저는 노아와 아이들을 돌보기로 약속을—"

"맞아요. 딸이랑 같이 있을 시간은 중요해요."

내 말에 엘레로라 씨도 동의했다. 동료가 늘어난 것 같지만 여기에서는 엘레로라 씨를 희생양으로 만들어야 한다고 판단했다.

"엘레로라 씨, 노아와 아이들은 제가 돌볼 테니까 괜찮아요."

한 발자국 물러나 엘레로라 씨의 등을 밀었다.

"유우나, 고마워. 하지만 괜찮단다. 노아와 아이들은 나에게 맡기고 유우나는 국왕 폐하와 함께 가렴."

엘레로라 씨가 두 발자국 물러났다.

"너희들……."

국왕이 우리의 실랑이에 어이없는 표정을 지었다.

"후후, 그런 거라면 제가 아이들과 같이 있을게요."

"티리아, 님."

주위에 사람들이 있어서 곧바로 명칭을 신경 썼다.

지금까지 조용히 국왕의 옆에서 이야기를 듣고 있던 티리아가 제안했다.

"제가 노아와 아이들이랑 있을 테니까 걱정 안 하셔도 돼요. 그러니 두 분 모두 아바마마를 따라가 주세요."

티리아가 미소를 짓고 있다.

으으, 쓸데없는 말은 하지 않아도 되는데…….

"말해두겠는데, 너희들에게 거부권은 없어. 뭣하면 저 아이들도 같이 데리고 가든지."

국왕이 피나와 아이들 쪽으로 시선을 옮겼다.

조금 떨어진 장소에서 피나와 아이들이 나를 걱정스럽게 바라보고 있었다.

모처럼의 학원 축제였다. 다들 더 많이 즐겼으면 좋겠다. 게다가 티리아가 있다면 안심이었다.

나는 포기하고 피나 쪽은 티리아에게 맡기기로 했다.

"잠깐, 국왕님과 같이 성에 다녀올 테니까 다들 티리아 님이랑 학원 축제를 즐기고 와."

나는 피나와 아이들에게 말했다. 그리고 티리아에게로 시선을 옮겼다.

"티리아 님, 피나와 아이들을 잘 부탁해요."

"확실하게 책임지고 돌볼 테니까 걱정하지 말아요."

티리아에게 모두를 부탁하고 나와 엘레로라 씨는 국왕에게 연행되었다.

터덜터덜 끌려가는 소의 기분이다.

우리는 국왕과 함께 마차에 탔다. 눈앞에 앉은 국왕은 우리를 노려보듯 바라봤다.

"하아~."

국왕이 나와 엘레로라 씨를 보고 한숨을 내쉰다. 마차 안에는 국왕, 엘레로라 씨, 나 세 사람이 타고 있다. 일전에 타봤던 그란 할아버지의 마차보다 넓고, 호화로우며, 안락했다.

마차가 움직이기 시작하자 국왕이 입을 열었다.

"너희들은 도대체 무슨 짓을 하는 거야! 특히 엘레로라! 너는 자신의 위치를 알고 있는 거냐!"

"그렇지만……."

국왕은 엘레로라 씨를 향해 분노했다.
"만약 유나가 졌으면 어쩔 셈이었어!"
"그러면 약속대로 크리모니아로 돌아갈 셈이었어요."
"네 녀석은 그래도 좋을지 모르지만, 남겨진 사람을 생각해야지!"
"하지만, 딸의 혼약을 무리하게 들이밀어서 저도 모르게……."
"그러면 얼른 혼약자를 정해! 빨리 정하지 않으니까 이런 일이 일어나는 거야. 누구 때문에 크리모니아는 바다를 얻게 됐어. 그 덕분에 막대한 이익을 창출하는 마을이 됐지. 그걸 생각하면 앞으로도 너희 딸과 결혼을 생각하는 사람은 늘어날 거야."
그건, 내가 터널을 만든 탓에 시아와 노아의 혼사 이야기가 늘어났다는 의미야?
그렇지 않아도 두 사람은 귀여워서 혼담은 많을 것 같다.
"그건 클리프와 제가 막을 테니까 괜찮아요. 딸의 행복을 지키는 것 정도는 할 수 있어요."
"그러면 그런 내기를 하지 않고 대처했어야지."
재차, 한숨을 내쉬는 국왕.
"그리고, 유나, 너도 마찬가지야."
"저요?"
어째서 나까지 혼나는 거야?
나는 히로인을 악마의 손아귀에서 지켜낸 주인공이잖아. 칭찬을 받을지언정 혼날 일은 하지 않았어.

"아까처럼 시비를 거는 행동은 삼가도록. 위험해."

"하지만, 그 아저씨가 열받게 굴어서……."

"너 말이야……."

"그래도 시아를 자기 아들의 부인으로 삼겠다고 하질 않나, 나중에는 노아까지 결혼시키려 들고, 여자 기사를 목표로 하는 아이를 다치게 하려고 했어요. 그러니 후회는 하지 않습니다."

"결혼에 관해서는 엘레로라에게 맡겨 두면 문제 될 거 없어. 양가가 인정하지 않으면 결혼을 할 수 없으니까. 여자 기사의 건은 문제가 있었지만, 르툼의 말처럼 여자의 힘이 약하다는 것도 사실이야. 르툼의 방식이 좋지 않았다고 해서 네가 시합까지 할 일은 아니었잖아."

그렇지만 아무것도 안 했다면 스트레스가 폭발했을걸.

"그리고 다른 사람들이 너를 걱정하고 있다는 걸 알아둬."

"설마, 국왕님도 저를 걱정해줬어요?"

"했으면, 잘못 됐나?"

농담으로 물었는데 진심어린 대답이 돌아왔다.

그렇게 진지하게 말하면 쑥스러운데…….

"게다가 너와 함께 있던 아이들도 불안하게 바라봤다고. 그 아이들을 걱정시키지 마라."

시합 중에는 피나와 아이들의 표정을 보지 않았다. 걱정을 끼쳤다면 나중에 사과해야겠다.

"티리아도 걱정했고, 플로라를 데리고 오지 않아서 정말 다행이라 생각했어."

꽤 걱정을 끼친 모양이다. 국왕은 내가 강하다는 걸 알고 있지만 실제로 싸우는 모습을 본 것은 처음이었으니까 불안했던 모양이다. 그렇게 생각하면 확실히 플로라 공주가 없어서 다행이었을지도 모른다. 어쩌면 울었을 수도 있다. 다음번에 날뛸 때는 주위 사람들도 신경 쓰도록 하자.

"그렇지만, 너에게는 고맙기도 해."

"……?"

"여자 중에도 강한 자가 있다는 걸 증명했으니까. 성 안에도 기사는 남자가 아니면 안 된다고 생각하는 자가 많지. 네가 르툼에게 이긴 덕분에 조금은 완화될 거야."

"역시, 기사는 남자라는 생각이 많군요."

"이전보다는 나아졌지만, 대대로 기사를 배출하고 있는 귀족을 중심으로 반대 의견이 나오고 있어."

어느 일이든 적용되는 말이지만 남자 중심으로 해왔던 세계에 여자가 들어가는 건 어렵구나. 반대도 마찬가지겠지만…….

"하지만, 르툼에게 학생의 기사 교육을 맡겨도 괜찮은 거예요?"

여자아이가 괴롭힘을 당하지는 않을지 걱정인데…….

"일단, 보좌역을 붙여서 상황을 지켜볼 거야. 하지만 르툼이 여자 기사 옹호파에 들어가면 반대파도 조금은 누그러지겠지. 녀석을 잘라버리면 반대파에 반감을 살 뿐이야. 그렇다면 보이는 곳에 두는 편이 낫지. 유나에게 졌지만 기사로서의 실력도 있고, 일도 잘하는 남자거든."

그런 거라면 어쩔 수 없다.

그 부분은 내가 끼어들 일이 아니므로 국왕의 말을 믿기로 했다.

"그리고 엘레로라에게는 미안하지만, 르툼의 태도에 따라 그자를 기사단장 자리로 되돌릴 수도 있어."

"딱히 상관없어요."

"그건 학원에서 그자가 어떻게 행동하느냐에 따라 달라지니 먼 이야기가 되겠지만."

그렇다는 건 내 시합의 의미가 점점 옅어지는데……. 뭐, 엘레로라 씨가 괜찮다면 상관없다.

국왕의 잔소리가 끝나고 마차는 성 안으로 들어간 뒤 멈췄다.

"그러면, 저는 다시 돌아가도 돼요?"

"학원으로 돌아가려거든 그만둬. 이번 일은 함구령을 내릴 생각이지만, 오늘은 안 돼."

"학원으로 돌아가는 건 그만두라니, 오늘이 학원 축제 마지막 날이잖아요."

"가는 건 상관 안 해. 하지만, 사람들에게 둘러싸여서 함께 있던 아이들에게 폐를 끼칠지도 모른다."

"으으."

그렇게 말하니, 갈 수 없게 되었다.

"그럼, 먼저 집으로 돌아갈까?"

"시간이 남으면 플로라를 만나고 가줘. 플로라도 오늘은 학원 축제에 데리고 가지 못했으니까. 네가 얼굴을 비춰준다면 좋아할 거야. 아아, 가능하다면 평소의 복장으로 말이지."

그건 곰 인형 옷을 입으라는 말인가?

뭐, 괜찮아.

"그럼, 나도 플로라 공주가 있는 곳으로……."

"너에겐 아직 할 말이 남았어. 유나가 옷을 갈아입으면 내가 있는 곳으로 와!"

"그럴 수가~"

나를 따라오려고 했던 엘레로라 씨였지만 국왕이 사전에 막았다.

"누구 때문에 성으로 돌아왔다고 생각하는 거야. 너에겐 일적으로도 그렇지만 아직 할 말이 많아. 물론, 도망치면 알고 있겠지?"

국왕은 자신이 할 말을 마친 뒤 마차에서 멀어졌다.

엘레로라 씨가 나를 빈방으로 데리고 가줬다.

"유나, 다시 한 번 고마워."

내가 옷을 갈아입고 있는데 엘레로라 씨가 진지한 얼굴로 고개를 숙이며 감사 인사를 했다.

"화가 나서 제가 멋대로 끼어든 것뿐이에요."

"그래도, 그건 시아와 노아를 위해서잖아. 그러니까 고마운 거야."

새삼 진지하게 감사 인사를 받으니 쑥스러웠다.

"그런데, 르툼은 유나가 상당히 마음에 든 모양이야."

"그만해 주시겠어요?"

떠올리는 것만으로도 한기가 느껴진다.

"르툼의 아들과 결혼하면 귀족이 되는걸."

"정중하게 거절하겠습니다."

"아니면 내 딸이 되는 건 어때? 클리프도 기뻐할 거야."

내가 클리프의 딸?

상상해봤지만 머리를 감싸 쥐는 클리프의 모습밖에 떠오르지 않는다.

응, 안 되겠네.

299 곰 씨를 걱정하다 피나 편

유나 언니가 어른과 시합을 하게 되었습니다.

상대인 귀족님이 시아님과 노아님에게 결혼을 강요했습니다. 엘레로라님은 거절을 했지만 시아 님의 친구를 다치게 만들겠다고 협박했습니다. 그래서 화가 난 유나 언니가 기사님과 시합을 하게 되었습니다.

유나 언니가 강하다는 건 알고 있습니다. 하지만 시합의 상대는 유나 언니보다도 커다란 남자이고 매우 강해 보입니다. 불안하지만 강한 마물을 쓰러뜨려 온 유나 언니라면 분명 이길 겁니다.

시합이 시작되었네요. 검과 검이 서로 부딪치고 엄청난 스피드로 두 사람이 움직입니다.

"유나 언니, 위험해!"

옆에 있는 슈리가 소리칩니다. 슈리는 유나 언니가 싸우는 모습을 보는 건 처음이라서 불안해하며 시합을 보고 있습니다. 물론 저도 걱정됩니다. 슈리의 손을 잡은 손에 힘이 들어갑니다.

유나 언니가 기사님의 검을 피합니다. 연습용 검이라고 들었지만 무섭네요. 하지만 유나 언니는 즐거운 듯 웃고 있는 것처럼 보입니다. 저로서는 어느 쪽이 우수한지 알 수가 없네요. 그래도 유나 언니의 웃고 있는 얼굴을 보니 안심이 됩니다.

"유나 언니, 힘내."

슈리가 제 손을 잡으며 응원합니다.

괜찮아요. 유나 언니는 지지 않을 겁니다.

그런데 어째서 유나 언니는 마법을 쓰지 않는 걸까요? 혹시 마법을 쓰면 안 되는 건가요?

그게 아니라면 상대가 사용하지 않아서일까요?

마지막에는 유나 언니가 기사님의 팔을 붙잡아 내던지며 승리했습니다. 다행이에요. 시아 님도 노아 님도 기뻐하고 있습니다.

시합은 이것으로 끝인가 싶었는데 한 번 더 시합한다고 하네요.

이번에는 조금 전 시아 님에게 자기 아들과의 결혼을 권한 귀족입니다.

주위의 말소리를 들으니 조금 전 기사님의 대장이라는 것 같아요. 그렇다는 건 조금 전의 기사님보다도 강하다는 건가요?

저의 불안을 뒤로한 채 시합이 시작됐습니다.

앞의 기사님과 똑같이 유나 언니의 작은 체구가 재빠르게 돌아다닙니다. 오른쪽, 왼쪽, 뒤로 피해 가며 검을 휘두릅니다.

귀족님의 일격은 강할 것 같네요. 유나 언니는 검을 몸을 젖혀서 피하고 도망칩니다.

"어이, 르튬 님의 검을 피하고 있어."

“잘못 막아서 균형을 잃게 되면 묵직한 일격이 올 텐데 말이야.”

“아냐, 저 일격을 받아치는 게 대단한 거야. 그래서 르툼 님의 두 번째 공격이 늦어지고 있잖아.”

“그런데 르툼 님도 애먹고 있는 거 아냐?”

“여자아이는 발 움직임과 중심 이동이 뛰어나.”

“저, 검고 흰 신발은 뭐야?”

주위 사람들이 서로 감상을 말하고 있습니다. 여기에서는 유나 언니의 신발은 색만 보여서 곰의 신발이라고 알아볼 수 없습니다.

유나 언니, 힘내요.

모두가 숨을 들이마시고 시합을 보고 있습니다. 소란스러운 사람은 없네요. 그런 가운데, 두 사람은 서로 검을 겨루고 있습니다.

실력은 호각으로 보입니다. 하지만 그러던 중 상대가 마법을 썼습니다. 유나 언니는 당황했지만 피했네요.

그리고 유나 언니는 마법을 사용한 것에 화를 냅니다.

아무래도 유나 언니는 마법을 사용해도 되는 건지 몰랐던 모양입니다.

시합이 재개되었습니다. 이번에는 마법과 검을 사용하는 시합입니다. 조금 전과 달리 마법이 날아다녀서 무섭네요. 하지만 유나 언니는 미소를 보이며 즐거워하는 것처럼 보입니다.

시합은 어느 쪽이 이길지 알 수 없네요.

모두 걱정스럽게 보고 있습니다.

"유나 언니, 힘내!"

"유나 님!"

"유나 언니!"

다 같이 응원을 합니다.

상대의 공격이 빨라집니다.

"르툼 님이 바람 마법으로 여자아이의 행동을 제한해서 유도하고 있어."

그런 목소리가 들려왔습니다.

유나 언니가 점점 상대에게 유도 당하고 있습니다. 유나 언니를 향해 검이 내려쳐졌습니다. 유나 언니를 맞출 거라 생각한 순간 곰 석상이 나타나 상대의 검을 튕겨냈습니다. 상대는 놀란 얼굴을 하고 있네요. 그와 동시에 유나 언니의 검이 상대의 목 부근에서 멈췄습니다.

이겼다. 유나 언니가 이겼어요!

"야호~"

슈리가 제 손을 놓고 손을 들어 올립니다.

시아 님도 노아 님도 다들 기뻐하고 있네요.

주위에선 환호성이 일어납니다.

「대단해」, 「저, 여자아이는 누구야?」, 「저 미소녀는 누구지?」, 「어느 반이야?」, 「학년은?」, 「저런 귀여운 애가 있었나?」, 「누구야,

약할 거라고 한 자식은?」, 「국왕 폐하와 대화를 했었어」, 「검의 움직임이 대단했어」, 「팬티는 하얀색이군」, 「그 검술도 대단했어」, 「기사가 봐줬겠지」, 「뭘 본 거야. 지금 시합을 보면 그럴 리 없다는 걸 알잖아」, 「나는 아까 일격을 정면에서 막을 자신이 없어」, 「분명 저 아이랑 이야기를 나누고 있었어」.

이곳저곳에서 시합에 대한 감상평이 들려오네요. 대부분이 유나 언니에 대한 칭찬의 목소리였어요. 가끔 시선이 저희 쪽이랄까, 시아 님 쪽으로 향했습니다.

"저 르툼 님에게 이겼어."

"뭐야, 저 작은 여자아이는?!"

"대단해."

근처에 있는 사람들의 대화가 들려오네요.

어쩐지 유나 언니가 칭찬을 받으면 저도 기뻐집니다.

유나 언니가 귀족님에게 말을 건네고 있습니다. 그러더니 주먹을 한 방 날렸습니다. 상대는 붕 떠서 날아갔습니다.

갑작스러운 전개에 주변에는 적막이 흘렀습니다.

"…………"

"…………"

근처에 있던 사람들도 열린 입을 다물지 못하고 있습니다.

그런 가운데 유나 언니는 쓰러진 귀족님에게 다가가 마법으로 물을 끼얹었습니다. 그 행동에 더욱더 주변은 놀란 소리를 냈습니다.

"르툼 님에게 물을 끼얹었잖아."

"그것보다 패배를 인정한 르툼 님을 때렸어."

유나 언니, 도대체 무슨 짓을 하는 건가요!

앗, 그래도 귀족님이 몸을 일으켜 유나 언니와 함께 국왕님이 있는 곳으로 갔습니다.

살짝, 유나 언니 쪽으로 다가갑니다. 목소리가 들려오네요.

"나는 성으로 돌아갈 거야. 엘레로라, 유우나, 두 사람은 따라오도록."

유나 언니가 국왕님에게 끌려가버렸습니다.

유나 언니와 엘레로라 님은 거절하려고 했지만 실패한 모양이에요. 티리아 님이 저희를 돌봐주겠다고 해서 이야기가 일단락되었나 봐요.

유나 언니가 슬프게 우리 쪽을 바라봅니다.

"잠깐, 국왕님과 같이 성에 다녀올 테니까 다들 티리아 님이랑 학원 축제를 즐기고 와."

즐기고 오라고 해도 놀 수 있을까요?

유나 언니와 엘레로라 씨가 국왕님을 따라갑니다.

어딘가로 끌려가는 소처럼 보이는 건 기분 탓이겠죠.

근처에 있던 기사님도 함께 이동하는 모양입니다.

"유나의 시합은 대단했어."

남겨진 우리 쪽으로 티리아 님이 다가옵니다.

네, 유나 언니의 시합은 대단했죠. 저도 열심히 하면 유나 언니처럼 강해질 수 있을까요? 상상해봤지만 무리일 것 같습니다.

"시아! 저 여자애는 왜 이렇게 강한 거야?"

시아 님이 있는 곳에 여자아이가 찾아왔습니다. 분명히 시아 님의 친구이자 먼저 있었던 시합에 나왔던 사람입니다.

"여자아이의 이름은 뭐야? 어느 반이야?"

시아 님의 어깨를 붙들고 흔들고 있습니다.

"저기, 그건—."

시아 님이 대답을 못하고 곤란해합니다. 시아 님의 주변에 사람이 더욱 몰려들었습니다. 다들 유나 언니에 관해 물어오네요.

시아 님은 도움을 청하듯 우리를 바라봅니다. 하지만 도움을 줄 수 있을 리가 없습니다.

「어느 반이야?」, 「저런 귀여운 애가 있었어?」, 「시아, 소개시켜 줘」.

시아 님이 보이지 않을 정도로 사람에게 둘러싸였습니다.

"언니."

노아 님이 걱정스럽게 쳐다봅니다.

유나 언니와 엘레로라 님에게 도움을 청하고 싶지만 국왕님이 데리고 가버려서 없습니다.

곤란한 상황에서 티리아 님이 노아 님에게 「걱정마」라고 말해줍니다.

"다들, 시아가 곤란해하잖아요."

"티리아 님?!"

"그녀는 시아와 저의 친구이고, 이 학원의 학생이 아니에요."

"하지만, 교복을—."

"그건 이유가 있어서 내가 빌려준 거야."

시아 님이 티리아 님의 말에 이어서 설명했습니다.

"그럼, 적어도 이름만이라도."

"유우나예요. 그렇지만, 그녀에 관해서는 공식적으로 알릴 수 없으니 소문은 내지 말아주세요."

"유우나 씨로군요. 티리아 님, 고맙습니다. 하지만, 그렇다면 감사 인사는 할 수 없는 건가요?"

"조금 전 아바마마가 데리고 가셔서 지금으로는 어렵겠네요."

"아쉽네요. 그럼 티리아 님, 유우나 씨에게 「정말로 고마웠어요」라는 말을 전해주실 수 있나요?"

"네, 전할게요."

"그리고 여자라도 강해질 수 있다는 자신감이 생겼어요."

제가 알고 있는 유나 언니가 무찌른 마물만 해도 보통 사람은 무찌를 수 없는 마물이 많습니다. 그런 유나 언니처럼 된다는 게 정말 가능할까요?

티리아 님의 이야기를 들은 사람들은 자리를 떠나갔습니다. 큰 소란이 일어나지 않아서 다행이에요.

"티리아 님, 감사해요."

시아 님이 감사 인사를 했습니다.

"괜찮아, 유나를 대신해 모두를 맡기로 했으니까. 게다가 유나는 나의 친구이기도 하니까."

공주님에게 친구라는 말을 듣는 유나 언니는 대단합니다.

애초에 저 같은 평민이 국왕님과 공주님을 뵙거나 이야기를 나누는 것만으로도 대단한 일입니다. 최근에 유나 언니 때문에 그 상식이 조금 이상해졌습니다.

슈리가 이걸 상식이라고 생각하면 큰일이에요. 크리모니아로 돌아가면 어머니와 이야기해서 일반 상식을 가르쳐야겠습니다.

그런 뒤, 우리는 티리아 님의 보호를 받으며 이곳에서 자리를 떴습니다. 향한 곳은 시아 님의 가게였죠.

솜사탕 가게에는 손님들이 많이 있었고, 장사가 잘되는 모양입니다.

"시아, 너무 빨리 돌아온 거 아냐?"

마릭스 씨가 말을 겁니다.

"응, 조금 일이 있어서."

"뭐야, 재미있는 일이라도 있었던 거야?"

"으~응? 너희한테도 말해두는 편이 나으려나?"

시아 님이 생각에 잠깁니다.

"뭐야?"

"만약 누군가 유나 님에 관해 물어도 조용히 해야 해."

"유나 님이 무슨 짓을 했어?"

솜사탕 만드는 것을 티몰 씨에게 맡기고 마릭스 씨와 카틀레야 씨가 다가왔습니다.

"야, 너희들~!"

티몰 씨를 남기고 가게의 뒤로 이동하자 티몰 씨가 소리쳤지만, 마릭스 씨는 신경 쓰지 않습니다.

"지금은 손님도 적으니까 괜찮아."

"그래서, 무슨 일이 있었던 거야?"

시아 님은 유나 언니가 기사님과 시합을 했던 일을 간단하게 설명했습니다.

"유나 님이 그런 시합을 했구나."

"시합하는 모습을 보고 싶어."

"그래도 그 르툼 님을 쓰러뜨리다니, 유나 님은 너무 센 거 아냐? 젠장, 봤어야 하는데."

마릭스 씨가 억울해합니다.

"아무튼, 유나 님에 관해 물어도 조용히 있어야 해."

시아 님의 말에 마릭스 씨와 카틀레야 씨는 고개를 끄덕입니다. 그리고 교대를 한 티몰 씨에게도 똑같이 설명했습니다.

그런 뒤 잊지 않고 유나 언니가 가명을 썼다는 것도 이야기했습니다.

설명을 마치고 시아 님은 마릭스 씨와 가게 당번을 바꾸기 위해 가게에 남는다고 했습니다.

"그럼, 우리는 어디로 갈까? 유나에게 너희를 부탁받았거든. 학원 축제 마지막 날이기도 하니 즐겨야지."

우리는 유나 언니가 남긴 말에 따라 학원 축제를 즐기기로 했습니다.

학원 안을 걷고 있는데 유나 언니의 소문이 간혹 들려왔습니다.

"미소녀가 기사를 전부 쓰러뜨렸다던데?"

두 명만입니다.

"미소녀가 르툼 님을 죽였다던데?"

죽이지 않았어요.

"미소녀가 예쁜 손가락으로 마법을 발동시켰다던데?"

유나 언니의 손은 곰입니다.

"그 미소녀는 왕족의 관계자라는 것 같아."

그건 맞나?

"미소녀랑 같이 있던 소녀들도 귀여웠다더라."

노아 님과 시아 님을 말하는 건가요?

미소녀라는 부분 이외에는 그다지 맞지 않네요. 소문이라는 건 이렇게 퍼지는 거군요. 유나 언니가 들으면 엄청 곤란한 얼굴을 하셨을 거예요.

그리고 소문 이야기를 하던 사람이 저희 쪽을 흘깃 바라봅니다.

“내가 같이 있어서 시선이 모이네. 어제랑 같은 곳으로 갈까? 한 번 더 합주랑 연극을 볼래? 거기라면 주위를 신경 쓰지 않고 있을 수 있어.”

그건 찬성입니다. 한 번 더 보고 싶어요.

그 합주도 연극도 대단했습니다. 슈리도 노아 님도 반대는 하지 않고 기뻐하고 있네요.

그리고 우리는 어제와 똑같은 커다란 건물로 향했습니다.

그런데 유나 언니가 국왕님에게 끌려갔는데 우리만 즐겨도 될까요?

300 곰 씨, 그 후의 이야기를 듣다

곰 인형 옷으로 갈아입고 엘레로라 씨와 헤어진 나는 혼자서 플로라 공주가 있는 곳으로 향했다.

"곰 님."

플로라 공주의 방으로 들어서자 플로라 공주가 망설임 없이 내게로 다가왔다. 역시, 이 옷차림으로 확인하는 모양이네.

오늘은 여러 일이 있어서 피곤하기 때문에 플로라 공주의 상대는 곰돌이와 곰순이에게 맡겼다. 곰돌이와 곰순이를 소환하자 플로라 공주님은 즐거워했다. 나는 안쥬 씨에게 받은 차를 마시면서 플로라 공주를 바라봤다.

플로라 공주는 곰돌이의 등에 올라타 방 안을 걷기도 하고, 곰순이의 배를 끌어안기도 했다.

그리고 얼마의 시간이 지나자 플로라 공주는 기분 좋게 지쳤는지 곰돌이에게 안긴 채 잠이 들었다. 플로라 공주가 깨지 않도록 안쥬 씨가 침대로 옮겼다.

"곰돌이, 곰순이, 수고했어."

플로라 공주와 놀아준 곰돌이와 곰순이를 격려해줬다.

"곰돌이님과 곰순이님은 정말로 점잖네요."

안쥬 씨는 감사 인사를 하며 곰돌이와 곰순이를 쓰다듬었다.

"둘 다 착한 아이니까요."

내 자식인 양 자랑을 해본다.

가족이니 틀린 말도 아니다.

그런 내 자식들과 놀아주고 있는데 엘레로라 씨가 데리러 왔다.

"유나, 돌아가자."

벌써 그런 시간이야?

곰돌이와 곰순이와 놀고 있었더니 시간이 많이 지났다.

"엘레로라 씨, 왠지 지친 거 같네요."

녹초가 됐다고 해야 할지, 생기가 없다고 해야 할지, 몸 안에서부터 지쳐있는 오라를 내뿜고 있었다.

"그 뒤로 국왕 폐하만이 아니라 수상인 장그랑 다른 사람들한테도 혼났어. 그것도 콕콕 밉살스럽게 말이야. 몇 번이나 사과했는데도 안 봐주는 거 있지. 정말 너무하지 않니?"

뭐, 지위를 걸면 혼나겠죠. 훗날을 생각해서라도 확실하게 혼나는 편이 엘레로라 씨를 위하는 일이다.

"모두가 그만큼 엘레로라 씨를 걱정했다는 뜻이겠죠."

"그런가? 괴롭히면서 즐기는 것처럼 보였는데……."

그건 평소의 행동 탓이라 생각한다.

"그래도 걱정을 하거나 혼을 내는 건 그만큼 엘레로라 씨를 필요로 하는 거라고 생각해요."

좋아하는 것의 반대는 무관심이라고 한다. 무관심이라면 관둔다 해도 상관이 없다. 주의도 주지 않고 행동도 신경 쓰지 않는다. 원래 세계의 내가 그랬다.

그러니까 모두가 혼을 내는 건 조금 부러웠다.

엘레로라 씨는 내 말을 듣고 납득은 하지 않는 것 같았다. 이것은 걱정시키고 있는 본인은 모를 것이다. 사라지고 나서야 처음으로 알게 된다.

여윈 엘레로라 씨와 함께 집으로 돌아가자 노아와 아이들이 맞아주었다.

"다녀왔어. 다들 돌아와 있었구나."

"어머님! 유나 언니, 괜찮아요?!"

"유나 언니, 괜찮아요?"

"유나 언니, 괜찮아?"

세 사람은 나와 엘레로라 씨를 걱정하고 있던 모양이다.

엘레로라 씨는 아니지만 걱정을 해주는 사람이 있다니 기쁘네.

"국왕에게 조금 혼났지만, 괜찮았어."

내가 국왕에게 혼났다는 걸 말하자 다들 불안한 얼굴을 했다. 나에게는 국왕에게 혼나는 일이 큰일이 아니지만 노아와 아이들에게는 아닌 것 같다. 평범하게 생각하면 나라에서 가장 대단한 사람에게 혼이 났다는 것은 회사로 바꿔 말하면 사장, 학교로 치면 교장 선생님에게 혼나는 것과 같은 것이다. 그렇지만 이번에는 국왕 폐하니까 대통령이 되는 건가?

그렇게 생각하면 무서울 수도 있다.

"많이 혼나지 않았으니까 괜찮아. 주로 혼난 건 엘레로라 씨거든."

"어머님이?!"

노아의 목소리가 높아졌다.

불안감을 없애려 했더니 다른 불안감을 만들어버렸다. 자신의 엄마가 국왕에게 혼이 났다고 들으면 불안해지는 건 당연하다.

"후후, 괜찮아. 혼나는 건 항상 있는 일이니까."

그거, 괜찮은 거야?

"정말요?"

이것 봐, 노아도 걱정하고 있잖아.

"너무 걱정하지 않아도 돼. 국왕도 엘레로라 씨를 걱정해서 화가 난 거야. 상관없는 사람이라면 화내지도 않아."

나는 안심을 시키기 위해 엘레로라 씨에게 했던 말과 똑같은 말을 노아에게 했다. 그러나 노아에게는 조금 어려웠던 모양이다.

"으음~ 이건 예를 든 건데, 만일 라라 씨가 누군가와 메이드의 자리를 걸고 경쟁을 해서, 졌을 때 관두겠다고 하면 노아는 화를 낼 거지?"

"……네. 화낼 거예요. 멋대로 그런 걸 정하지 말라고 말이에요."

노아는 조금 생각하더니 대답했다.

"하지만, 만약 노아가 싫어하는 사람이 같은 말을 하면 상관 안

할 거잖아?"

"……그럴지도 모르겠네요."

"엘레로라 씨가 혼이 났다는 건 그만큼 엘레로라 씨가 성에서 소중하게 여겨지고 있다는 뜻이야."

내 설명을 듣고 노아는 납득을 한 것 같았다.

"유나는 설명을 잘하네."

누구를 위해 설명했다고 생각하는 건가요.

나는 한숨을 내쉰다.

이야기를 마친 엘레로라 씨는 자신의 방으로 돌아갔다.

나도 피나와 아이들을 데리고 방으로 돌아갔다.

"유나 님, 고마웠어요. 어머님이 일을 관두지 않고 끝날 수 있었어요."

"신경 쓰지 않아도 돼. 엘레로라 씨가 일을 관두지 않고, 노아랑 시아의 결혼 이야기도 없던 게 돼서 다행이야."

그 남자가 노아와 시아를 자기 아들과 결혼시키겠다는 말을 꺼냈기 때문이다. 조금 열받아서 관여한 것뿐이다.

"유나 언니, 멋졌어."

"네, 무척 멋있었어요."

"유나 언니의 시합을 보고 있던 사람들이 다들 칭찬했어요."

조금이라도 여자가 강하다는 걸 증명할 수 있게 돼서 다행이다.

특히 내가 르툼에게 이겼을 때 제일 흥분한 반응이었다고 한다. 확실히 환호성이 들리긴 했다.

「대단해」, 「저, 여자아이는 누구야?」, 「저 미소녀는 누구지?」, 「어느 반이야?」, 「학년은?」, 「저런 귀여운 애가 있었나?」, 「누구야, 약할 거라고 한 자식은?」, 「국왕 폐하와 대화를 했었어」, 「검의 움직임이 대단했어」, 「팬티는 하얀색이군」, 「그 검술도 대단했어」, 「기사가 봐줬겠지」, 「뭘 본 거야. 지금 시합을 보면 그럴 리 없다는 걸 알잖아」, 「나는 아까 일격을 정면에서 막을 자신이 없어」.

노아와 아이들이 내가 르툼에게 이겼을 때의 이야기를 다시 알려줬는데, 이상한 이야기가 들어가 있지 않아?

팬티라는 말이 들렸는데, 잘못 들었겠지. 못 들은 거로 하자.

게다가 미소녀라는 둥, 귀엽다는 둥, 정말로 내 이야기야? 다른 사람 이야기 아니고? 아니면 셋이서 이야기를 꾸며낸 거 아냐?

곰 인형 옷차림이라면 백 보 양보해서 귀여울 수도 있지만 이번에는 교복 차림이었다. 그러니 노아와 아이들의 이야기는 이야기의 절반만 믿기로 했다.

그리고 나와 엘레로라 씨가 국왕에게 끌려간 뒤 시아가 학생들에게 둘러싸였다고 한다.

"괜찮았어?"

"네, 티리아 님이 지켜줬어요."

나에 관한 이야기를 듣기 위해 시아가 둘러싸였다고 했지만 티리아가 도와줬다고 한다.

“티리아 님, 멋있었어요. 티리아 님이 설명하니까 다들 다가오지 않는 거 있죠?”

일반적으로 생각해서 공주님인 티리아가 부탁하면 포기할 수밖에 없다.

그렇지만 티리아는 괜한 말을 한 모양이다. 나를『소중한 친구』라고 선언했다고 한다. 하지만 그 덕분에 소란스러움은 진정이 됐다고…….

소란스러움이 진정된 건 좋은 일이지만 공주님의 친구로 인정받아버렸다.

“그럼, 학원 축제는 즐기지 못한 거야?”

“아뇨, 어제 본 합주랑 연극을 한 번 더 보러 가서 즐겼어요.”

“몇 번을 봐도 즐거웠어요.”

“응, 즐거웠어.”

피나도 슈리도 노아의 말에 수긍한다.

나도 어제 봤던 합주와 가희가 부르는 노래라면 한 번 더 듣고 싶다. 곰 폰에 녹음 기능이 있다면 언제라도 들을 수 있는데…….

그런 마법 도구는 못 만드나?

노아와 아이들에게서 학원 축제의 이야기를 듣고 있는데 방문이 열리고 조금 전의 엘레로라 씨처럼 지친 얼굴을 한 시아가 들어왔다.

“저 왔어요.”

시아는 방으로 들어온 후 지친 듯 소파에 앉았다.

“언니, 왜 그러세요?”

노아는 테이블 위에 있던 물이 든 컵을 시아에게 건넸다. 받아 든 시아는 물을 마시고 한숨 돌렸다.

“고마워.”

“그래서 언니, 무슨 일 있었어요?”

“여러 사람에게 유나 님에 관한 질문을 들어서 조금 지쳤을 뿐이야.”

노아에게 이야기를 들었지만 시아에게도 폐를 끼친 모양이다.

“미안.”

가볍게 사과를 하자 시아는 고개를 저었다.

“유나 님이 사과할 일이 아니에요. 유나 님은 저와 노아, 게다가 어머님을 위해 싸워주셨잖아요. 저희가 감사해야죠.”

시아는 사과하는 나를 향해 강하게 말했다.

“유나 님, 고맙습니다. 유나 님이 저희를 위해 화를 내준 게 기뻤어요.”

시아는 만면의 미소로 웃었다.

“어쩌면 티리아 님에게 들었을지도 모르지만, 저도 전달할게요. 리네아로부터의 전언이에요. 「정말로 고마웠어요」라고 했어요.”

리네아는 분명 시아의 친구인 여자아이였지.

"그 아이는 괜찮았어?"

"네, 부상은 없었던 모양이라 괜찮아요."

그건 다행이다.

"그리고 유나 님을 목표로 하겠다고 말하던데요."

기쁘긴 하지만 목표로 여겨져도 당혹스럽다. 내 힘은 치트에 의한 게 많다.

"그리고 유나 님에 관해 수수께끼의 미소녀는 누구냐며 소란스러웠다니까요."

시아가 웃었다.

노아도 미소녀라는 말을 했는데 사실이었어?

아마, 멀리서 봐서 내 얼굴이 잘 보이지 않았을 거다.

"소문이 많이 퍼졌어?"

"애매해요."

"애매?"

"시합을 보지 않은 아이들은 전혀 믿지 않는다는 느낌이에요. 애초에 르툼 님에게 이긴 학생이라는 시점에서 믿을 수 없는 일이니까요."

그러면 생각보다 퍼지지 않았나?

하지만 내 안심은 시아의 다음 말에 의해 산산조각 났다.

"그리고 유나 님, 시합할 때는 조심하는 편이 좋아요. 팬티가 보였다고 하더라고요."

"……거짓말이지?"

노아와 아이들이 전해줬던 대화 내용에 그런 게 있었는데 잘못 들은 게 아니었어?

"날아서 피할 때랑 격하게 돌아 움직였을 때 살짝 보였던 것뿐이에요. 그래도, 남자들은……."

시아는 조금 말하기 곤란해했다.

으으, 창피해.

다시는 학원 근처에 갈 수 없다.

다시는 얼굴을 들고 밖을 다닐 수 없다.

미소녀는 존재하지 않으니, 이제 곰 인형 옷을 입고 숨어서 살아갈 수밖에 없다.

네 사람이 위로해줬지만 팬티가 보였잖아. 게다가 곰 팬티…….

모두 미소녀가 무찔렀다고 생각하고 있어.

나는 곰 후드를 깊게 눌러쓰고 현실 도피를 했다.

301 곰 씨, 방에 틀어박히다

내가 우울해져 있는데 스릴리나 씨가 저녁 준비가 되었다며 부르러 왔다.

"유나 님, 무슨 일 있으세요?"

꽁해져 있는 나를 본 스릴리나 씨가 걱정스럽게 물었지만 팬티를 보였다는 말은 하지 못하고, 미소녀라는 소문이 멋대로 퍼져서 창피하다는 말도 할 수 없었다. 그런 사실을 말한다면 내가 스스로 미소녀라고 하는 것 같았다.

무엇보다 팬티가 보였다는 사실에 충격을 받았다.

나는 피나와 아이들에게 잡혀서 식당으로 끌려갔다.

"다들, 늦어."

식당에 도착하자 엘레로라 씨는 나와 달리 이미 활기찬 상태였다. 조금 전까지 산송장 같았는데 회복되었네. 기분 전환이 빨라서 부러웠다.

"어머, 유나. 힘이 없잖아."

"엘레로라 씨는 활기차시네요."

"쉬었으니까. 게다가 계속 불만을 말하면 관두겠다고 말하기로 정했거든."

엘레로라 씨는 정말로 그만둘 것 같아서 무섭다.

“그런데 유나는 어째서 힘이 없는 거야?”

“소녀의 마음에 금이 갔거든요.”

“……?”

내 대답의 의미를 모르겠다며 고개를 갸웃거리는 엘레로라 씨.

“저기, 유나 님은…….”

내가 힘이 없는 이유를 시아와 노아 자매가 엘레로라 씨에게 설명했다.

“후후, 유나의 팬티를 본 남자아이들은 행운이었겠네.”

그 대신 내가 불행해졌습니다.

“발견하면 눈을 도려내고, 기억이 사라질 때까지 머리를 때리고 싶어요.”

그렇게 하면 내 마음이 진정될지도 모른다.

“유나 언니, 무서워요.”

“무서워.”

피나와 슈리가 자신의 눈을 가렸다.

“농담이야. 그런 짓은 안 해.”

아무리 나라고 해도 눈을 도려내지는 않는다. 기억이 사라질 때까지 머리를 때릴 가능성은 있지만……. 용솟음치는 떨떠름함을 어딘가에 배출하고 싶다. 이것도 전부 그 르툼이라는 아저씨의 잘못이다. 다음에 만나면 더 때리고 싶었다.

나는 작게 한숨을 내쉬고 시아에게 물었다.

“시아, 학원이 쉬는 날은 언제야?”

“쉬는 날이요?”

“크리모니아로 돌아가기 전에 티리아에게 고맙다는 인사를 하려고.”

지금까지 성에 몇 번이나 갔는데 만난 적이 없다. 학원이 쉬는 날이라면 성에 있겠지.

“그게, 내일은 앙케트 결과 발표랑 정리가 있어서 모레가 쉬는 날이에요.”

그러면 모레에 티리아를 만나러 가면 되려나. 그리고 크리모니아로 돌아가자. 크리모니아로 돌아가면 팬티를 아는 사람은 아무도 없다.

“저기, 유나 님. 돌아가시는 거죠?”

“뭐, 학원 축제도 끝났으니까 돌아가지 않으면 피나랑 슈리의 부모님이 걱정할 거야.”

“그럼, 모레 잠시 시간을 내주시겠어요? 유나 님이 크리모니아로 돌아가기 전에 마릭스와 아이들이 감사 인사를 하고 싶다고 해서요.”

솜사탕 기계와 가게의 선전을 해줬던 것에 대한 감사 인사라고 한다. 인사 같은 건 필요 없지만, 내가 티리아에게 인사를 하러 간다고 했으면서 인사가 필요 없다고 하면 모순이 되어버린다. 그러니 마릭스와 아이들을 만나기로 했다.

그렇게 되면 마릭스와 아이들을 만난 후 티리아를 만나러 가면 되는 건가?

"그러고 보니 교복은 어떻게 하면 돼? 빨아서 돌려주면 될까?"
빌린 물건은 돌려줘야 한다.
"교복은 유나 님에게 드릴게요. 앞으로 유나 님에게 필요할 것 같으니까요."
뭐야, 그 예언 같은 말은……. 나에게는 앞으로 교복을 입을 예정도 팬티를 보일 예정도 없어.
"아니면 학원에 입학하실래요? 유나 님이 입학하면 교복이 필요할 거예요."
"어머나, 좋은 생각이네."
시아의 제안에 엘레로라 씨가 찬성했지만 반대의 목소리도 나왔다.
"안 돼요. 유나 님은 저와 같이 크리모니아로 돌아갈 거라고요."
"유나 언니를 못 만나게 되면 슬프니까 안 돼."
"유나 언니가 없으면 곤란해요."
크리모니아에 사는 세 사람으로부터 반대의 말이 나왔다.
응, 필요하다고 여겨지니 기쁘네.
처음부터 학원에 다닐 생각은 없어서 시아의 제안은 정중하게 거절했다. 학교 같은 건 전직 은둔형 외톨이에게는 지옥이다.

게다가 곰 이동문이 있어도 피나와 아이들과는 간단하게 만날 수 없게 된다. 피나와 아이들처럼 나도 외로워진다.

일단 교복은 받게 되었으나 입는 일은 두 번 다시 없을 거라고 빌고 싶다.

다음 날, 나는 방에 틀어박혀 있었다.

"유나 님, 밖에 나가요. 얼마 안 있으면 크리모니아로 돌아가잖아요."

"싫어."

"그 곰 님 옷차림이라면 아무도 알아차리지 못해요."

팬티를 성대하게 보인 다음 날에 밖을 나갈 용기는 없다.

노아와 슈리가 나의 좌우에서 곰 인형 장갑을 쥐고 잡아당겼지만 나는 꿈쩍도 하지 않았다. 신님의 치트 곰 장비를 착용한 나는 아무도 움직일 수 없다.

시간이 지나면 사람들의 기억은 옅어질 것이다.

그러니 오늘은 밖에 나가면 안 된다.

"게다가 학생은 학원에 갔으니까 괜찮을 거예요."

노아가 팔과 손을 잡아당겼지만 나는 움직이지 않았다.

그리고 시합을 보고 있던 건 학생만이 아니다. 일반인들도 있었다. 사람의 눈이 어디서 빛나고 있을지 모른다.

"유나 언니, 팬티를 보인 게 창피한 거야? 나는 아무렇지 않아."

슈리가 내 손을 놓더니 자신이 입고 있는 치마를 말아 올리려고 했다. 하지만 옆에 서 있던 피나가 슈리의 손을 잡았다. 피나에 의해 슈리의 팬티는 지켜졌다.

만일 보였다고 해도 슈리는 어린아이다. 창피할 것은 하나도 없다. 하지만 어디에서든 치마를 올리는 여자아이가 돼서는 안 되기 때문에 피나가 지적했다.

"나이를 먹으면 팬티를 보인 것이 창피해져."

나는 노아의 손을 풀고 뒤에 있는 침대에 날아올라 침대 앞에 일반 사이즈의 곰돌이와 곰순이를 소환했다.

"곰돌아! 곰순아! 나를 지켜줘! 그래도 다치게 하면 안 돼."

무적의 곰 방파제가 완성됐다. 아무도 이 곰 방파제를 넘어 내가 있는 쪽으로 올 수는 없다.

하지만 소환된 곰돌이와 곰순이는 곤란한 표정을 짓고 있었다. 그런 곰 방파제에 도전해 오는 자가 있었다. 슈리와 노아가 기뻐하며 방파제에 돌격했다.

"큰 곰돌이다~"

"폭신해요."

두 사람은 곰돌이와 곰순이에게 안겼다. 피나도 기뻐하며 곰순이에게 안긴다. 그런 뒤 세 사람은 곰돌이랑 곰순이와 놀기 시작하더니 밖으로 나가자는 말을 하지 않게 됐다.

다른 의미로 나는 방파제에게 보호를 받았다.

그런 느낌으로 방에 틀어박혀 있는데 엘레로라 씨가 일을 하고 돌아왔다.

"즐거워 보이네."

"어머님, 오셨어요."

엘레로라 씨는 방으로 들어오더니 내 쪽으로 다가왔다.

"유나, 그림책이 완성됐어."

엘레로라 씨는 그렇게 말하고 그림책을 건네줬다. 곰과 소녀 3권이다.

그러고 보니, 학원 축제가 시작하기 전에 플로라 공주에게 3권을 건네줬다. 그 복제가 끝난 모양이다.

제대로 제본되어 있으니 기쁘다. 수량도 약속했던 10권이었다.

"엘레로라 씨, 고마워요."

"그건 뭐예요?"

곰돌이와 놀던 노아가 다가왔다.

"유나가 그린 그림책이야."

"그게, 유나 님이 플로라 공주님을 위해 그려줬다는 그림책이에요?! 왜 이렇게 많이 있죠?!"

"어째서라니, 그 유나가 그린 그림책을 인쇄한 건데?"

엘레로라 씨의 말을 들은 노아가 나를 바라봤다.

"그럼, 유나 님은 그림책을 가지고 있었어요?"

"뭐, 일단은 가지고 있지."

"유나 님! 인쇄된 그림책이 있다는 걸 숨기시다니, 너무해요. 저는 플로라 공주님만 가지고 있다고 생각해서 포기했던 건데……."

노아는 볼을 부풀리면서 불만을 말했다.

"아니, 내가 그린 그림책을 보이는 건 창피하잖아."

"그럼, 어째서 그림책이 이렇게 많은 거예요?"

같은 그림책이 10권이나 있는 점을 지적했다.

"그건, 엘레로라 씨가 인쇄한다고 해서 고아원 아이들의 몫을 부탁했던 것뿐이야."

"플로라 공주님이 성 안에서 그림책을 가지고 돌아다닌 적이 있었거든. 그걸 본 사람들에게서 그림책을 가지고 싶다는 요청이 있었어. 그래서 유나의 허락을 받고 인쇄를 한 거야."

"이유는 알겠어요. 하지만 조용히 넘어갈 일은 아니라고 생각해요. 피나도 슈리도 그렇게 생각하지 않아?"

"저기, 그건……."

피나는 곤란한 표정을 했지만 옆에 있는 슈리는 달랐다.

"그림책이라면, 우리 집에 있어."

"가지고 있어?"

"응, 유나 언니한테 받았어."

슈리가 만면의 미소로 대답했다.

이야기를 들은 노아는 몰랐던 건 자신뿐이라는 것을 알고 더욱 볼을 부풀렸다.

"피나까지 배신했다니……. 곰 인형 때도 그렇고, 숨기다니 너무 해요."

노아는 입을 삐죽 내밀고 조금 토라진 듯했다.

"딱히 배신한 건……."

피나가 곤란해해서 나는 도움의 손을 뻗기로 했다. 이런 일로 사이가 나빠져도 곤란하다.

"그림책에 관해서는 최근까지 피나도 몰랐던 거라 어쩔 수 없었어. 피나도 우연히 고아원에서 발견해서 안 거야."

"그래요?"

"네."

"으~ 그럼 어쩔 수 없네요."

피나는 안도하는 표정을 지었다.

"어머님, 저에게도 그림책 주세요."

"어머, 그림책은 졸업하지 않았니?"

"유나 님이 그린 그림책이라면 다르죠. 이렇게 귀여운 그림책이라면 저도 갖고 싶어요."

노아는 그림책에 그려진 곰과 여자아이를 바라봤다.

엘레로라 씨는 미소를 지으면서 아이템 봉투에서 세 권의 그림책을 노아에게 건넸다.

"고맙습니다. 그런데 세 권이나 그렸었네요."

노아는 표지가 다른 세 권의 그림책을 기뻐하며 손에 들었다.

오히려 피나는 복잡한 표정이 되었다.

엘레로라 씨는 방으로 돌아갔고 노아는 그림책을 읽기 위해 의자에 앉았다.

"노아 님, 지금 보시는 거예요?"

"응."

"크리모니아로 돌아간 뒤에 보시는 게……."

"왜?"

"그냥요."

피나는 어물쩍 넘어갔다.

아무래도 피나는 자신의 눈앞에서 그림책을 보지 않길 바라는 모양이다. 노아는 피나의 마음을 알지 못하고 그림책의 1권을 손에 들었다.

"곰과 소녀."

표지에는 곰과 여자아이가 있다.

"귀여운 그림이네요."

그 말에 피나가 반응한다.

노아는 여자아이의 그림을 보고 조금 고개를 갸웃거렸다. 하지만 그대로 그림책을 넘긴다.

여자아이가 혼자서 숲에 약초를 캐러 가는 장면이 나왔다.

노아는 흘깃, 하고 피나 쪽을 바라봤다. 그리고 그림책으로 시선을 되돌린다. 그림책을 넘기고 또다시 흘깃, 하고 피나 쪽을 바라봤다.

"이 여자아이, 피나랑 닮지 않았어요?"

"기분 탓이겠죠."

피나는 즉시 대답했다.

"그런가, 피나랑 닮았다고 생각했는데."

피나는 속였다고 생각하고 안도의 표정을 지었다.

그러나, 책상 위에 올려져 있던 2권, 3권을 읽더니 노아는 눈을 가늘게 뜨고 의심하듯 피나에게로 시선을 보냈다.

"이건 무조건 피나야. 그리고 이건 슈리고."

3권에 나온 여자아이를 가리켰다.

"그리고 이 곰 님은 곰돌이랑 곰순이. 그리고 유나 님이에요!"

노아는 모든 것을 알아맞혔다.

피나는 포기한 표정을 지었고 나는 돕기 위해 전부를 설명하기로 했다.

"그 그림책은 내가 크리모니아로 온 뒤의 이야기를 토대로 만들었거든. 그 여자아이는 피나가 모델이야."

"그래요?"

"물론, 전부는 아니지만."

"그러고 보니 피나의 어머니는 아프셨었죠."

노아는 그림책으로 눈을 돌렸다. 아무래도 내용을 떠올리고 있는 모양이다.

“네, 하지만 유나 언니가 도와줬어요.”

노아는 크게 한숨을 내쉬었다.

“좋은 그림책이네요. 마음이 따뜻해져요. 여자아이가 행복해졌으면 좋겠어요.”

“노아 님…….”

“그래도 이 곰 님이 유나 님이고, 크리모니아에 온 뒤의 이야기를 바탕으로 그렸다면 저도 등장하는 거죠?”

“뭐, 이대로 계속 낸다면 그러겠지. 이렇게 말해도 다음 권 스토리는 생각하지 않았어. 혹시, 등장했으면 좋겠어?”

“물론이죠. 저도 그려주시면 좋겠어요.”

전에 피나가 말했던 대로 됐다. 자신이 등장하는 그림책은 보통 원하지 않잖아?

하지만 노아가 그림책에 등장할 수 있을 거라 확신하긴 어렵다.

내가 곰 역할이 되어있어서 노아의 호위 의뢰를 받는 건 불가능하고, 피나 역할의 평범한 여자아이가 귀족의 여자아이와 만나는 건 의외로 어려웠다.

스토리를 어떻게 할까? 우선 노아에게는 「생각해볼게」라고 말하며 넘겼다.

302 곰 씨, 마릭스 일행에게 감사 인사를 받다

다음 날, 아침 식사를 마치고 쉬고 있는데 약속한 대로 마릭스 일행이 찾아왔다.

"유나 님, 이번에는 많은 도움을 주셔서 감사합니다."

마릭스가 감사 인사를 하자 티몰, 카틀레야도 이어서 감사 인사를 했다.

그리고 솜사탕 기계를 돌려줬다. 확실하게 깨끗히 닦여 있었다. 솜사탕을 만든 후에는 설탕 때문에 끈적하단 말이지. 그러고 보니 솜사탕을 국왕에게 가지고 가야 한다는 걸 떠올렸다. 잊은 채 크리모니아로 돌아갔다면 다음번에 만났을 때 성가신 일이 생겼겠지. 티리아를 만나러 갈 때 가지고 가면 될까?

"유나 님 덕분에 먹거리 분야에서 3위를 했어요."

시아가 학원 축제의 출품작 투표 결과를 알려줬다.

그러고 보니 투표도 했었지.

3일째에는 국왕에게 끌려가서 투표는 할 수 없었다.

"그런데, 어째서 우리가 3위지? 무조건 1위라고 생각했는데."

마릭스는 납득이 안 가는 모양이다.

"3위는 낮은 등수야?"

"그런 건 아니에요. 음식 가게는 많아서 3위도 대단한 거예요."

"그래도 그만큼 팔고 3위라니, 이상하지 않아?"

"마릭스, 집착이 심해. 투표해준 반 친구가 말하길 신기한 먹거리였고 맛있긴 했지만, 배가 부르지 않아서 투표하지 않은 사람이 많았다고 했잖아."

카틀레야가 마릭스를 타일렀다.

"그래도, 다들 그렇게 맛있게 먹어줬는걸."

"그건 나도 동의하지만 3위도 대단한 거야."

"알고 있어."

"그리고, 그 무효표가 우리의 표가 되었다면 더 높은 순위가 되었겠지만……."

티몰의 말에 세 사람은 묘한 표정을 했다.

"무효표?"

"네. 알고 보니 가게의 번호를 적지 않고 곰이라고 적은 표가 많았던 모양이에요. 그래서 유나 님이 만들어 준 곰 장식물을 본 사람들이 적은 게 아니냐는 말도 있었는데, 아무래도 아닌 모양이에요."

"뭐, 그건 대부분 첫날에 투표됐다고 하니까 아무리 나라도 아니라고 생각해."

마릭스는 그렇게 말하고 내 쪽을 바라봤다.

"소문이 났었으니까."

카틀레야가 나를 바라봤다.

"역시, 그렇지."

티몰이 나를 바라봤다.

"첫날에 곰이었으니까."

시아도 나를 바라봤다.

그것에 낚여 피나와 아이들도 내게로 시선을 보냈다.

시아의 말에 따르면 첫날에 『곰』이라고 적힌 종이가 대량으로 투표되었다고 한다. 하지만 2일째, 3일째에는 곰이라고 적힌 종이는 몇 장밖에 없었다고 했다. 그래서 알아보니 학원 축제 첫날에 곰 옷차림을 한 여자아이가 출몰했던 것이 판명. 그리고 곰이라고 적힌 투표지는 곰 여자아이가 나타났던 장소의 근처 투표함에 들어갔다고 한다.

실행 위원회는 『곰』이라고 적힌 표는 곰의 옷차림을 한 여자아이에게 투표한 것으로 판단하여 시아 가게의 표가 되지 않았다고 한다.

"곰 옷차림을 한 유나 님의 모습을 본 사람이 투표했다고 생각해요. 만일 유나 님이 2일째와 3일째에 곰 옷차림으로 학원 축제에 왔다면 입상했을지도 모르겠네요."

거절한다.

뭐지…… 곰 옷차림으로도 교복 차림으로도 학원에 갈 수 없게 됐다. 소문이 사라질 때까지 학원 근처에 가는 건 관두자.

재차 마릭스 일행에게 감사 인사를 받고 학원 축제 이야기로 분위기가 무르익었다.

첫날의 곰의 일과 티리아가 가게를 도와줘서 진땀을 뺐던 것. 마릭스는 기사와 나의 시합을 보지 못해서 억울해했던 것 등.

"유나 님, 다음번에 저랑 시합해 주세요."

"응, 다음에 하자."

성가셔서 적당히 대답했다.

그런 뒤 학원 축제의 이야기부터 가게를 도와준 친구들에게 고마웠다는 이야기로 이어졌다.

"그래서, 어느 가게로 정할 거야?"

아무래도 가게를 도와준 친구와 반 친구들에게 밥을 대접하기로 했는데 인원수가 늘어나서 곤란하다고 했다.

"생각한 것보다 사람이 늘어났어요."

"어디 부탁할 수 있는 가게가 없을까?"

마릭스의 물음에 카틀레야와 티몰은 난처한 표정을 지었다.

"몇 명이었지?"

"분명, 16명이야."

"우리를 포함해서 20명이라. 조금 많네."

"뭐, 도와준 사람 말고도 더 불렀으니까."

그렇게 시아와 마릭스를 위해 친구가 모였었구나. 나와는 다르네. 원래의 세계의 나였다면 한 명도 오지 않았을 거다. 애초에 부를 상대가 없어서 비교할 수 없지만…….

"유나 님 쪽도 오실래요?"

"그건 학생들이 모이는 자리잖아."

"네, 리네아도 와요."

즉, 내 팬티를 본 학생이 올지도 모른다는 거다.

어제 하루 틀어박혀 진정시켰지만 팬티를 보인 것은 잊을 수 없다.

게다가 곰 옷차림으로 가면 소란스러워질 것 같고, 교복 차림으로 가서 시아의 친구인 기사 견습생 여자아이와 얼굴을 마주하면 소란스러워지겠지.

"친구들끼리 즐기는 게 좋지. 그리고 슬슬 크리모니아로 돌아가야 하고……."

학원 축제가 끝났으니 돌아가야지. 클리프와 티루미나 씨와 겐츠 씨가 걱정할 거다.

시아와 아이들은 아쉬워했지만 이번에는 거절하도록 한다.

"그만큼 인원이 많으면 분명 시끄럽겠지."

"식사도 맛있고, 시끄러워도 문제가 되지 않고, 무엇보다 넓은 가게."

"넓은 가게랑 맛있는 가게는 어떻게든 구할 수 있을지 모르지만, 떠들어도 되는 가게가 있을까?"

"그러면 어쩌지?"

분명 학생이 20명이나 모이면 시끄러워질 것 같다.

여기가 크리모니아라면 내 가게를 제공할 텐데. 파티용 방도 있으니까 조금은 시끄러워도 괜찮다. 그렇다고 해서 모두를 크리모니아로 부를 수는 없다.

하지만 왕도에도 비슷한 가게가 있다는 게 떠올랐다.

"시아, 좋은 곳이 있어."

"유나 님, 정말인가요?"

"응, 손님은 아무도 없으니까 폐가 되지 않을 거고, 식사도 맛있고 좋은 가게야."

맛에 관해서는 왕궁 주방장인 젤레프 씨가 감수하고 있어서 맛있다. 아직 개점하지 않아서 시끄러워도 다른 손님들의 폐가 되지는 않는다.

"그런 가게가 있어요?"

"하지만, 음식이 맛있는데 손님이 없다니, 이상하지 않아요?"

"그건 가게가 개점을 위해 준비 중이거든."

나는 엘레로라 씨가 국왕의 지시로 가게를 만들었다는 사실을 말했다. 문제가 있다면 엘레로라 씨와 젤레프 씨의 허락이 필요한 정도이다.

그 부분은 엘레로라 씨에게 부탁하면 괜찮을 거다.

"국왕 폐하의 지시로 가게를……."

"아니, 아무래도 무리죠."

"게다가 그런 가게면 돈이 모자라요."

나의 아이디어를 들은 학생들의 의견은 부정적이었다. 분명 돈의 문제가 있었다. 이곳에서 내가 돈을 내는 건 이야기가 달라질 것 같기도 하고.

"그 부분은 엘레로라 씨에게 상담하면 어떻게든 될 것 같은데?"

"나?"

문 쪽에서 목소리가 들렸다. 문 쪽을 바라보니 엘레로라 씨가 서 있었다.

"어머님?!"

엘레로라 씨의 등장에 아이들은 의자에서 몸을 일으켜 인사를 했다.

"어머님이 왜 지금 시간에 집에 계세요? 일은요?"

"아니, 어느새 방 안에 같이 있었다는 게 더 놀라운데요."

"잠깐 두고 간 물건이 있어서 가지러 왔어. 그런데 시아의 친구들이 와 있다고 들어서 딸을 놀래킬 생각에 몰래 왔지."

이건 아이들에게 미움받는 부모의 행동 중 하나잖아.

"후후, 그래서 무슨 이야기를 나누고 있었어? 내 이름이 들렸는데."

"어머님께 할 이야기는 아니예요."

"딸이 반항기에……."

엘레로라 씨가 조금 슬픈 표정을 짓고 슬쩍 시아를 바라봤다.

응, 틀림없이 연기야.

"아니예요! 학원 축제에서 신세를 진 친구들을 모아서 식사를 할 생각인데, 인원수가 많아서 어디로 가면 좋을지 의논 중이었던 것뿐이에요."

거기서 나는 『곰이 쉬는 레스토랑』에 관해 설명하고 있었다고 말했다.

"어머나, 좋은 생각이네."

"어머님?"

"국왕 폐하의 지시로 만들어진 가게잖아요."

"그런 가게에 저희가 갈 수는……."

"게다가 돈의 문제도……."

"후후, 그건 시식을 겸하면 되지. 단, 요리의 맛 평가는 해줘야 해."

네 사람은 고민한 끝에 결국 엘레로라 씨에게 부탁하기로 했다.

303 곰 씨, 티리아에게 감사 인사를 하러 가다

엘레로라 씨는 시아 일행과 식사 모임의 요리에 관한 이야기를 시작했다.

마릭스 일행과 만나는 약속은 달성했으니 나는 티리아를 만나러 가기로 했다.

"노아랑 너희는 어떻게 할래?"

"저도, 한 번 더 감사 인사를 드리고 싶어요."

"공주님을 만나는 거야? 나도 만나고 싶어."

노아의 말에 피나도 수긍하고 슈리도 가고 싶다 말했다.

"어머님, 일하러 돌아가지 않으셔도 돼요?"

"잠깐은 괜찮아."

잊은 물건을 가지러 온 엘레로라 씨를 걱정하는 노아를 데리고 넷이서 성으로 향했다.

성에 도착하자 나는 얼굴(곰) 패스로 들어갈 수 있었지만, 아이들은 일단 확인을 위해 시민 카드를 보여준 후 안으로 들어왔다.

"오늘은 티리아 님을 만나고 싶은데, 만날 수 있나요?"

"네, 엘레로라 님께 이야기는 들었습니다. 곰…… 유나 님이 오시면 안내를 하도록 전해 들었습니다."

엘레로라 씨가 문지기 병사에게 전달해둔 모양이다. 이야기가 잘 통하니 도움이 된다. 엘레로라 씨의 세세한 배려가 고맙다. 일하지 않는 것처럼 보이지만 착실하게 일하고 있다.

그런데 조금 전의 일을 떠올리면 일을 내팽개치고 있는 것 같단 말이지.

병사 한 명에게 안내를 받아 티리아의 방으로 향했다. 방 앞에 도착하자 병사는 문을 두드렸고 방 안에 있는 티리아를 향해 내가 왔다는 사실을 전했다.

"들어와도 좋아요."

방 안에서 티리아의 목소리가 들렸다.

병사는 나에게 고개를 숙인 뒤 자리를 떴다. 문을 열고 안으로 들어서자 티리아와 플로라 공주가 의자에 앉아있었다.

"곰 님!"

이번에도 플로라 공주와 만날 줄은 몰랐다. 플로라 공주는 의자에서 내려오더니 내게로 다가왔다.

"어째서 이곳에 플로라 공주님이?"

"어제 엘레로라에게 오늘 유나가 올 거라고 들어서, 외출할 수도 없으니 방에서 플로라와 놀면서 기다렸어요."

그건 괜한 폐를 끼친 건가?

"혹시, 나갈 예정이었어?"

"특별한 예정은 없으니까 괜찮아요."

그렇다면 다행이지만. 티리아의 상황도 묻지 않고 와버렸으니 말이다.

"티리아 이번 3일 동안은 고마웠어. 즐거웠어."

내 말에 이어 노아와 아이들도 감사 인사를 했다.

"아뇨, 저도 즐거웠어요. 드디어 소문의 곰 소녀와 만났는걸요. 물론, 노아와 아이들을 만나게 된 것도 기뻤고요."

티리아의 말에 노아와 피나는 쑥스러워했고, 슈리는 기뻐했다.

"그렇지만, 한마디만 할게요. 그때는 정말 놀랐어요. 갑자기 그르툼과 시합을 하다니. 아바마마는 말리려고 하지 않지, 엘레로라도 유나가 시합하는 걸 허락하지, 그때의 제 기분을 아시겠어요?"

티리아는 손가락을 내 머리를 향해 들이밀었다. 그런 말을 들어도 당황스럽다. 그건 그 아저씨가 나를 화나게 한 것이 잘못된 거지.

"완전히 안절부절못했다니까요. 얼마나 불안해하며 시합을 봤는지 아시겠냐고요?"

그런 티리아의 말을 들은 노아와 아이들도 동의하듯 고개를 끄덕인다.

"유나에게 검이 향해질 때마다 몇 번이나 말릴까 고민했는지……."

꽤 걱정을 끼친 모양이다.

"그런데 유나는 기사를 쓰러뜨리더니 그 르툼에게도 이겨버렸죠. 직접 보고 있었지만 믿기지 않았어요."

티리아는 동의를 구하듯 아이들을 바라봤다.

세 사람은 티리아의 말에 동의하는 것처럼 고개를 끄덕였다.

아무래도 세 사람에게는 걱정을 끼친 모양이다.

그리고 시아에게 들은 것과 같은 리네아의 전언을 들었다.

"그래서, 티리아에게는 학원 축제에서 신세를 졌던 보답을 하고 싶은데……."

나는 화제를 바꾸기 위해 알려주지 않았던 것을 발설했다.

"보답이라면 이미 받았어요."

티리아가 눈을 침대 쪽으로 옮겼다. 머리맡에는 학원 축제 첫날에 줬던 곰돌이와 곰순이 인형이 놓여 있었다.

"그래도, 부탁해도 된다면 유나에게 부탁이 있어요. 저, 유나의 소환수인 곰을 보고 싶어요."

"소환수?"

"네, 플로라랑 어마마마가 기뻐하며 귀여웠다는 둥, 부드러웠다는 둥, 즐겁게 말한단 말이에요. 게다가 어제도 플로라가 같이 놀았다고 했고……."

"곰 님? 같이 놀았어."

"딱히 상관없는데, 소환해도 돼?"

"점잖은 곰이라는 건 아바마마와 어마마마, 플로라에게 들었으니 괜찮아요."

티리아의 허락이 떨어졌기 때문에 곰 인형 장갑을 앞으로 뻗어 일반 사이즈의 곰돌이와 곰순이를 소환했다.

"정말 곰이네요. 만져도 괜찮나요?"

티리아가 물었지만 내가 대답하기 전에 플로라 공주가 「곰 님!」이라며 소리친 뒤 곰순이에게 안겼다.

"괜찮은 모양이네요."

티리아는 플로라 공주의 기뻐하는 모습을 보더니 조금 무서워하면서도 곰돌이를 만졌다.

"정말로 부드러워."

한 번 만지고 곰돌이가 아무 짓도 안 한다는 것을 알자 플로라 공주와 같이 안겼다. 거기에 슈리도 합세해서 곰순이를 끌어안았다.

"유나, 이 아이의 등에 타도 돼요?"

"괜찮아. 등 위에서 거칠게 굴지만 말아줘."

내가 허락하자 티리아는 「그런 짓은 안 해요」라고 말한 후 기쁜 듯 곰돌이 위로 올라탔다. 방이 넓어서 가능한 거지. 플로라 공주도 곰순이 등에 올라탄 뒤 자매가 함께 방 안을 빙글빙글 돌기 시작했다.

그곳에 슈리와 노아도 참가해서 네 사람은 곰돌이, 곰순이와 놀기 시작했다.

나는 그동안에 또 다른 한 약속을 처리하기로 했다.

"티리아, 국왕님과 만날 수 있어?"

곰돌이 등에서 즐거워하는 티리아에게 물었다. 귀찮지만 국왕을 만나 솜사탕을 전해줘야 한다. 오늘 성에 온 목적 중 하나였다.

"아바마마요?"

오늘은 티리아를 만나러 온다고만 전달했기 때문에 병사가 국왕을 부르러 가는 모습은 없었다. 아마도 엘레로라 씨가 신경을 써줬을 거다.

"솜사탕을 가지고 오겠다고 약속을 했는데 못 만날 것 같으면 말 좀 전해줄 수 있어?"

크리모니아로 돌아간 뒤 나중에 주지 않았다고 불만을 들어도 성가시다.

"다음에 왔을 때 줄 거라고 전해주면 좋겠는데."

줄 수는 없지만 솜사탕을 가지고 왔다는 어필은 해둔다.

"으음~ 잠시만 기다려봐요."

티리아는 조금 생각하더니 곰돌이의 등에서 내려와 방 밖으로 나갔다. 그리고 곧바로 돌아왔다.

"지금 와 달라고 부탁했으니까 조금 있으면 오실 거예요."

즉, 국왕을 호출했다는 거야?

그거, 내 이름으로 호출한 거 아니지?

"내가 만나러 가도 되는데……."

"괜찮아요. 만약 무리라면 다른 사람이 전하러 올 거니까요."

솜사탕을 주기 위해 국왕을 호출하다니, 이래도 되나? 일반적인 상식이라면 불가능하겠지.

하지만 잠시 후 정말로 국왕이 찾아왔다.

"오늘은 티리아 방에 있는 건가."

"학원 축제에서 티리아에게는 여러 가지로 신세를 져서 고맙다고 말하러 왔어요."

"그런데, 이 상황은 뭐지?"

티리아와 플로라 공주와 슈리와 노아는 곰돌이와 곰순이의 등에 올라타 놀고 있었다.

공주님의 방이라 보기는 힘들겠지.

"제가 유나의 소환수를 보고 싶다고 부탁했어요."

티리아가 곰돌이 등 위에서 대신 대답해줬다. 국왕은 그런 티리아를 보고 포기한 건지 내 쪽을 바라봤다.

"그래서 뭐지? 용무가 있다고 들었는데."

"일전에 약속했던 솜사탕을 드릴까 하는데, 드실래요?"

"아아, 그거로군. 그것 때문에 부른 건가?"

"그런데요?"

아무래도 솜사탕에 관해서는 전달하지 않은 모양이다.

그렇지만 국왕은 의자에 앉더니 「먹도록 하지」라고 말했다.

나는 솜사탕을 만들 준비를 했다. 테이블 위에 솜사탕 기계와 설탕을 꺼내자 국왕이 솜사탕 기계를 흥미롭게 바라봤다.

"이건 뭐지?"

"과자를 만드는 기계예요."

나는 국왕이 바라보는 앞에서 솜사탕 기계의 스위치를 만졌다. 그리고 조금 지나자 가느다란 실 같은 것이 나왔고 봉을 돌돌 돌려 그것을 봉에 붙였다.

눈 깜짝할 사이에 솜사탕이 완성됐다.

"이건 설탕만으로 만든 건가?"

"많이 다니까 마실 거랑 같이 드시면 좋아요."

나는 곰 박스에서 차를 꺼내줬다.

"네 아이템 봉투에는 무엇이든 들어있구나."

어딘가의 고양이 모양의 로봇이 가지고 있는 주머니가 아니니까 모든 게 들어있지는 않다. 넣은 물건만 들어있다.

"그런데, 너는 정말로 이상한 것들을 알고 있군."

국왕은 솜사탕을 크게 베어 물었다.

"달군."

"설탕이라서 그래요."

"이 녹는 식감이 재미있네."

"아바마마, 저도 먹고 싶어요."

국왕은 플로라 공주에게 솜사탕을 건넸다. 그러자 플로라 공주는 기뻐하며 먹기 시작한다.

일단 이것으로 약속을 지켰으니 나중에 불만을 들을 일은 없겠네.

"그러고 보니 엘레로라 녀석은 없나?"

"엘레로라 씨라면 업무 자료를 가지러 집에 돌아왔었어요."

지금은 일을 내팽개치고 시아와 이야기를 나누고 있다는 건 입 다물기로 했다. 내가 가게 이야기를 꺼낸 게 원인이기도 하다.

무사히 티리아에게 감사 인사와 국왕과의 약속을 마친 나는 성을 뒤로했다.

"유나, 다음부터는 제가 있을 때 와주세요."

그런 말을 해도 성에 오는 건 마음이 내킬 때니까 우연히 만나길 빌자. 지금까지의 일을 생각했을 때 우연에 기대면 평생 못 만날 것 같지만…….

"언제 올지 모르니까 약속은 못 해."

"곰 님, 또 와."

"네, 올게요."

나는 약속했다.

"어쩐지 저와 플로라를 대하는 태도가 다르지 않아요?"

"티리아는 학원이 있으니까 만날 수 있을지 모르겠지만, 플로라 공주님은 언제든 성에 있으니까 항상 만날 수 있잖아."

"유나, 너무해요."

이것만큼은 어쩔 수 없다. 내가 성에 오는 건 나의 변덕이다. 하지만 다음부터는 먹을 것을 전해주는 편이 나으려나.

그날 밤, 엘레로라 씨가 일에서 돌아오더니 또다시 국왕에게 혼이 났다며 불만을 토로했다.

“시아와 아이들이랑 이야기 좀 나누고 젤레프에게 상담을 한 후 일로 복귀한 것뿐인데…….”

이번 일은 내게도 책임이 있지만 어른이라면 우선순위는 확실하게 정해야 한다고 생각한다. 그 이야기를 하자—.

“그러면 당연히 딸 쪽이 중요하지.”

엘레로라 씨다운 대답이다. 망설임 없이 대답하는 엘레로라 씨는 부모의 거울이다. 하지만 이번에는 목숨과 미래가 걸린 중요한 일이 아니니 일을 우선하라고 말하고 싶다.

“그래서 유나는 내일 돌아가는 거지?”

“언제까지나 왕도에 있을 수는 없으니까요.”

노아와 피나와 슈리를 계속 데리고 돌아다닐 수는 없으므로 내일 아침, 크리모니아로 돌아가기로 했다.

곰 이동문을 사용하면 금방 크리모니아로 돌아갈 수 있지만 사용할 수 없는 상황이다.

“그럼, 마차를 준비할 테니까 왕도 문까지 데려다줄게.”

“곰돌이랑 곰순이랑 같이 가요. 슈리랑 같이 탈 거예요.”

“응!”

요 며칠 동안 노아와 슈리는 완전히 사이가 좋아졌다. 귀족과 평민이 사이좋은 모습을 보니 기뻤다.

“내일 아침, 마릭스와 아이들도 배웅하러 온다고 했어요.”

마차도 배웅도 필요 없다고는 말할 수 없었고 노아와 슈리도 곰돌이와 곰순이랑 이동하는 걸 기대하고 있었다.

그렇기 때문에 곰 이동문은 사용할 수 없을 것 같다. 이번에는 포기하고 곰돌이와 곰순이를 타고 크리모니아로 돌아가야지.

“피나, 슈리, 두 사람 모두 언제든지 놀러 와도 돼.”

“네.”

“응.”

“노아는 클리프의 말을 잘 들어야 한다.”

“알고 있어요.”

“유나, 만약 이 아이가 제멋대로 굴면 나에게 말해줘.”

“어머님!”

여러 가지로 작별 인사를 나눈 후 그날의 저녁 식사는 호화로운 음식을 대접받았다.

304 학원제의 보답, 마릭스 편

유나 님이 크리모니아로 돌아가고 학원 축제의 일도 거의 정리되었다.

오늘은 학원은 쉬는 날이라 가게를 도와준 친구들과 반 친구들을 불러 식사 모임을 하기로 되어있다. 장소는 엘레로라 님에게 소개 받은 이번에 새로 생기는 가게이다.

장소는 시아만 알고 있어서 학원 앞에서 한 번 모인 뒤 다 같이 이동하기로 했다.

"모두 모인 거지?"

모두 시간에 맞춰서 모였다. 바로 출발할 수 있다.

"마릭스, 기대하고 있어."

"나는 아침도 안 먹었어."

국왕 폐하의 지시로 만들어지는 가게다. 맛이 없을 리가 없다.

"티리아 님은 나중에 온다고 했지?"

"장소는 알고 있어서 나중에 온대."

지금 이곳에 있는 사람 중에서 가게의 장소를 알고 있는 건 엘레로라 님에게 들은 시아뿐이다. 사전에 시아에게 어디에 있는지 물어봤지만 웃기만 하고 알려주지 않았다. 그건 무언가를 감추고 있는 얼굴이었다.

시아의 안내를 받은 우리는 가게로 향했다. 다들 기대하고 있었다.

그리고 가게에 도착했다.

“시아, 여기야?”

목적지인 가게 앞에 서자 모두 가게 입구의 물건에 시선을 빼앗겼다.

“응.”

가게는 컸고 훌륭한 건물이었다. 그렇지만 무엇보다도 이목을 이끄는 것은 입구에 있는 두 개의 곰 석상이다.

한쪽의 곰 석상은 거대한 스푼을 들었고 다른 한쪽의 곰은 거대한 포크를 들고 있었다.

“아, 이 가게라면 부모님께 들은 적이 있어.”

“나도, 곰 석상이 있다고 들었어.”

몇 명은 알고 있던 모양이지만 티몰과 카틀레야는 몰랐던 눈치다.

“시아, 설마 이 가게는…….”

“응, 유나 님이 연관되어 있는 모양이야.”

“유나 님이…….”

성이 경영하는 가게에 연관되어 있다니 더는 할 말이 없다.

곰 옷차림을 한 이상한 여자아이. 나보다 강하고, 기사단장인 르툼 님보다도 강하며, 시아가 말하기로는 국왕 폐하와 아는 사이라고 한다. 정말로 정체 모를 여자아이이다.

“아무튼 안으로 들어가자.”

시아의 말을 듣고 우리는 가게 안으로 들어갔다. 그러자 요리사의 복장을 한 여자가 맞아줬다.

"기다렸습니다. 학원 학생 여러분이시죠?"

"네, 조금 시끄러울 텐데, 잘 부탁드려요."

"괜찮아요. 엘레로라 님께 이야기는 들었습니다. 그럼 자리로 안내하겠습니다."

고급스러운 가게다. 하지만 점내에도 곰이 있었다. 유나 님의 영향이 어디까지 반영된 거야?

다들 가게 안을 이리저리 훑어보면서 자리에 앉았다.

테이블 위에는 이미 먹음직스러운 빵이 놓여 있었다.

"다른 요리도 가지고 올게요."

여자는 머리를 숙인 후 안쪽 방으로 떠났다. 그리고 차례차례 음식이 옮겨졌다.

나는 혼자 서서 모두를 바라봤다.

"저기, 다들 이번에는 갑작스러운 부탁이었는데도 가게를 도와줘서 고마워. 너희들 덕분에 먹거리 부문에서 3위를 할 수 있었어. 보답으로 배부르게 먹어줘!"

컵을 들고 건배를 한 뒤 요리를 먹기 시작했다.

엘레로라 님의 말씀대로 모든 요리는 맛있었다.

모두 맛있게 음식을 먹었다.

"마릭스, 전부 맛있어."

"돈은 괜찮은 거야?"

"괜찮으니까 신경 쓰지 말고 먹어."

내 말에 안심한 것인지 사양하지 않고 먹기 시작한다.

엘레로라 님에게 음식값은 필요 없다는 말을 들었지만, 도와준 친구들에게 우리 스스로 보답을 하고 싶었기 때문에 어느 정도의 돈을 지불했다.

우리가 낸 돈이 충분하다고 생각하지는 않지만 엘레로라 님은 받아주었다.

우리는 요리를 먹으면서 학원 축제 이야기로 무르익었다.

"이번 학원 축제는 여러 일이 있었네."

"곰 상품 싹쓸이 사건 말이지."

"그거 말이구나."

"나, 봤어. 곰 옷차림을 한 여자아이가 나이프를 던져서 표적을 간단히 맞췄어."

"나는 스쳐 지나치기만 했는데, 귀여운 곰 옷차림이었어."

"시아의 지인이었지?"

"응, 맞아. 그런데 그녀에 관해서는 말할 수 없어."

그렇지, 이야기한다고 한들 믿어주지 않겠지. 게다가 엘레로라 님에게도 유나 님에 관해서는 말하지 말라고 들었다.

"솜사탕 가게는 꽤 화제가 됐었어. 이상한 먹거리라면서 말이야."

"무조건 1위를 할 거라 생각했는데."

“배가 부르지 않은 거랑 질리기 쉬운 게 아쉬웠나……. 만약 다른 맛이 있었다면 1위를 했을지도 몰라.”

우리도 연습할 때 몇 번이나 먹었는데 도중에 질렸다. 그건 다른 맛을 낼 수 있을까? 그것이 가능하다면 내년에는 1위를 차지할 수 있을지도 모른다.

그런 뒤, 학원 축제에서 뭐가 가장 재미있었냐는 이야기가 나왔다.

“르툼 님과 여자아이의 시합이 대단했지.”

나도 보고 싶었는데 이 녀석은 우연히 그 장소에 있어서 시합을 봤다고 한다.

“그렇게 귀여운 여자아이가 르툼 님의 검을 피하고, 받아내고, 마지막에는 이겨버리다니 믿기지 않았어.”

“맞아. 그 물이 흐르는 듯한 동작은 예뻤어. 그리고 움직일 때마다 좌우로 흔들리는 긴 머리도 좋았지.”

유나 님의 이야기에 리네아가 끼어들었다. 분명 유나 님의 머리는 길었다.

“여자아이라도 그만큼 강해질 수 있다는 걸 알고 의욕이 생겼어.”

시합을 보던 사람은 감동했는지 분위기가 고조됐다.

젠장, 부러워할 필요 없어. 다음번에 그 인물과 시합을 하기로 약속했다. 시합은 보는 것보다 하는 쪽이 좋다고 생각한다.

시합을 한 여자아이와 조금 전에 이야기했던 곰 옷차림을 한 여자아이가 동일 인물이라는 것을 아는 사람은 우리뿐이었다.

즐겁게 학원 축제 이야기를 하면서 식사를 하고 있는데 문이 열리는 소리가 들렸다. 문 쪽으로 시선을 보내자 티리아 님이 있었다. 그리고 그 옆에 사람이 한 명 더 있었다.

"아바마마, 몇 번이고 말했지만 방해만은 하지 말아주세요."

"알고 있어. 가게를 시찰한 뒤에 바로 돌아가마."

티리아 님의 아버님이라니, 국왕 폐하잖아. 어째서 이곳에?

나만 그렇게 생각하고 있던 게 아니었다. 이곳에 있는 전원이 그렇게 생각했다. 그리고 모두가 나와 시아 쪽을 바라봤다.

시아가 고개를 젓는다. 물론 나도 모른다. 국왕 폐하가 오는 것을 알았다면 모두에게 말했을 거다.

국왕 폐하가 티리아 님과 함께 우리 쪽으로 다가왔다.

다들 긴장했다.

"그렇게 긴장하지 않아도 괜찮아. 가게의 시찰을 왔을 뿐이란다."

"저를 핑계 삼아 일에서 도망쳐 온 거잖아요."

티리아 님이 어이없다는 듯 국왕 폐하를 바라봤다.

"시끄러워. 국왕의 위엄이 무너지잖아. 나는 가까운 시일 내에 개점할 가게의 시찰을 나왔을 뿐이다."

그렇지만 꼭 오늘 오지 않아도 될 텐데. 아마 티리아 님이 말한 것처럼 일에서 도망치기 위한 구실일 거다.

하지만 그렇다고 해도 그것을 지적할 사람은 아무도 없다. 아니, 할 수 있을 리가 없다.

"그런데 정말로 엘레로라 녀석은 곰 장식을 만들었구나."

국왕 폐하는 가게 안에 있는 곰 장식물을 봤다.

"엘레로라가 만든 거예요?"

티리아 님도 똑같이 곰 장식물로 시선을 옮겼다.

"크리모니아의 그 녀석 가게에 이런 곰들이 있어서 만들고 싶다고 제안했거든. 그래서 허락했지."

그 녀석의 가게라니, 그건 유나 님의 가게?

그러고 보니 유나 님은 크리모니아에서 가게를 냈다고 시아에게 들은 적이 있다.

유나 님의 가게에도 비슷한 곰 장식물이 있는 건가.

하지만 이것으로 확실해졌다. 정말로 이 가게는 유나 님과 관련이 있구나.

과외훈련의 호위를 받은 우리는 어느 정도 유나 님에 관해 알고 있지만, 그 이외의 사람들은 국왕 폐하가 하는 말의 의미를 모른 채 고개를 갸웃거리고 있었다.

그런 뒤, 국왕 폐하는 자리에 앉아 음식을 시켰다.

티리아 님은 포기한 표정을 지었다.

"드시면 돌아가 주세요."

"알고 있어. 너희의 방해는 안 할게."

우리는 국왕 폐하와 같은 곳에서 식사하게 되어 크게 떠들지 못하고 조용히 음식을 먹게 되었다. 그리고 국왕 폐하가 신경이 쓰여서 음식의 맛을 알 수 없었다.

하지만 구세주가 나타났다.

시아의 모친인 엘레로라 님이 가게에 나타난 것이다. 심지어 국왕 폐하와 언쟁을 하더니 데리고 나가주었다. 다들 존경하는 눈으로 엘레로라 님을 바라봤다.

"시아의 어머님은 대단하구나."

"엘레로라 님, 멋있어."

시아는 「그렇게 대단하지 않아」라고 말했지만, 국왕 폐하에게 할 말을 다한 뒤 데리고 나갈 수 있으니까 대단한 사람이라 생각한다. 우리는 엘레로라 님 대신 시아에게 고맙다고 말했다.

"게다가 젊고 예쁘셔."

확실히 처음 엘레로라 님을 봤을 때는 시아의 언니로 생각했었다.

식사 모임을 무사히(?) 마치고 요리를 만든 요리사가 맛이 어땠는지 물었지만, 국왕 폐하가 있던 순간에 먹은 요리의 맛은 애매하게 대답할 수밖에 없었다.

하지만 맛있었던 건 틀림없다.

마지막으로 푸딩이 나왔을 때는 다들 맛있게 먹었다.

이것도 유나 님이 만든 요리겠지. 정말로 이상한 사람이다.

305 곰 씨, 그림책을 나눠주다

학원 축제를 즐긴 우리는 왕도의 출구까지 마차로 배웅을 받고, 그 뒤에는 곰돌이와 곰순이를 타고 크리모니아로 돌아왔다.

결국, 노아와 슈리에게 곰 이동문에 관해 이야기하지 못했다.

피나와 슈리를 티루미나 씨와 겐츠 씨가 있는 곳에, 노아를 클리프가 있는 곳에 데려다줬다. 소중한 아이들을 돌려주고 임무를 완료했다.

학원 축제는 즐거웠지만 당분간 왕도에는 가지 말아야지. 사람의 소문은 75일 정도 지속된다고 하는데, 2달 반 동안 안 가는 건 너무 긴가?

당장 왕도에 가야하는 일도 없으니까 크리모니아에서 여유롭게 지낼 생각이다.

오늘은 엘레로라 씨에게 받은 곰 그림책 3권을 고아원 아이들에게 가지고 갔다.

"곰 언니, 고마워."

"고마워."

유년반 아이들은 기뻐하며 그림책을 받아들었다. 저번과 같이 세 권을 건네주며 사이좋게 읽으라고 말했다.

그런 다음 원장 선생님과 대화를 나눈 뒤 새장에서 일하는 아이들의 모습을 보러 갔다. 다들 성실하게 일하고 있다. 나는 일하는 티루미나 씨와 리즈 씨에게 새장의 상황을 물었다.

"다들 열심히 해주고 있어요."

"최근에는 새도 늘었고, 순조로워."

"니프 씨가 아이들을 돌봐줘서 정말 많은 도움을 받고 있어요."

미릴러 마을에서 온 니프 씨는 활기찬 아이들에게 둘러싸여 즐겁게 일하고 있었다. 가끔 혼내는 모습도 보이니까 제대로 교육을 하는 모양이다.

그러나 아무리 니프 씨가 도와준다고 해도 세 사람만으로 고아원을 운영하는 건 힘들겠지.

그 부분을 물어보니 돈과 음식을 걱정하지 않아도 돼서 편해요, 라며 리즈 씨가 대답했다.

활기찬 아이들을 상대하는 건 피곤할 거라 생각했는데 그렇지 않은가 보다.

티루미나 씨랑 리즈 씨와 이야기를 나누는데 몇 명의 아이들이 방 안으로 들어왔다.

"리즈 선생님, 물을 마셔도 되나요?"

"제대로 더러운 거 씻은 뒤에 마셔야 한다."

"네~."

나는 새를 돌보는 아이들에게 병에 걸리지 않도록 손 닦기와 입 헹구기를 반드시 하라고 말해뒀다.

그래서인지 아이들은 착실하게 청결을 지켰다.

티루미나 씨가 일하는 사무실 같은 방에는 일하는 아이들이 언제든지 수분을 보충할 수 있도록 물 마시는 장소와 냉장고를 두었다.

아이들은 물을 맛있게 마셨다. 얼굴에는 살짝 땀이 맺혀 있었다.

그러고 보니 요즘은 많이 따뜻해진 것 같다. 자세히 보니 새장에서 일하는 아이들 모두 땀을 흘리고 있었다. 곰 장비에는 온도 조정의 기능이 있어서 알아차리지 못했는데, 슬슬 더워지는 걸까?

고아원을 뒤로한 나는 곰 하우스로 돌아가 곰 이동문을 이용하여 레트벨 씨가 알려준 랄즈 마을의 작은 집으로 이동했다.

이 마을에 오는 건 오랜만인 것 같지만 그 이후로 많은 시간이 지나지는 않았단 말이지.

집 밖으로 나오자 처음 왔을 때와 달리 파란 하늘이 보였다. 나는 파란 하늘 아래에서 레트벨 씨의 가게를 향해 걷기 시작했다.

지나쳐가는 사람들이 나를 흘깃 쳐다보면서 「곰이야?」, 「곰?」이라고 했다. 평소와 같은 목소리와 호기심 어린 시선이 쏟아졌다.

크리모니아에서는 줄었지만 다른 마을에 오면 모두에게 시선을 받았다.

나는 곰 후드를 깊게 눌러 써서 얼굴이 보이지 않도록 했다.

레트벨 씨의 가게에 도착해서 안으로 들어서자 남자 종업원이 나를 보고 놀란 표정을 지었다.

"레트벨 씨는 계신가요? 유나가 왔다고 전해주시면 알 거예요."

내가 남자 종업원에게 부탁하자 「기다려주세요」라고 말하며 가게 안의 계단을 올라갔다.

가게에는 또 한 명의 점원과 나, 둘만 남겨졌다. 점원은 내게로 시선을 보냈으나 말을 걸어오지는 않았다.

나는 호출을 하러 간 종업원이 돌아올 때까지 가볍게 가게 안을 걸었다.

골동품과 그림이 걸려 있었다. 뭔가 재미있는 건 없나? 집에 장식할 인테리어 소품이 있어도 좋을 것 같다. 하지만 이런 쪽의 지식이 없어서 어떤 게 좋은 건지 전혀 모르겠다. 노아는 아니지만 장식한다면 곰 장식을 두는 편이 나을지도 모른다.

"그림이라고 하니……."

나는 그림을 보고 학원 축제에서 받은 그림이 떠올랐다. 돌아가면 장식해둘까.

잠깐 가게 안을 걷고 있는데 조금 전의 종업원이 돌아왔다. 그 뒤에서 레트벨 씨가 나타났다.

"곰 아가씨, 잘 왔네. 그런데 무슨 일인가?"

"새로운 그림책이 나와서 아루카에게 주려고요."

나는 곰 그림책 3권을 곰 인형 장갑에서 꺼냈다.

"오오, 아루카도 기뻐하겠지."

"그럼, 전해주세요."

"아니지, 아가씨가 아루카에게 전해주게. 그러는 편이 아루카가 더 좋아할 거야."

나는 위층에 있는 레트벨 씨의 집으로 이동했다.

방 안으로 들어서자 아루카와 모친인 세플 씨가 있었다. 아루카는 곰돌이 인형을 안고 있었다. 소중하게 다루는 것 같아서 다행이다. 곰순이는 없나?

"곰 님!"

아루카는 나를 발견하고 작은 발로 달려들었다.

"안녕, 새로운 그림책을 가지고 왔어."

나는 곰 입에 물린 그림책을 아루카에게 건넸다. 아루카는 기뻐하며 그림책을 받아 들었다.

"이런. 아루카, 감사 인사를 해야지."

모친인 세플 씨가 그림책을 기쁘게 보고 있는 아루카에게 말했다.

"고마워."

"천만에."

아루카는 소파에 뛰어올라 그림책을 펼쳤다. 곰돌이 인형은 제대로 무릎 위에 올려져 있다.

아루카의 행동을 본 세플 씨가 주의를 줬지만 그림책에 빠져서 들리지 않는다. 세플 씨는 나에게 사과하고 「차를 준비해 올게요」

라고 말한 후 방에서 나갔다.

"미안하네. 아루카는 자네가 그린 그림책이 마음에 든 모양인지 뒷 권을 기대하고 있었거든."

기쁘긴 한데 쑥스럽네.

"그래서, 어째서 이 마을에? 무언가 용무라도 있었나?"

"그림책만 주려고 온 거예요."

"자네, 설마 그림책을 주기 위해서 이 마을까지 온 것인가?"

레트벨 씨는 놀랐다.

확실히 그림책만 주려고 마을에 왔다고 하면 놀라려나? 곰 이동문이 있어서 신경을 안 썼다.

"왕도에서 일부러 미안하네."

레트벨 씨는 고개를 숙였다.

그리고 세플 씨가 차를 가지고 와줬다.

"딸을 위해 와줘서 고마워요."

"무언가 보답을 하고 싶은데……."

"전에 집을 받았으니 충분해요."

그 집 덕분에 곰 이동문을 설치할 수 있었고 이 마을에 편하게 다닐 수 있게 됐다. 그림책 3권과 곰 인형만으로는 수지타산이 맞지 않을 정도이다. 그러니 보답은 필요 없다며 거절했다.

"그렇지만 일부러 그림책을 주려고 여기까지 오지 않았나."

"그렇긴 한데……."

곰 이동문에 관해 이야기할 수 없어서 애매한 대답이 되어버렸다.

레트벨 씨는 생각에 잠겼다. 레트벨 씨가 무슨 생각을 하고 있는지 모르지만 나는 세플 씨가 가지고 온 차가운 차를 마셨다. 이건 고급 차구나. 응, 맛있어.

최근에 성이나 클리프, 엘레로라 씨의 집에서 내오는 고급 차를 마셔서 맛을 알게 되었다.

"자네는 왕도에 살고 있지?"

조금 틀린데……. 왕도의 길드 마스터인 사냐 씨와 함께 있는 모습을 봐서 왕도의 주민으로 알고 있는 모양이다. 사실을 말하면 더욱더 성가시니까 아무 말 않고 넘겼다.

"자네, 왕도 상업 길드의 길드 마스터는 알고 있는가?"

"할머니였죠?"

딱 한 번, 토지를 구매할 때 만났다.

"혹시라도 무언가 곤란한 일이 생기면 길드 마스터에게 내 이름을 말하게. 조금은 편의를 봐달라고 전해놓겠네."

엘레로라 씨와 그란 할아버지 등의 연줄도 있는데 왕도의 상업 길드에 신세를 진 적은 없단 말이지.

그래도 미래의 일은 모르니까 감사하게 호의를 받아들이기로 했다. 연줄이 많아서 곤란한 일은 없다.

"그럼, 무언가 곤란한 일이 생기면 사용할게요."

내 말을 들은 레트벨 씨는 기뻐했다.

그리고 차를 마시면서 레트벨 씨와 대화를 나누고 있는데 그림책을 다 읽은 아루카가 내가 있는 곳으로 다가왔다.

"곰 님, 작아질 수 있어?"

"그림책 속의 곰 님만, 실제로는 안 그래."

플로라 공주와 같은 질문을 해서 진실을 알려줬다. 다 컸을 때 창피한 기억을 가지게 되는 건 불쌍하니까.

내 말을 들은 아루카는 슬퍼했다.

미래를 생각하면 거짓말을 할 수 없으니 어쩔 수 없다.

하지만 아루카는 곰돌이와 곰순이에 관해 알지 못해서 플로라 공주보다는 쉽게 이해해준 모양이다.

차를 다 마신 나는 감사 인사를 하고 레트벨 씨와 아루카와 헤어졌다.

레트벨 씨에게 받은 집을 향해 걸어가고 있는데 누군가가 뒤에서 말을 걸어왔다.

"유나야?"

뒤로 돌아보자 루이밍의 팔찌 때 신세를 졌던 모험가 미란다 씨 일행이 있었다.

"역시, 그 뒷모습은 유나였구나."

"미란다, 누가 봐도 유나잖아."

"그렇지. 저 귀여운 꼬리를 보면 알 수 있어."

파티 멤버들이 미란다 씨에게 어이없다는 얼굴로 말했다.

뭐, 내 뒷모습을 맞추는 것은 대단한 일이 아니다. 곰 옷차림을 한 사람은 달리 없으니까.

“그래서, 어째서 이 마을에? 설마 루이밍도 같이 있는 거야?”

“루이밍은 없어요. 저는 레트벨 씨를 잠깐 뵈러 온 거예요.”

미란다 씨 일행이 그 후의 일을 물었다.

나는 루이밍을 무사히 엘프 마을로 돌려보낸 뒤 헤어졌다고 말했다. 물론 엘프 마을 신성수의 이야기는 하지 않았다. 그건 엘프의 문제니까.

“그렇구나, 루이밍은 무사히 엘프 마을로 돌아갔나 보네. 다행이야.”

“다들 조금 걱정했었거든.”

“그런 성격이니까.”

확실히 루이밍의 행동에는 불안한 요소가 많아서 부정은 할 수 없다.

“유나는 지금부터 어딘가 가는 거야?”

“돌아가려던 참이에요.”

나는 어디로 갈 건지는 말하지 않았다. 돌아간다 해도 숙소로 돌아가는 것, 집으로 돌아가는 것, 크리모니아로 돌아가는 것 등 여러 가지가 있다.

“그렇구나. 만약 루이밍을 만나면 가끔은 얼굴을 비추러 오라고 전해줘.”

미란다 씨 일행과 가볍게 이야기를 나누고 곰 이동문을 이용하여 크리모니아로 돌아왔다.

그리고 학원 축제에서 받은 그림을 내 방에 걸었다.

모두는 즐거워하고 있지만 나는 곰 후드를 쓰고 창피해하고 있다.

그래도 좋은 그림이다.

306 곰 씨, 따뜻해진 것을 느끼다

왕도에서 돌아온 피나와 슈리는 일을 하고, 공부하고, 고아원 아이들과 놀면서 지내고 있다. 노아도 공부하고, 피나와 노는 모습을 종종 봤다.

나는 새로운 과자를 만들어서 피나와 노아, 고아원에 가져가는 나날을 보냈다.

그러던 어느 날, 왕도에 있는 시아가 노아에게 편지를 보내왔다고 했다. 그곳에는 나에게 적은 글도 있었는데, 학생들이 다 같이 갔던 가게의 요리가 맛있었다는 이야기와 다시 한 번 감사 인사말이 적혀 있었다.

하지만 레스토랑에서는 도중에 국왕이 찾아와 곤란했었다고 했다. 그 사람은 무슨 짓을 하는 거지. 푸딩 때도 갑자기 내 집으로 찾아오더니 조금 더 국왕다운 행동을 하면 좋겠다. 그래도 그런 국왕이니까 나도 플로라 공주를 마음 편히 만나러 갈 수 있다.

만약 위엄으로 가득 찬 고지식한 국왕이었다면 쉽게 만나러 가지는 못했을 거다.

이번에는 시아와 아이들의 운이 나빴던 거라고 생각할 수밖에 없다.

오늘은 마을 밖으로 나왔다.

저번에 노아의 집에 갔을 때 노아가 「외출하고 싶다」라고 말해서 오늘은 노아와 피나와 슈리를 데리고 마을 밖으로 소풍을 나섰다. 물론, 클리프의 허락은 받았다.

"마을 밖은 오랜만이네요."

"공부는 열심히 하고 있니?"

"네, 그게 왕도에 가기 위한 아버님과의 약속이니까요. 게다가 공부를 하지 않으면 어머님에게 무슨 말을 들을지 몰라요."

열심히 공부하는 노아를 신경 써서 마을 근처의 풍경이 좋은 언덕으로 갔다. 물론, 곰돌이와 곰순이의 등에 올라타고 이동했다.

곰돌이와 곰순이는 비탈길을 뛰어올라 언덕 위에 도착했다.

"여기에 자리를 잡을까?"

나는 곰돌이의 등에서 내렸다. 언덕 위에는 시원한 바람이 불어온다.

"기분 좋네요."

노아는 곰순이의 등에게서 내려오더니 크게 숨을 들이쉬었다. 슈리도 피나도 노아를 따라서 숨을 쉰다.

"그럼, 나는 여기 있을 테니까 세 사람은 놀다 와."

내가 그렇게 말하자 피나와 아이들은 곰돌이와 곰순이에게 올라탄 뒤 초원을 뛰어다녔다. 나는 그런 세 사람을 바라보면서 여유를 즐겼다.

평화라는 건 좋군.

세 명의 즐거운 얼굴을 보니 오길 잘했다는 생각이 든다.

나는 몸을 눕혀 하늘을 바라봤다. 파란 하늘에 하얀 구름이 떠다닌다. 원래의 세계에서는 풀숲에 누워 하늘을 올려다본 적이 없었다.

그리고 귀에서는 피나와 아이들의 즐거워하는 목소리가 들려왔다. 나는 눈을 감았다.

상쾌한 바람이 잠을 불러일으킨다.

…………

……

흔들흔들, 하고 몸이 흔들린다.

"유나 언니."

"유나 님."

"유나 언니."

"크~응."

"크~응."

"……왜 그래?"

눈을 뜨자 곰돌이와 곰순이를 포함한 다섯 명이 나를 바라보고 있었다.

"왜 그래?"

"유나 언니, 배고파."

"유나 님이 기분 좋게 자고 있어서 깨워야 할지 고민했는데, 배가 고파서요."

노아가 조금 꺼리며 말했다.

하늘을 보니 태양의 위치가 바뀌어 있었다. 아무래도 잠시 잠들었던 모양이다.

"그럼, 점심을 먹을까?"

나는 몸을 일으켜 돗자리를 깔았다.

그리고 오늘 아침에 만들어 온 주먹밥을 곰 박스에서 꺼냈다.

주먹밥의 속에는 미릴러 마을의 젤레모 씨에게 받은 매실장아찌와 양념을 한 고기와 생선이 들어가 있다. 추가로 죽순과 엘프 마을에서 얻은 버섯을 넣고 지은 영양밥으로도 주먹밥을 만들었다.

조금 많지만 남으면 곰 박스에 넣어두면 된다.

참고로 주먹밥의 모양은 평범한 삼각형이다. 곰 같은 형태로는 만들지 않았다.

"맛있어 보여요."

나는 피나와 아이들의 손을 물 마법으로 닦은 뒤 돗자리 위에 앉혔다.

"거기서부터 매실장아찌, 고기, 생선, 영양밥이야."

"저는 이 영양밥이 좋아요."

"나는 고기가 들어간 거."

"빨갛고 신 건 먹기 힘들어요."

각자 좋아하는 주먹밥, 못 먹는 주먹밥을 이야기하면서 손에 들었다.

나는 아무도 들지 않은 매실장아찌 주먹밥을 먹었다.

응, 맛있어.

"그건 그렇고, 따뜻해졌네요."

노아는 곰돌이에게 기댔다. 그리고 생각이 떠오른 것처럼 말했다.

"유나 님은 그런 옷차림인데 덥지 않으세요?"

세 명의 시선이 내 두꺼워 보이는 곰 인형 옷으로 향했다. 나는 가볍게 인형 옷을 쥐어본다.

"괜찮아. 시원한 정도야."

"그, 그런가요?"

세 사람은 놀란 표정을 지었다.

겉보기에는 폭신폭신해서 무더운 인상이다. 한여름에는 절대로 입고 싶지 않은 옷차림 중 하나겠지. 하지만 보기와는 달리 상쾌한 온도가 유지되고 있다. 내열내한 기능을 달아준 신님에게는 감사하지만, 나 자신에게 능력을 줬다면 이런 차림을 하지 않아도 괜찮았는데…….

시원해지고 싶으면 곰 인형 옷을 입으라는 말이겠지. 앞으로 온도가 올라가면 점점 더 곰 인형 옷은 벗을 수 없게 될 거다. 시원한 것은 고맙지만 신님에게 감사하기는 애매하다.

"곰돌이랑 곰순이는 덥지 않아요?"

노아가 기대고 있는 곰돌이의 털을 부드럽게 만졌다.

"만약 곰돌이랑 곰순이의 털을 자르게 된다면 그때는 저에게 자른 털을 주지 않으실래요?"

"나도 갖고 싶어~"

노아의 말에 슈리도 손을 들었다.

곰돌이와 곰순이는 작게 무서워하듯 「크~응」 하고 울더니 노아에게서 도망치는 것처럼 나와 피나의 뒤로 이동했다.

"노아에게 털을 잡아 뜯기는 줄 안 모양이야."

"그, 그런 짓 안 해요. 단지 더워서 털을 자르게 된다면의 이야기예요. 곰돌이도 곰순이도 그렇게 도망가지 말아줘."

도망치는 곰순이에게 안기는 노아.

애초에 곰돌이랑 곰순이도 나와 같은 내한, 내열 능력을 가지고 있는 것 같아서 이 정도의 더위라면 괜찮다. 그 이전에 곰돌이와 곰순이의 털이 잘릴까?

만약 잘린 털이 금방 자란다면 곰돌이와 곰순이의 털을 사용한 이불 같은 걸 만들 수 있을 것 같다.

"덥다고 하니까 떠올랐는데, 모두는 강 같은 곳에서 수영은 안 해?"

랄즈 마을 같은 커다란 강은 아니지만 마을 밖에는 밭이 있고 근처에는 강도 흐르고 있다.

"저기, 저는 헤엄쳐 본 적이 없어요."

피나는 그렇게 대답하고 마지막에 작은 목소리로 「어머니가 아프셔서」라고 말했다. 슈리도 없다고 했다.

그랬지.

지금의 티루미나 씨를 보고 있으면 떠올리기 힘들지만 과거의 티루미나 씨는 지병으로 일을 할 수 있는 상태가 아니었다. 아버지도 없어서 피나는 가족을 지탱하기 위해 놀지도 못 하고 일을 하고 있었던 것이다. 슈리도 놀러 가지 않고 엄마 옆에서 엄마를 돌봤다고 했다.

"저는 몇 번인가 강에 갔었는데, 물놀이를 한 정도예요."

머릿속에 밀짚모자를 쓰고 하얀 원피스에 맨발로 물놀이를 하는 노아가 떠오른다. 여름의 풍경에 어울리네.

그렇다면 세 사람 모두 헤엄친 적은 없다는 거겠지? 뭐, 나도 강에서 헤엄친 적은 없다. 초등학교 수업 중에 수영장에서 해본 정도이다.

"그럼, 강은 아니지만 다음에 함께 바다로 헤엄치러 갈까?"

"저, 정말이에요?!"

가장 크게 반응한 것은 노아였다.

"응, 모처럼 근처에 바다가 있으니까."

터널을 빠져나가면 파란 바다가 기다리고 있다.

예전에는 바다에 가는 게 힘들었지만 누군가가 터널을 만든 지금은 간단히 갈 수 있다.

"바다에서 헤엄친 적은 없으니까 가보고 싶어요."

"피나랑 슈리도 갈 거지?"

"하지만, 저는 헤엄칠 줄 몰라요."

"나도."

사실 나도 헤엄칠 수 있다고 장담할 수 없다. 마지막으로 헤엄친 건 초등학생 때였다. 몸이 기억하고 있을까?

"뭐, 헤엄 못 쳐도 해변에서 놀 수 있어. 게다가 바다는 차가워서 기분 좋아."

마지막에 「아마도」라고 마음속에서 덧붙인다.

여름 바다를 가본 적이 없어서 그렇다.

"그러고 보니 강이나 바다에 들어갈 때 입는 옷은 있어?"

"저기…… 얇은 옷 같은 걸 말하는 거예요?"

강에 간 적이 거의 없는 피나는 모르는 모양이다.

노아에게 물어봐도 강에서 물놀이 정도만 해서 자세히는 몰랐다.

"으음~ 우선 물에 들어갈 때 입는 옷이 있는데 그걸 입고 바다에서 헤엄도 치는 거야."

"저, 그런 옷은 가지고 있지 않아요. 어디서 살 수 있어요?"

"이 마을에서는 안 팔지도 모르겠네."

수영할 장소가 없으면 수영복은 필요 없다. 강은 있지만 수영복을 입고 헤엄치지는 않는 모양이다.

"뭐, 없으면 셰리에게 만들어 달라고 하면 돼."

셰리는 고아원에 있는 여자아이인데 재봉을 잘한다. 곰 가게의 유니폼을 만들었을 때 솜씨를 인정받아 재봉실에서 일하게 되었다. 곰 인형을 만들어 준 것도 셰리였다.

하지만 그렇게 되면 셰리의 예정도 물어봐야 한다. 본격적으로 더워지기 전에 부탁하는 편이 좋겠어.

"그리고 가게 되면 티루미나 씨랑 클리프의 허락도 받아야 하지."

"아버님에게 부탁할게요."

"저도 어머니랑 아버지에게……."

"나도~"

세 사람 모두 기뻐했다.

나는 바다로 갈 계획을 짜기 시작했다.

307 곰 씨, 바다로 가는 것을 티루미나 씨와 상담하다

소풍에서 돌아온 나는 바다에 갈 계획을 짰다.

우선 멤버다. 일단 피나와 노아, 슈리는 데리고 갈 거다.

그리고 미릴러 마을에 가게 되면 안즈 일행을 잊으면 안 된다. 모두 오랜만에 미릴러 마을에 가보고 싶을 거다.

모린 씨, 카린 씨, 네린 세 사람도 평소의 보답을 겸해서 데리고 가고 싶다. 사원 여행이다.

그리고 잊어서는 안 되는 건 고아원 아이들. 고아원 아이들에게 바다를 보여주기 위해 미릴러 마을에 커다란 곰 하우스를 만들었다.

그런데 고아원 아이들을 데리고 가는 것에는 문제가 있다. 가게 쪽은 쉬어도 되지만 꼬끼오를 돌보는 건 어떻게 할지 생각해야 한다. 꼬끼오는 생물이다. 돌보지 않으면 안 된다.

그리고 피나와 아이들에게도 이야기했지만 바다에 가니까 수영복이 필요하다.

모두의 몫을 준비해야 하니까, 혹시 꽤 힘든 일인가?

점심시간이 지나길 기다리고 바다의 건을 상담하러 티루미나 씨의 집으로 갔다. 이 시간이라면 작업이 끝나서 집으로 돌아와 있을 거다.

피나와 슈리는 없었지만 티루미나 씨는 집에 있었다.

"어제, 피나와 슈리에게 들었는데, 정말이니?"

"진짜예요. 그래서 그 상담을 하러 온 거예요."

"상담?"

티루미나 씨는 또 무슨 말을 꺼내는 걸까, 라고 생각하는 듯한 얼굴을 했다.

내가 매번 성가신 일을 가지고 오는 것처럼 생각하지 않길 바란다.

나는 모린 씨 일행과 안즈 일행, 그리고 고아원 아이들을 같이 데리고 가고 싶다는 뜻을 전했다.

그 이야기를 들은 티루미나 씨는 어이없는 얼굴을 지었다.

"모두라니, 진심이니?"

"모처럼이니까 사원 여행을 갈까 싶어서요."

"사원 여행?"

티루미나 씨는 의미를 모르겠다는 듯 고개를 갸웃거린다.

이 세계에는 사원 여행이라는 개념이 없을지도 모른다.

"평소의 감사한 마음을 담아 가끔은 일을 잊고 놀기 위한 여행 말이에요."

그렇게 친목을 다지거나 피로를 풀기도 한다고 한다.

"우리는 일을 할 수 있게 되었고, 심지어 평범한 사람들보다 많은 급여를 받고 있어. 우리가 유나에게 감사해야 할 일은 있어도 유나가 우리에게 고마워하는 건 이상해."

"그렇지 않아요. 티루미나 씨가 없었다면 가게의 경영을 할 수 없었을 거고, 가게에서 일해주는 모린 씨에게도, 꼬끼오를 돌봐주는 아이들에게도 감사하고 있어요."

이건 나의 진심이다.

"유나는 정말 독특하다니까. 알겠어. 자세한 이야기를 들려줘."

나는 생각했던 것을 티루미나 씨에게 설명했다.

"가게를 쉬고 다 같이 바다에 가자는 거지? 가게를 쉬는 건 가능하지만 꼬끼오 관리가 문제네. 꼬끼오는 매일 달걀을 낳기도 하고, 상업 길드에 매일 납품해야 하는 계약도 되어있으니까."

티루미나 씨는 그 자리에서 문제점을 꼬집었다. 그건 나도 신경 쓰였던 부분이다.

"그래서 상담을 한 건데, 상업 길드에서 사람을 빌릴 수는 없나요?"

"상업 길드?"

"여행을 가서 자리를 비웠을 때만 꼬끼오를 관리할 사람을 고용할 수 없나 싶어서요."

내 말을 들은 티루미나 씨는 생각에 잠겼다.

"어차피 달걀은 상업 길드에 납품하는 거니까, 그 일을 상업 길드에게 맡기면 일석이조잖아요. 새로 낳은 달걀은 전부 상업 길드에 판다면 남는 것도 없을 거고."

"유나는 며칠 정도를 생각하고 있는 거야?"

"아직 정하진 않았지만, 7일 정도면 괜찮지 않을까요?"

조금 변할 수도 있지만 그렇게 자세히 정하지는 않았다.

"그렇네, 간단한 청소랑 먹이 주기에 달걀 확보만 하는 거면 괜찮을까?"

"하지만 돌보는 방법은 알려줘야 하지 않을까요?"

"그런 거라면 괜찮을 거야. 항상 달걀을 가지러 오는 길드 사람이 있는데, 우리가 하는 일을 보거나 몇 번인가 도와준 적도 있거든."

"그래요?"

"반 장난으로 하는 거지만 말이야. 그리고 그 사람이 쉬는 날에는 다른 사람이 대신 오기도 했어. 그러니까 그 사람들에게 부탁하면 어떻게든 될 것 같아."

오오, 대충 가능할 것 같다.

"그럼, 밀레느 씨에게 확인을 받을게."

"부탁할게요. 인건비는 신경 쓰지 마세요. 특별 수당을 지불할 거라고 전해주세요."

여기서 단칼에 거절당하면 곤란하다.

"그래서 언제 갈 건데?"

"다른 준비할 것도 있어서요. 가는 건 조금 더 따뜻해지고 난 뒤를 생각하고 있어요."

모두가 입을 수영복 준비도 해야 한다. 무엇보다도 조금 더 더워지지 않으면 바다에 가는 의미가 없다.

"그 부분도 밀레느 씨에게 상담을 받아야겠네."

꼬끼오 돌보기는 어떻게든 될 것 같다. 고아원 아이들을 모두 데리고 갈 수 있겠네.

내가 안심하고 있는데 티루미나 씨가 다음 질문을 했다.

"유나, 미릴러에 갈 이동 수단이랑 머물 장소는 어떻게 할 거야? 그만큼의 인원이 이동하려면 힘들 거야."

맞아, 이동하는 건 생각하지 않았다. 마차로 가려면 몇 대가 필요하지?

아니면 전에 도적을 잡았을 때처럼 흙 마법으로 마차를 만들어서 곰 골렘으로 운반하는 방법도 있는데. 승차감이 나쁠까?

그때는 아무런 생각 없이 만들었고 나도 타보지 않아서 모른다.

이건 만들어서 타봐야겠네.

"이동 방법은 제가 어떻게든 해볼게요. 그리고 숙소는 미릴러 마을에 있는 저의 집에서 머물면 돼요."

그걸 위해 커다란 곰 하우스를 세웠다. 모두가 머물 수 있을 거다.

"머물 수 있다니, 얼마나 큰 거야?"

"그건, 피나랑 슈리에게 물어보시면 아실 거예요."

피나와 슈리는 예전에 한 번 미릴러의 곰 하우스에서 머문 적이 있다.

"알았어. 그럼, 일정이 정해지면 알려줄게. 밀레느 씨에게 확인은 먼저 받아둘 테니까."

나는 티루미나 씨에게 부탁하고 집을 나왔다.

티루미나 씨의 집을 나온 나는 이른 저녁을 먹기 위해 안즈의 가게로 향했다.

아직 저녁 식사 시간이 아니라서 가게에는 손님이 없었다. 주문한 건 해산물 덮밥이었는데 오징어와 문어도 들어있었다.

손님이 없어서 나는 해산물 덮밥을 가지고 온 세노 씨에게 안즈를 불러 달라고 부탁한 뒤 수영복에 관해 물어봤다.

"바다에서 수영하는 차림이요?"

"응, 어떤 복장으로 수영하는지 궁금해서."

"어떤 복장이라고 해도, 셔츠 같은 옷일까요? 바로 마르기도 하고요."

비칠까 걱정이 되면 가슴에는 천 같은 것을 두른다는 모양이다.

"왜 그런 걸 물어보세요?"

"다음에 다 같이 미릴러 마을에 갈까 했거든. 물론, 안즈네도 같이 갈 예정으로 되어 있어."

"저희도요?"

내 말을 들은 안즈 일행은 놀랐다.

"응, 데거 씨도 걱정하고 있을 거고, 오랜만에 마을에 가보는 건 어떨까? 이쪽에 온 뒤로 한 번도 돌아간 적 없잖아."

"미릴러 마을에 돌아갈 수 있는 건 기쁘지만, 가게는 어떻게 하고요?"

"쉴 거야."

왜 당연한 걸 묻는 거지?

"그럼, 매출이……."

"걱정하지 않아도 돼. 쉰다고 해서 그만큼 급여를 줄이지는 않을 거니까."

"그런 걱정이 아니에요. 지금도 충분한 급여는 받고 있고요."

티루미나 씨의 말로는 매출도 상승세라고 들었다. 흑자인 것도 안즈네가 열심히 해준 덕분이다. 며칠 정도 쉬어도 문제는 없다.

"숙박비가 무료에 쉬는 날도 있고, 가게를 자유롭게 써도 되고……. 그런데 마을에 돌아가서까지 급여를 받을 수는 없어요."

유급 휴가야, 라고 말해도 이해하지 못하겠지.

"안즈 일행에게는 아이들 돌보기랑 마을 안내를 부탁할 테니까, 그걸 일이라고 여겨주면 돼."

고아원 아이들만으로 꽤 많은 인원이다. 원장 선생님과 리즈 씨만으로 모두를 돌보는 건 힘들다. 고아원에서 일하는 니프 씨도 있지만 인원은 많은 편이 좋다. 아이들의 행동은 예측할 수 없다.

"자세한 내용은 티루미나 씨가 이야기해줄 거니까, 준비 정도만 해둬."

해산물 덮밥을 다 먹고 가게를 나왔다.

그리고 그날 밤, 원래 세계에서의 수영복을 떠올리면서 그림을 몇 점 그렸다.

308 곰 씨, 셰리를 만나러 가다

셰리에게 수영복을 부탁하기 위해 어젯밤부터 만화와 애니메이션, 게임, TV에서 봤던 수영복을 떠올리며 셰리에게 보여줄 그림을 그렸다.

학교 수영복부터 비키니, 원피스 등 여러 개를 그린다.

원피스는 피나에게 잘 어울릴 것 같다. 학교 수영복은 슈리일까?

실제로 수영복을 사러 갔던 적이 없고, 바다나 초등학교 수영장 이외에는 가본 적이 없어서 수영복에 관해선 잘 모른다.

참고로 그린 수영복에 야한 수영복은 하나도 없고 아이들이 입을 거니까 귀여운 스타일의 수영복이 많았다. 애초에 내가 입고 싶지 않은 수영복은 그리지 않는다. 야한 수영복을 좋아하며 입을 사람은 아트라 씨 정도이다.

으음~ 많이 그렸지만 피나와 아이들의 의견도 듣고 싶다. 맘대로 만든 후에 싫다는 말을 들으면 곤란하기도 하고 취향도 있겠지. 게다가 셰리가 모든 수영복을 만들 수 있을지 모르겠다.

이건 피나와 아이들의 의견을 물은 뒤 셰리에게 확인을 받는 편이 나을까?

참고로 남자아이의 수영복도 그렸지만, 이쪽은 변화가 적었다. 그야 바지만 있는걸. 게다가 나는 여자아이라서 진지하게 남자아이의 수영복을 열심히 그리는 것에는 저항이 있다. 그래서 어떻게 해도 심플한 디자인이 되어버린다.

수영복의 그림을 다 그린 나는 피나와 노아의 집을 각각 방문해 내일 내 집으로 올 수 있으면 와 달라고 부탁했다.

피나와 슈리는 「네, 괜찮을 거예요」라고 대답했고 노아는 「무조건 갈게요」라고 대답했다.

마지막으로 셰리에게도 부탁을 하기 위해 셰리가 일하는 테모카 씨의 재봉실로 향했다.

가게 안으로 들어서자 나르 씨가 나를 발견했다.

나르 씨는 셰리가 신세를 지고 있는 테모카 씨의 부인이다.

"유나, 어서 와. 오늘도 귀여운 차림이네. 다음에 우리 가게에서도 만들어 볼까."

농담을 하면서 인사를 해준다.

"만약 만들면 가게를 무너뜨릴 거예요."

마을 안에 나와 같은 복장을 한 사람이 대량으로 나타나면 트라우마가 생길 거다. 그러니 만들지 못하도록 강하게 말했다.

"유나가 그렇게 말하니 정말로 부술 것 같아. 그렇다면 포기할 수밖에 없겠네."

진심으로 만들 생각은 아니었겠지만 장난삼아 만들어도 곤란하다.

"그래서, 오늘은 어쩐 일이야? 인형을 가지러 온 거야?"

곰돌이와 곰순이의 인형은 인기가 있어서 갖고 싶어 하는 사람이 많다. 그래서 인형은 셰리에게 시간이 있을 때 만들어 달라고 부탁했다.

"오늘은 인형과는 다른 건으로 셰리에게 부탁하고 싶은 게 있는데, 잠깐만 셰리를 빌릴 수 있을까요?"

"아마 괜찮을 텐데, 테모카에게 확인하고 올게."

나르 씨는 구석 방으로 가더니 곧바로 셰리와 테모카 씨를 데리고 돌아왔다.

"유나 언니, 곰 인형 때문에 온 건가요?"

"아니, 오늘은 다른 용건으로 온 거야. 테모카 씨, 셰리를 잠깐 빌릴 수 있어요?"

테모카 씨는 셰리에게 일을 여러 가지로 알려주는 사람이다. 셰리도 열심히 일을 배우고 있는데 그 시간을 조금 빼앗게 된다.

"딱히 상관없어. 그래서 이번에는 셰리에게 무엇을 만들게 할 건가?"

테모카 씨는 궁금한 모양이다.

"그게, 다음에 미릴러 마을에 놀러가게 되어서 셰리에게 바다에서 헤엄칠 때 입는 옷인 수영복을 만들어 달라고 부탁하려고요."

"그러고 보니, 미릴러 마을로 이어지는 터널이 발견됐다지?"

"그래서 고아원 아이들을 데리고 놀러갈 생각이에요."

"그런 거라면 물론 괜찮지. 셰리를 마음껏 써주게. 좋은 공부가 될 거야."

"고마워요. 그래서 미릴러 마을에 갈 때 셰리도 데리고 가고 싶은데, 일을 쉬어도 괜찮나요?"

"물론, 고아원 아이들이 가는데 셰리만 일하면 가엽잖니."

테모카 씨는 흔쾌히 승낙해주었다.

"저기, 유나 언니, 정말로 미릴러 마을에 가는 거예요?"

"그럴 예정이야. 하지만 모두에게는 비밀이다? 티루미나 씨가 모두가 갈 수 있도록 일정을 조정해준다고 했는데 아직 어떻게 될지 모르니까."

"응, 알았어요."

내 안에서는 가는 게 결정 사항이지만, 꼬끼오의 돌보기가 어떻게 되느냐에 따라 반 씩 나눠서 갈 수도 있다. 사이좋은 친구도 있을 테니 기왕이면 모두 데려가 주고 싶다.

"그럼, 내일부터 잠시 셰리를 빌릴게요."

"꼭 돌려줘야 돼. 셰리는 내 소중한 딸이니까."

나르 씨는 셰리를 안았다.

"나르 씨?!"

"후후, 딸 같은 아이라는 의미야."

셰리는 쑥스러워했지만 어쩐지 기뻐하는 것 같았다.

내일 집으로 오도록 셰리와도 약속을 한 뒤 가게를 나왔다.

여기까지 온 김에 만들어진 곰돌이와 곰순이 인형을 받았다. 곰 박스 안에 곰돌이와 곰순이 인형이 늘어났다.

309 곰 씨, 톱 시크릿을 셰리에게 알리다

다음 날, 셰리가 곰 하우스에 찾아왔다.

"어서 와."

조금 긴장한 눈치로 곰 하우스 안으로 들어서는 셰리.

"피나랑 슈리, 게다가 느와르 님?"

셰리는 방 안에 세 사람이 있는 것을 보고 놀랐다. 세 명은 조금 전에 막 도착했다.

"세 사람에겐 셰리가 만들어 줄 수영복을 골라 달라고 부탁하기 위해서 부른 거야."

네 명이 다 모였으니 나는 직접 그린 수영복 그림을 보여줬다.

네 사람은 테이블에 펼쳐진 종이에 손을 뻗었다.

"이건 속옷인가요?"

"아니야, 물에 들어가기 위한 옷이지."

뭐, 비키니는 속옷처럼 보이겠지.

"어째서 우리가 그려져 있는 거예요?"

테이블 위에는 피나와 슈리, 노아를 모델로 한 수영복 그림이 그려져 있었다.

수영복을 입는 건 고아원에 있는 아이들이다. 그러니까 피나와 아이들을 모델로 해서 수영복을 그려봤다. 수영복인 만큼 모델이 입고 있는 편이 상상하기 쉬울 테고 그림도 그리기 쉽다.

“이편이 너희가 상상하기 쉬울 거라고 생각했거든.”

참고로 뒷모습도 그렸다. 그리는 건 귀찮았지만 더 이미지를 떠올리기 쉽고, 셰리가 만들기 쉬울 거다.

수영복 그림에는 학교 수영복부터 비키니, 원피스 등 여러 디자인이 있다. 작은 리본을 더하거나 프릴을 덧대기도 하면서 여러 버전을 나눠 그렸다. 세세한 부분에서도 취향이 갈린다. 그리고 색을 바꾸는 것만으로도 그 수영복의 이미지가 바뀐다.

“제가 그려져 있으니까 조금 창피해요.”

“유나 언니, 이걸 입고 헤엄치는 거야?”

“헤엄치기 편하거든. 평소의 옷을 입은 채로 수영하면 위험하기도 하고 물에 빠지는 원인이 될 수도 있어.”

뭐, 안즈에게 물어봤을 때 천을 두르고 헤엄을 치는 정도였으니 그다지 차이가 없을 거다.

“그래도 이 나풀거리는 치마는 짧지 않아요?”

피나는 자신이 그려져 있는 수영복을 보면서 창피한 듯했다.

“그건 장식이랄까, 귀엽게 만들기 위한 거야. 떼어내도 괜찮아.”

나는 프릴이 없는 비키니와 원피스의 그림을 보여줬다.

“전부 창피해요.”

창피해도 수영을 하려면 수영복은 입어야 한다.

"피나, 그럼 이쪽은 어때? 이쪽은 창피하지 않을 거야."

"언니는 이쪽이 어울려."

창피해하는 피나에게 노아와 슈리가 자신이 고른 수영복 그림을 보여줬다.

"이쪽보다, 이쪽일까?"

"이쪽도 좋아."

"이건 귀여운 것 같아."

피나는 노아와 슈리의 대화에 수긍하거나 부정을 했다. 세 사람 모두 즐겁게 고르고 있었다.

그렇지만 다른 한 명의 여자아이는 진지한 눈으로 그림을 바라봤다.

"이 수영복은 이 색이, 이쪽을 만드는 건 어렵나. 이쪽은 간단해서 쉽게 만들 수 있을 것 같은데……."

셰리는 수영복을 만드는 방법을 생각하고 있었다.

"역시, 옷이나 재봉을 하려면 그림도 잘 그려야 되네요."

"그래?"

셰리의 혼잣말을 들은 피나가 물었다.

"응, 옷을 만들 때는 처음에 그림을 그려. 그걸 손님에게 보여준 뒤 옷을 만드는 거지."

"맞아. 새로운 옷을 만들 때 본 적이 있어요."

두 사람의 대화를 듣고 있던 노아가 수긍했다. 역시 노아는 상

류층 아가씨였다. 옷도 주문 제작인 것 같다.

"그러고 보니 유나 님, 곰 모양 수영복은 없나요?"

수영복 그림을 보고 있던 노아가 그런 말을 꺼냈다. 순간적으로 노아가 하는 말의 의미를 파악하지 못했다.

"……곰?"

"네, 유나 님이라면 곰 모양을 한 수영복이 있을 거라고 생각했어요."

수영복에 곰이라니…… 그런 건 원래의 세계에서도 들은 적 없어.

"나, 입고 싶어!"

노아가 이상한 말을 하니까 슈리마저 이상한 말을 한다.

"그런 거 없어."

있어도 안 만들 거야.

"그래도 곰 님 꼬리를 달면……."

아니, 꼬리를 달면 곰이 되는 게 아니잖아.

곰이라면 적어도 발이랑 손이랑 귀는 있어야지. 머리에는 모자라든가?

이야기를 나누고 있는데 이상하게 곰 수영복 이미지가 머릿속에 떠올랐다. 그리고 펜을 들어 나도 모르게 곰 수영복 그림을 그려버렸다.

다 그린 그림에는 곰 손과 발, 머리에는 곰 얼굴로 된 수영모가 있었다. 뒷모습에는 곰의 둥근 꼬리가 달려 있었다.

점점 곰을 떠올리기 쉬워지는 것 같다.

“귀여워!”

“곰 님이다.”

나는 노아와 슈리의 반응에 정신을 차리고, 곰 수영복 그림을 구겨서 쓰레기 통에 버렸다.

“아앗! 왜 버리는 거예요!”

“귀여웠는데.”

노아와 슈리가 쓰레기 통을 바라봤다.

“수영복이 아니잖아.”

“아까워요.”

애초에 곰 수영복 같은 걸 만들 생각은 없다.

“자, 곰 수영복은 잊고 얼른 골라.”

“으으, 알겠어요.”

노아와 슈리는 다시 수영복 고르기로 돌아갔다.

수영복 고르기는 피나와 아이들에게 맡기고 나는 수영복을 만들 수 있는지 셰리에게 물었다.

셰리는 진지하게 그림을 바라봤다.

“제대로 그려져 있어서 만들 수 있을 거예요.”

다행이다. 나는 다음으로 중요한 것을 물었다. 다음이 어려울 것 같으면 수영복은 만들 수 없다.

"그래서 수영복을 만들 재질 말인데. 물에 젖어도 비치지 않고 찢어지지 않고 잘 마르면서 조금 신축성이 있는 천으로 만들면 좋겠는데, 그런 천이 있니?"

내 요청에 셰리는 생각에 잠겼다.

우선 비치면 아웃이다. 찢어져도 아웃. 잘 마르면 좋다. 그리고 어느 정도 신축성이 있으면 약간 사이즈가 맞지 않아도 곤란하지 않다.

"그건 테모카 씨에게 물어봐야 알 수 있을 것 같아요. 있다고 해도 비쌀 거고요."

가격은 신경 쓰지 않는다.

그렇지만 천이라, 그러고 보니 나는 천을 가지고 있던 것을 떠올렸다.

"이거 쓸 수 있어?"

셰리는 내가 꺼낸 천을 들었다. 천을 만지던 셰리의 표정이 점점 변했다.

"뭐, 뭐예요. 이 고급스러운 재질은?"

셰리는 천을 기분 좋게 만졌다.

전에 시아의 학원 과외훈련에서 마을까지 가는 시아 파티의 호위 업무를 맡은 적이 있다. 그때 마을 근처에 블랙 타이거가 나타나 토벌한 적이 있었다.

이 천은 블랙 타이거를 토벌한 답례로 그 마을의 촌장에게 받은 물건이다.

거대한 누에 괴물을 봤을 때는 트라우마가 생길 뻔했지만, 겉보기와는 달리 그 누에로 만들어진 천은 고급품으로 비싼 값에 거래가 된다고 시아가 말했다.

"저희 가게에 있는 어느 천보다도 촉감이 좋아요."

"전에 일했을 때 얻은 건데, 어때?"

"잠깐 물에 적셔봐도 돼요?"

물론 괜찮아서 나는 물이 든 컵을 가져다 줬다.

셰리는 고맙다고 말하고 천에 물을 뿌리며 확인했다. 천은 물을 튕겨냈다.

셰리는 천의 두께와 강도, 빛에 비췄을 때 비치지 않는지 확인했다.

그 눈은 진지했다. 훌륭한 장인의 얼굴이네.

"강도도 강하고 물에도 강하네요. 이 천이라면 괜찮을 것 같아요."

나는 가지고 있는 천과 실을 전부 셰리에게 건넸다.

"이렇게 많아요?"

"고아원 아이들 모두의 몫에 피나, 슈리, 노아, 안즈 일행에, 모린 씨 가족의 몫도 있으니까."

"그렇게나……."

"아직 시간이 많이 남았지만 무리라면 말해."

테모카 씨에게 도움을 받는 방법도 있다.

"아뇨, 만들게요. 제가 만들게 해주세요."

셰리는 강하게 대답했다.

그리고 아이들과 함께 테이블 위에 널브러진 그림을 바라봤다.

벌써 의욕이 넘치네. 든든하다.

그리고 수영복의 디자인만 골라서는 안 된다.

"세 사람 모두 몸 사이즈를 측정해야 해."

"사이즈요?"

피나가 묻는다.

"노아랑 셰리는 알겠지만, 옷을 만들 때는 몸의 사이즈가 필요해. 특히 수영복은 사이즈가 다르면 큰일이니까. 옆방에서 재고 오면 돼."

어느 정도의 조정은 할 수 있지만, 어른의 옷을 아이가 입지 못하는 것처럼 아이의 옷을 어른이 입는 것은 불가능하다. 같은 나이라도 몸의 사이즈는 다르다.

"그럼, 먼저 잴까. 셰리, 내 사이즈를 재줘."

"아, 네, 알겠습니다."

노아가 셰리를 데리고 옆방으로 들어갔다.

그리고 곧바로 노아가 나온 뒤 슈리가 갔고, 마지막으로 피나가 방으로 들어갔다.

"다 같이 바다에 가는 거 기대되네요."

"응, 얼른 가고 싶어."

"조금 더 따뜻해진 뒤에 갈 거야."

노아와 슈리는 즐겁게 그림을 보고 있었다. 잠시 후 사이즈를 다 잰 피나가 방에서 나왔다. 그리고 피나가 예상 밖의 말을 꺼냈다.

"다음은 유나 언니라고 하네요."

"나? 나는 괜찮아. 헤엄 안 칠 거니까."

""""앗…….""""

문에서 얼굴을 내밀고 있는 셰리를 포함한 네 명이 놀란 표정을 짓는다.

나, 그렇게 이상한 말을 했어?

"유나 님, 안 입으세요?"

"유나 언니, 안 입어?"

"헤엄칠 생각은 없으니까."

"안 돼요. 말을 꺼낸 건 유나 님이니까 입지 않으면 아무도 안 입을 거예요."

"유나 언니가 입지 않으면 저도……."

피나까지 그런 말을 했다.

"그렇지만 헤엄도 안 칠 건데."

"그럼, 저도……."

"유나 님이 수영을 안 하시면 다들 안 할 거예요."

그런가? 바다를 눈앞에 두면 다들 옷을 입은 채로 바다를 향해 달려갈 것 같았는데…….

"아무튼, 유나 님도 입어야 해요."

"응, 입어야 해."

조금씩 달라붙어 오는 노아와 슈리. 나는 의자에서 일어나 천천히 뒤로 물러났다. 하지만 뒤에서 누군가가 붙잡았다.

"피나?"

피나가 뒤에서 나를 잡고 있었다.

어느새!

"유나 언니, 미안해요."

사과 안 해도 되니까 놔주겠니?

물론 힘을 줘서 뿌리칠 수 있지만 그런 짓을 할 수는 없다.

"유나 님, 포기하세요."

"유나 언니."

내가 움직이지 못하는 상황에서 셰리가 다가왔다.

"유나 언니, 사이즈를 잴 테니까 옷을 벗어주세요."

어디선가 꺼낸 줄자를 확 하고 잡아당기면서 셰리가 천천히 다가왔다.

"저기, 대화를 하자. 이야기를 나누자고. 이야기를 나누면 이해할 거야. 강제로 하는 건 좋지 않아. 잠깐!"

내 말이 들릴 텐데 셰리는 계속 다가왔다.

"유나 언니, 몸 사이즈를 모르면 수영복을 만들 수가 없답니다."

"유나 님, 포기하세요."

앞에서 노아가 끌어안았다.

"알았으니까, 놔줘."

나는 포기하고 양손을 들었다.

사이즈를 재는 건 싫지만 수영복을 만든다 해도 이유를 만들어서 입지 않으면 된다. 셰리에게는 미안하지만…….

"정말 도망치면 안 돼요."

내 말을 믿고 노아가 놔줬다. 그걸 본 피나도 떨어진다.

붙잡고 있던 세 명이 멀어진 순간, 뛰어나가……지는 않았다. 도망치고 싶었지만…….

뭐, 사이즈를 재도 다른 사람에게 알려지지 않으면 되는 거다.

나는 포기하고 옆방으로 향했다.

하지만 그 뒤를 노아, 슈리, 피나, 셰리가 따라왔다. 셰리는 알겠는데 왜 세 사람까지?

"저기, 왜 따라오는 거야?"

"유나 님이 도망칠지도 모르니까 망보는 거예요."

"망보는 거야."

노아와 슈리.

피나까지 고개를 끄덕이고 있다.

"도망치지 않을 거야."

도망칠 거라면 이미 도망쳤을 거다.

"만일을 위해서예요."

"창피해."

"어째서요? 여자끼리잖아요. 창피할 일은 없다고 생각해요."

뭐, 그렇긴 한데. 이곳에 있는 건 연하의 여자아이들뿐이다.

평범하게 생각하면 문제는 없다. 체육 시간에 옷을 갈아입거나 수영장에서 옷을 갈아입는 것과 같은 거다.

하지만 사이즈가 알려지는 건 연상으로서 앞으로의 체면과 관련된다.

만약, 아주 만약에…… 신에게 맹세하고 있을 수 없는 일이지만, 어딘가의 사이즈가 누군가보다도 작다면 살아갈 수 없게 된다.

고아원 아이들의 사이즈도 잴 예정이다. 고아원 중에는 연하이지만 발육이 좋은 아이도 있다.

그와 비교를 당하기라도 한다면…….

"저기, 유나 언니. 신용의 문제가 되니까 아무에게도 말하지 않을게요."

셰리가 무언가를 느꼈는지 내 어느 부분을 바라보면서 대답했다.

어디를 보고 있는 거지?

"사이즈를 재는 건 셰리만. 그리고 셰리는 그 사실을 초 기밀정보로 다루고 나르 씨 부부에도 알려주지 않을 것. 그렇지 않으면 거부할 거야."

"네, 지킬게요!"

"에이~~~~."

"에이~, 가 아니야. 남의 몸 사이즈를 알아도 쓸 곳이 없잖아."

"나중에 유나 님처럼 되는 걸 목표로 하고 있는데……."

노아가 바보 같은 소리를 했다.

"노아는 언니가 있으니까 시아를 목표로 하면 되잖아. 아무튼 안 돼. 계속 막무가내면 힘을 써서 저항할 거야."

"설마, 폭력을 행사하실 거예요?"

"아니."

나는 보통 사이즈의 곰돌이와 곰순이를 소환시켜 세 명을 누르고 있으라고 명령했다.

곰돌이는 노아와 슈리를 누르고 있고, 곰순이는 피나를 끌어안아 움직이지 못하게 했다.

"곰돌아, 놔줘요."

"곰돌아, 무거워."

"곰순아……."

"그럼, 세 사람을 잘 부탁해."

나는 움직이지 못하는 세 사람을 남겨둔 채 셰리를 데리고 옆방으로 이동했다.

"유나 님~."

"어째서 나까지……."

나는 문을 확실하게 잠그고 셰리를 마주했다.

"셰리, 다른 사람에게 알리기라도 한다면……."

"절대로 안 할게요. 약속하죠."

내 위압을 느낀 셰리는 고개를 몇 번이나 가로로 흔들었다. 그 말을 믿고 곰 장비를 벗었다.

최근에는 포테이토 칩과 피자를 많이 먹진 않았지. 배 부근이 조금 신경 쓰이지만 괜찮겠지?

가슴에 관해서는 생각하지 않기로 하자.

으으, 창피해.

연하의 여자아이라고는 해도 사이즈를 재는 건 창피하다.

분명 인형을 만들 때의 곰돌이와 곰순이도 이런 느낌이었겠지.

이 사이즈가 세상에 알려진다면 살아갈 수 없다.

어째서 이런 일이…….

"네, 끝났습니다."

치욕을 견딘 나는 곧바로 곰 장비를 장착했다.

곰 장비는 나의 몸을 지키는 이외에 체형도 가려준다. 곰 장비는 만능 장비이다.

몸의 사이즈 측정이 끝난 내가 방으로 돌아오자 세 사람은 곰돌이와 곰순이에게 안겨져 있었다.

"곰돌아, 더워요."

"무거워~."

"곰순아……."

"세 사람을 놔줘."

내 말에 곰돌이와 곰순이는 노아와 슈리, 피나를 놓았다.

"유나 님, 너무해요."

"무거웠어."

"어째서 저까지……."

"전부 노아 잘못이야."

"으으, 저는 유나 님의 몸 사이즈를 알고 싶었던 것뿐인데."

그게 잘못됐다는 거야.

프라이버시 침해는 좋지 않아.

셰리는 초 극비 데이터가 적힌 종이를 아이템 봉투에 넣었다. 천의 양이 많아서 아이템 봉투를 빌려줬다.

어쩐지, 피로가 몰려왔다.

어떻게든 피나와 아이들과의 수영복 고르기를 마치고 셰리에게는 수영복 그림을 건넸다. 다음은 고아원 아이들과 안즈 일행, 카린 씨 가족에게도 고르도록 부탁했다.

물론 하는 김에 사이즈도 쟀다.

나도 쟀으니까 말이다. 안즈와 카린 씨도 모두 쟀다.

"노아는 클리프에게 확실하게 허락받은 거야?"

얼마 전에는 왕도의 학원 축제에 다녀왔는데 또다시 놀러 가는 것을 허락해줄지 모르겠다.

"괜찮아요. 그러려고 아버님이 하시는 말씀을 따르면서 공부하고 있어요."

뭐, 다음에 클리프를 만나면 거들어줘야겠다. 이렇게까지 했는데 노아만 데리고 갈 수 없게 되면 불쌍하다.

세 사람이 집으로 돌아가고 『곰 씨 쉼터』가 닫히는 때를 골라서 가게로 향했다.

얼마 전 안즈에게는 미릴러 마을에 갈 거라는 걸 전달했기 때문에 오늘은 모린 씨에게 전달하러 간다.

"유나?"

"모린 씨, 잠깐 괜찮으세요?"

모린 씨와 아이들은 정리를 하고 있었다.

"오늘 일은 끝났으니까 괜찮아. 곧 정리도 끝나니까 기다려줘."

나는 정리가 끝나기를 기다리고 모린 씨, 카린 씨, 네린 세 사람에게 가게를 쉬고 다 같이 바다에 갈 거라고 설명했다.

"바다?"

"다들 가게를 열심히 운영해주고 있어서 그 보답이라 생각하시면 돼요."

"저, 바다는 처음이에요."

"저도 왕도에 계속 살아서……."

네린과 카린 씨는 기뻐했다.

"가게를 쉬어도 되는 거야?"

모린 씨가 가게를 쉬는 것에 조금 난색을 표했다.

"괜찮아요. 제가 드리는 보답으로 생각해주세요."

"이미 유나에게는 과할 정도로 보답을 받고 있는걸"

그렇지 않다. 모린 씨 덕분에 맛있는 빵을 먹을 수 있고 아이들도 신세를 지고 있다.

그리고 내 안에서는 이미 정해진 사항이므로 모린 씨도 참가하도록 했다.

그런 뒤 셰리가 바다에서 헤엄치기 위한 옷을 만들 거니까 몸의 사이즈를 재러 올 거라고 전했다.

모린 씨는 물론, 카린 씨와 네린도 묘한 얼굴이 됐다.

드디어 내 마음을 알아주는 사람들을 만나게 됐다. 역시 나이가 많아지면 사이즈를 재는 건 싫겠지.

"저기, 유나. 그래서 언제쯤 가는 거예요?"

"아직 정하진 않았는데 조금 더 따뜻해지면 갈 거예요."

"그러면 늦지 않겠지?"

"네린, 괜찮아. 힘내보자."

카린 씨와 네린은 자신의 배를 만졌다.

"요새 케이크 맛을 본다고……."

"저도요."

그렇군. 열심히 다이어트 하세요.

310 곰 씨, 호출되다

바다로 여행을 갈 준비를 하고 있는데 클리프에게서 호출이 왔다.

집에 있는데 숨을 헐떡이는 클리프의 하인이 급하게 저택으로 와 달라고 했다.

이유를 물으니 「듣지 못했습니다」라고 대답한다.

으음~ 뭐지? 혼이 날 만한 짓을 했던가?

노아와 어딘가 외출할 때는 클리프의 허락을 확실하게 받아두고 있다.

그 외에 떠오르는 건 엘프에게 받은 신성수의 차인데, 저번에 만났을 때 차는 하루에 한 번만 마신다고 라라 씨에게 들었다. 그러니까 신성수의 찻잎은 아직 남아 있을 것이다.

아무리 생각해도 떠오르는 일이 없다.

모르는 채로 저택에 도착하자 곧장 클리프가 있는 방으로 안내를 받았다.

"왔나, 거기 앉아."

들은 대로 의자에 앉았다. 클리프의 표정을 살폈지만 화가 난 모습은 아니었다. 아무래도 혼내기 위해 부른 건 아닌 모양이다.

으음~ 그럼 무슨 일이지?

"그래서 무슨 일이에요?"

궁금하니까 바로 물어봤다.

"국왕 폐하로부터 편지가 왔어. 유나가 왕도에 와줬으면 좋겠다는 내용이야."

"……? 저기, 즉, 국왕의 호출이라는 거예요?"

그런데 무슨 일이지? 국왕의 호출 같은 건 처음이다. 학원 축제의 일은 이미 혼났으니 혼날 이유는 떠오르지 않는다.

"그 전에 너에게 확인해둬야 할 일이 있어. 아직도 믿기지 않지만 너는 크라켄을 쓰러뜨렸다고 했지?"

"크라켄? 설마 이제 와서 의심하는 거예요? 딱히 믿지 않아도 상관없지만."

"확인이라고 했잖아. 의심하는 게 아니야."

그렇다면 어째서 이제 와서 확인을?

"그래서, 진실이야?"

"쓰러뜨렸어요."

"그 크라켄의 마석은 어떻게 했지? 미릴러에서 이야기를 들었을 때 마석은 유나에게 전달했다고 들었어. 그 마석은 아직 가지고 있는 거야?"

"크라켄의 마석이요? 일단 가지고 있어요. 크라켄을 해체했던 할아버지가 제가 갖고 있어야 한다고 해서요."

처음에는 미릴러 마을의 부흥을 위해 선물을 하려 했지만 아트라 씨가 「마석은 모험가가 토벌한 증거이기도 해」라고 했다. 그래서 크라켄과 웜의 마석을 받았다.

그리고 크라켄의 마석은 쓸 예정이 없어서 곰 박스의 비료가 되었다.

"보여줄 수 있나?"

나는 곰 박스에서 크라켄의 마석을 테이블 위에 꺼냈다. 청색의 예쁜 색을 한 마석이다.

"이게 크라켄의 마석이군. 역시 크네."

마석의 크기는 양손의 손바닥을 펼쳐야 가려지는 정도이다.

"그래서, 무슨 일이에요?"

"유나, 미안하지만 이 마석을 가지고 국왕 폐하가 있는 곳까지 가주지 않겠니?"

클리프가 크라켄의 마석을 내게 돌려주면서 말했다.

"국왕 폐하의 편지에 유나가 크라켄의 마석을 가지고 있으면 급히 왕성으로 와 달라고 적혀 있었거든."

뭔가 귀찮은 일인가?

크라켄의 마석이 필요한 일이라도 생긴 건가?

"네 곰이라면 금방 갈 수 있겠지."

곰 이동문으로 순식간입니다. 라고는 말 못 하지만 긍정해뒀다.

"이유는 적혀 있지 않아요?"

"안 적혀 있어. 없을 땐 곧바로 회신을 달라고 적혀 있을 뿐이야. 뭐, 예상할 수 있는 건 크라켄의 마석이 급하게 필요해졌다는 사실 정도겠지."

일부러 확인했으니 그 정도는 나라도 예상할 수 있다.

하지만 급하게 와 달라는 건 서두르고 있다는 거겠네. 왕도에 가는 것에 문제는 없다. 바다에 가는 것도 아직 시간이 많이 남았다. 단지, 얼마 전에 당분간은 왕도에 가지 않을 거라 선언(마음속으로)했는데 며칠 만에 어기게 될 줄은 몰랐다.

"그래서, 왕도로 가줄 건가?"

"거절하지 못하잖아요? 갈게요."

"고마워."

클리프가 고개를 숙인다.

"어째서 클리프 씨가 고개를 숙이는 거예요?"

"당연하지. 국왕 폐하의 편지잖아. 거절할 수는 없어. 만일 네가 거절을 한다면 나는 국왕 폐하에게 사죄하러 가야 해."

"힘을 써서 뺏는 건요?"

"그럴 리가 없잖아. 너에게는 신세를 졌어. 노아도 좋아하고 있으니 만약 내가 너에게 위해를 가했다는 게 알려지면 나는 주민들에게 매를 맞게 될 거야."

너무 과하다.

어째서 클리프가 나에게 위해를 가하면 주민들이 화를 낸다는 거야. 의미를 모르겠다. 그래도 밀레느 씨라면 상업 길드의 길드 마스터로서 불만을 말해줄지도 모른다.

“애초에 크라켄을 토벌한 너에게서 마석을 뺏는 것보다 국왕 폐하에게 사죄하는 편이 나아.”

뭐, 클리프에게는 여러 일로 신세를 졌으니까 불가능한 부탁이 아니라면 거절할 생각은 없다.

“그렇겠네요. 조금 더 따뜻해지면 바다에 놀러 갈 생각이었으니까 그때였다면 거절했을 거예요.”

“국왕 폐하의 명령보다 노는 게 우선이냐. 후후후후.”

웃는 클리프.

응? 그렇지만 아저씨의 호출보다 아이들과 노는 게 우선이잖아.

모처럼 계획도 세웠는데.

이것이 플로라 공주나 티리아의 부탁이었으면 노는 걸 연기시키고 왕도에 가겠지만. 아저씨의 부탁이면 뭐…….

어쨌든 지금은 시간이 있다. 문제라면 학원 축제가 끝나고 시간이 많이 지나지 않았다는 점이다.

“그럼, 바로 갈게요.”

나는 곰 박스에 크라켄의 마석을 넣고 클리프의 저택을 뒤로했다.

이대로 곰 이동문을 이용해서 왕도로 이동해도 되지만, 아무리 그래도 오늘 듣고 오늘 바로 왕도에 가면 의심을 살 거다. 그러니까 이틀 후 점심을 먹은 뒤에 곰 이동문을 이용해서 왕도에 가기로 했다.

311 곰 씨, 국왕의 의뢰를 받다

학원 축제가 끝난 뒤의 결심이 허무하게 왕도에 와버렸다. 뭐, 학원 근처로 가지 않으면 괜찮겠지.

그래도 호출이라니, 무슨 일이지?

나는 서둘러 성으로 향했다.

"유나 님이시군요, 기다리고 있었습니다."

문 앞에 선 병사가 인사를 했다.

성에 도착하면 곧바로 들여보내도록 지시를 내린 모양이다.

그리고 병사의 안내를 받아 방으로 이동했다.

"이 안에서 기다려주십시오."

병사의 말을 듣고 방 안으로 들어섰다. 안은 집무실처럼 되어 있었다. 분명, 처음 국왕과 만났던 방이다.

하지만 방 안에는 국왕의 모습이 없다.

일단 기다리라고 했으니 이대로 기다리기로 한다.

소파가 있어서 곰 박스에서 차를 꺼내 차를 마시면서 기다렸다.

아아, 차가 맛있네. 라라 씨에게 받은 차라서 더 맛있어.

그런데, 늦네. 국왕이 안 오잖아.

곰 박스에서 네린이 시험 삼아 만든 케이크를 꺼내 먹었다.

오물오물. 산미가 들어가서 맛있다. 이건 무슨 과일을 사용한 걸까? 네린도 여러 방법으로 케이크 연구를 하는 모양이라 내가 알지 못하는 신작 케이크가 늘고 있다. 하지만 시식을 너무 많이 해서 허리둘레를 신경 쓰고 있었다. 시식을 계속하면 살이 찌겠지.

그건 그렇고, 늦네. 국왕이 올 기미가 없다. 어쩌면 엘레로라 씨가 오지 않을까, 라고 생각했지만 엘레로라 씨가 오는 낌새도 없었다.

곰돌이, 곰순이를 소환!

꼬맹이화 한 곰돌이와 곰순이가 나타났다.

따분해서 쓰다듬거나 끌어안거나 어깨에 태우면서 힐링하기로 했다.

아무리 만져도 이 폭신폭신한 느낌이 좋아.

내가 곰돌이와 곰순이로 힐링하고 있는데 문이 열리고 국왕이 들어왔다.

"기다렸…… 너는 무슨 짓을 하는 거야."

새삼 주위를 둘러본다. 테이블 위에는 마시던 차와 먹던 도중의 케이크. 그리고 곰돌이와 곰순이와 장난치고 있는 나.

어떻게 봐도 유유자적 모드네.

"아무도 오지 않아서 시간을 죽이고 있었을 뿐이에요."

"그건 미안하지만, 나를 기다리는 동안 이렇게 긴장을 풀고 있는 녀석은 처음 봤다."

나를 어이없다는 듯 바라보며 「이래 봬도 국왕이라고」 하고 작은 목소리로 말했다.

“엘레로라 씨는 저 이상이라 생각하는데요.”

“너는 엘레로라와 닮아가는구나.”

어처구니없다. 나는 그렇게 심하지 않다.

“그래서, 왜 호출하신 거예요?”

“아아, 그렇지.”

나는 테이블 위에 있는 것들을 치우고 곰돌이와 곰순이는 좌우에 앉혔다.

“그건 그렇고 빨리 왔네.”

“그건 편지에 급히, 라고 적혀 있었잖아요. 곰돌이와 곰순이를 이용해서 서둘러 왔어요.”

거짓말입니다. 이틀 정도 여유를 부린 뒤에 곰 이동문으로 한 번에 왔습니다.

“우선 크라켄의 마석을 보여주겠나?”

나는 곰 박스에서 크라켄의 마석을 꺼내 테이블 위에 뒀다.

“이게 크라켄의……. 크군, 만져봐도 될까?”

나는 고개를 끄덕였다.

국왕은 양손으로 크라켄의 마석을 들고 진지한 눈으로 봤다.

역시 필요한 건가?

“유나, 미안하지만 이걸 양보해줄 수 있을까?”

“좋아요.”

"무리한 부탁을 한다는 건 알고 있어. 그런데……."

"그러니까 준다니까요."

"……괜찮겠어?"

국왕은 놀란 표정을 지었다.

"괜찮아요. 필요한 거잖아요."

게다가 내가 갖고 있어도 쓸 일이 없으니까.

크리모니아에 있는 나를 호출할 정도로 필요한 물건이겠지. 만약 앞으로 필요한 일이 생기면 그건 그때 생각하면 된다.

싫었다면 처음부터 오지 않았다.

"하지만, 일단 이유를 물어봐도 돼요?"

이 국왕이 하는 일이니 나쁜 짓에는 쓰지 않을 거라 생각하지만, 무엇에 쓰이는지 정도는 알 권리가 있다.

국왕은 턱을 만지면서 이야기를 시작했다.

"그렇지. 남쪽으로 가면 트리포룸 왕국이 있는 건 알고 있겠지?"

또 처음 듣는 이름이 나왔다.

"엘파니카 왕국과 트리포룸 왕국이 교역을 하면서 사람이 자연스레 모여 만들어진 마을. 그게 사막 마을 데젤트다."

게임에서는 사막 한가운데에는 오아시스가 있고 그곳에 마을이 있다.

그 마을에도 오아시스가 있나?

"그 데젤트 마을은 우리 엘파니카에게도 트리포룸에게 있어서도 왕래하기 위한 중요한 마을이지. 그런 데젤트 마을을 지탱해 온 물의 마석이 깨졌어. 물의 마석은 그 마을에 사는 사람들에게 필요한 물을 공급하고 있었다. 그게 사라지면서 마을의 물은 줄어들었고 주민들에게 영향을 끼치기 시작했어. 이대로라면 마을이 망해버릴 거야. 그것만큼은 막아야 해. 그래서 크라켄을 무찔렀다는 이야기를 떠올려서 너를 오게 한 거야."

"호출한 이유는 알겠는데 성에도 물의 마석 정도는 있지 않나요?"

커다란 마석이지만 성이라면 이 정도는 가지고 있어도 이상하지 않다.

"너는 큰 착각을 하고 있는데, 이 정도 크기의 커다란 마석은 애초부터 수가 많지 않아. 그리고 물의 마석은 더욱 손에 넣기 어려운 물건이다."

확실히 지상이라면 싸워볼 법하지만 수중에 있는 마물을 무찌르는 것은 힘들다. 나도 크라켄을 쓰러뜨릴 때 고생했던 것을 떠올렸다. 만약 크라켄과 지상에서 싸웠다면 쉽게 쓰러뜨렸을 거다. 사람은 지상에 사는 생물이라서 싸우는 것도 지상 쪽이 좋다.

하지만 아무리 크라켄의 마석이 크다고 해도 마석 하나로 마을이 지탱될 거라 생각되지 않았다. 그 부분에 관해서 물어보자—.

"마법진에서 증폭을 하고 있다고 들었지. 자세한 것은 나도 전문가가 아니라서 모른다."

증폭 마법도 있는 건가?

이세계다운 이야기다.

뭐, 크라켄의 마석이 필요하다는 건 이해했다.

“그러니까 네가 가지고 있는 크라켄의 물의 마석을 양도해주면 좋겠어. 물론 사례라면 충분히 할 생각이다.”

사례는 돈으로 주는 건가? 지금은 돈이 필요하지 않단 말이지. 그렇다고 해서 그 마을을 내버려 두는 것도 뒷맛이 안 좋다.

“응, 그런 거라면 좋아요.”

다른 사람에게 도움이 되는 거라면 거절할 이유가 없다. 어차피 내가 가지고 있어도 곰 박스의 비료가 될 뿐이다.

“고마워. 그리고 너에게 묻고 싶은 게 있는데, 너와 그 곰은 더워도 괜찮은 건가?”

국왕은 나와 좌우에 앉아있는 곰돌이와 곰순이를 바라봤다.

“좋고 싫음을 묻는 거라면 싫은데요. 둘은 어떻지? 약하진 않은 것 같은데…….”

개인적으로는 더위에 약하다. 여름에는 에어컨이 필수 아이템이다.

좌우에 있는 곰돌이와 곰순이에게 확인하자 「크~응」 하고 울었다.

응, 천진난만한 곰돌이와 곰순이의 표정으로는 무슨 말인지 모르겠다.

“물어보는 방식이 잘못됐군. 너와 그 곰들은 사막에 가도 괜찮나?”

“사막? 괜찮을걸요.”

나는 곰 장비가 있으니까 극한이나 작열에도 괜찮을 거다. 하지만 실제로는 가보지 않으면 어디까지 버틸지 모르겠다. 그건 곰돌이와 곰순이도 마찬가지다.

눈보라의 설산이 괜찮았으니 사막 정도는 괜찮을 거다. 용암이었다면 아무래도 무리겠지만…….

"그러면 모험가 유나에게 의뢰를 하고 싶은데, 이 마석을 가지고 데젤트 마을에 가주지 않겠나?"

"제가요?"

"그래, 너의 곰이라면 빠를 테고 크라켄이라는 괴물을 무찌를 수 있으니까, 가는 길에 마물에게 공격을 당해도 괜찮겠지."

15살의 소녀에게 마물에게 공격을 당해도 괜찮겠지, 라니……. 조금은 걱정해주는 척이라도 해주면 좋겠는데요. 뭐, 실제로 곰 장비가 있으면 대부분의 마물은 무섭지 않다.

사막에 있는 마을에 가보고 싶은 마음은 있지만 곧 바다에 갈 예정도 있다.

뭐 다녀오기만 하는 거면 괜찮을까? 곰 이동문으로 돌아오면 돌아오는 시간은 단축할 수 있다.

"그 데젤트 마을이라는 건 어떤 마을이에요?"

"그렇군. 조금 전에도 말했지만, 자연과 사람이 모여서 만들어진 마을이라서 어느 나라에도 속해있지 않아. 중립인 마을이지."

"물의 마석을 부탁하길래 분명 이곳의 영토라고 생각했는데."

"선대 시절에 약간의 분쟁이 있었지만, 지금은 엘파니카 왕국과 트리포룸 왕국과의 불가침 조약을 맺고 중립 지대가 되었지. 그래서 물의 마석에 관해서는 양국에게 부탁을 했을 거다. 되도록 트리포룸 왕국보다 먼저 건네서 빚을 지우고 싶은 마음도 있어."

빚이라니. 국왕은 그런 것도 생각해야 하는구나.

분명 뒤에서는 나라끼리의 엉망진창 새까만 공방이 있겠지.

"왜 이상한 얼굴을 하는 거냐? 너는 착각을 하는 것 같은데, 양국은 좋은 관계를 구축하고 있어."

"그래요?"

"아까도 말했지만, 선대 시절에 조금 그랬을 뿐이다."

"그래도 빚을 지우게 한다고……."

"지금이 그렇다고 해서 언제까지나 평화를 이어갈 수 있을지 모르잖아. 나의 다음 세대에는 무슨 일이 일어날지 모르니까, 국경 부근의 정보는 아무리 많아도 해가 되지 않아."

과연, 미래에 투자한다는 거군.

빚을 지게 만들면 상대 나라에 수상한 움직임이 있었을 경우 정보를 줄지도 모른다.

국왕은 항상 미래의 일도 생각해서 행동해야 하는구나. 귀찮은 일이다. 나는 절대로 무리다. 무조건 다른 사람에게 시켜야지.

"그리고 의뢰는 랭크 B 취급으로 하마."

"랭크 B요?"

"그 크기의 마석 운반이 포함된 의뢰니까. 그 크기의 마석을 손에 넣을 수 있는 의뢰라면 그 정도가 되겠지."

확실히 크라켄의 마석을 가지고 오라는 의뢰가 있었다면 크라켄을 토벌하거나 가지고 있는 사람에게 구매할 수밖에 없다. 구매한다고 해도 우선은 가지고 있는 자를 찾아내야 하고 발견해도 교섭을 해야 한다. 게다가 돈의 문제도 있다.

그렇게 생각하니 랭크 B에 해당하는 의뢰가 되는 건가?

"가져가기만 하면 되는 거죠?"

"그래, 그것만 하면 돼."

"그러면 할게요."

아주 잠깐만 사막을 견학하러 가기로 했다.

국왕은 책상 서랍에서 무언가를 꺼내더니 내 앞에 내밀었다.

"편지다. 데젤트 마을의 영주인 바리마라는 남자에게 건네주도록. 너에 관해서도 적혀 있어. 네가 데젤트 마을에 가도 난리를 피우지 못하도록 말이야."

"난리 피우지 않아요."

"농담이다. 갑자기 곰 옷차림을 한 소녀가 오면 상대가 만나주지 않을 가능성도 있지 않겠나. 편지에 있는 문장을 보면 만나 줄 거야."

왕가의 문장으로 보이는 도장이 찍혀 있었다.

"편지가 준비되어 있다는 건 처음부터 저를 보낼 생각이었던 거네요.”

“일단 두 장 준비해뒀지.”

국왕은 한 통을 더 보여줬다.

거절당해도 괜찮도록 두 장을 준비한 모양이다.

나는 크라켄의 마석과 편지를 곰 박스에 담고 곰돌이와 곰순이를 송환했다.

그리고 소파에서 일어난 순간 떠올랐다.

“아 참, 플로라 공주를 만난 뒤에 가고 싶은데 괜찮아요?”

네린이 만든 신작 케이크를 가져다주기 위해서였다.

게다가 학원 축제가 끝난 뒤 만나러 오겠다고 약속했었다.

“상관없지만, 되도록 빨리 출발해주면 좋겠군.”

“알겠어요.”

나는 국왕의 승낙을 받고 플로라 공주에게 가기 위해 집무실을 나왔다. 그러자 국왕도 함께 나왔다. 일을 하러 돌아가는 건가?

나는 익숙한 플로라 공주의 방을 향해 걷기 시작했다. 그 뒤를 국왕이 따라온다.

같은 방향인가?

그리고 플로라 공주의 방 앞에서 멈췄다. 국왕도 멈춘다.

“저기, 왜 따라오는 거예요?”

“아까 먹고 있던 케이크를 가지고 가는 거잖아.”

“그런데요?”

"그런 거라면 나도 먹는 게 당연하지."

당연한 거야?

아니라고 생각하지만, 뭐, 이미 늦었으니 개의치 않고 플로라 공주의 방으로 들어갔다.

"플로라, 있니?"

"아바마마?"

플로라 공주가 국왕을 발견하고 달려왔다. 국왕은 허리를 숙여 팔을 벌렸다. 플로라 공주가 안겨들 거라 생각했는데 애니메이션이나 만화처럼 플로라 공주는 국왕을 무시하고 나에게 안겼다.

"곰 님!"

무시당한 국왕의 등이 묘하게 흔들렸다. 그리고 플로라 공주에게 내민 손의 행방에 곤란해하고 있었다.

이건 언급하지 않는 게 좋겠어.

"플로라 공주님, 케이크를 가지고 왔으니까 같이 먹어요."

"응!"

"그럼 저는 차를 준비할게요."

안쥬 씨도 국왕의 지금 상태는 건들고 싶지 않은 건지 도망쳤다.

나는 플로라 공주의 손을 잡고 테이블로 향했다.

그리고 의자에 앉은 플로라 공주에게 신작 케이크를 꺼내 준다.

"안쥬 씨, 젤레프 씨에게도 전해주실래요? 다음에 왔을 때 감상을 물어볼 거거든요."

"네, 알겠습니다."

"그리고 안쥬 씨의 몫도 있으니까 나중에 드세요."

"고맙습니다."

안쥬 씨는 국왕이 있을 경우에는 같이 먹지 않는다. 그래서 국왕이 사라진 뒤에 먹을 수 있게 건넸다.

"너희들, 나를 무시하지 마."

다시 일어선 국왕이 이쪽으로 다가와 의자에 앉았다.

"내 것도 줘."

"아바마마, 화났어?"

"화 안 났어."

"아무리 딸에게 무시를 당했다고 해도, 속이 좁으시네."

"곰에게 졌다고 생각하니 분해서 그런 거잖아."

"그럼 곰 옷을 입으면 플로라 공주님도 좋아할 거예요."

"입을 리가 없잖아!"

나도 국왕과 커플룩은 거절이니까 정말로 입어도 곤란하다.

일단 기분을 풀어주기 위해 국왕의 몫인 케이크도 내줬다.

"그러고 보니 오늘 엘레로라 씨는 없어요?"

평소라면 냄새를 맡고 찾아오는데.

"오늘은 나에게만 연락하도록 했거든. 오늘 네가 왔다는 건 알지 못할 거야."

그래서 안 오는구나.

그래도 나중에 왔다는 걸 알면 뭐라고 할 텐데…….

그래서 안쥬 씨에게 엘레로라 씨 몫의 케이크도 가지고 가달라고 했다.

그리고 티리아에 관해 물었지만 아쉽게도 학원에 갔다고 했다. 다음번에 만났을 때 불만을 들어도 귀찮으니까 티리아 몫의 케이크도 건넸다.

312 곰 씨, 미아가 되다

나는 플로라 공주와 잠깐 놀고 나서 왕도에 있는 곰 하우스로 돌아갔다. 그리고 나의 방으로 이동한 뒤 침대 위로 다이빙을 했다.

누워서 위를 바라보고 곰 폰을 꺼내 피나를 생각하며 마력을 흘려보낸다. 시간이 조금 지나면 피나가 가지고 있는 곰 폰과 연결될 거다.

『유나 언니?』

“지금 괜찮아?”

『네, 슈리는 어머니 식사 준비를 돕고 있고 아버지는 아직 안 돌아오셔서 괜찮아요.』

곰 폰을 사용할 때는 사람이 없는 곳에서 쓰도록 부탁했다. 그래서 사람이 주변에 있을 때는 무리해서 받지 않아도 된다고 했다.

『무슨 일 있으세요?』

“잠시 일 때문에 밖에 나오게 돼서 연락한 거야.”

『일이요?』

“국왕에게 일을 조금 부탁받아서 말이야. 바다에 가는 일로 무슨 일이 있거나, 가게에 문제가 생기면 연락해줘.”

곰 이동문을 알고 있는 피나는 내가 말하는 것을 이해하고 대답을 했다.

『아 참, 유나 언니에게 부탁이 있었지.』

피나가 무언가를 떠올린 목소리가 곰 폰에서 들려온다.

"부탁?"

피나가 부탁을 하다니 웬일이지.

한다고 해도 평소라면 말하기 어려워한다.

『아버지가 「나도 바다에 같이 갈래! 아이들만 가면 위험해」라고 말씀을 하셔서 아버지도 같이 가도 될까요? 아버지에게 유나 언니의 허락을 받아야 한다고 말은 했는데 같이 가고 싶으신 눈치예요.』

모처럼 티루미나 씨와 결혼하고 가족이 생겼는데 겐츠 씨를 혼자 두고 외출을 하는 것도 가엽다.

"길드 일을 쉴 수 있으면 괜찮아."

『정말요? 유나 언니 고마워요.』

곰 폰에서 피나의 기쁜 목소리가 들렸다.

게다가 겐츠 씨의 말대로 아이들이 많다. 멋대로 행동하거나 위험한 짓을 할지도 모른다. 어른의 눈은 많은 편이 좋다. 곰 장비가 만능이라도 모든 아이를 돌볼 수는 없다.

"고아원 아이들을 돌보는 것도 부탁할 거라고 전해줘."

『네, 아버지에게 전해둘게요.』

피나와 조금 더 이야기를 나누고 싶었지만 겐츠 씨가 일에서 돌아와 식사를 하게 되었다고 해서 끊기로 했다.

『유나 언니, 일 열심히 하세요.』

통화를 마친 나는 내일 일출 즈음에 출발하기로 정하고 일찍 잠들었다.

다음 날, 곰돌이와 곰순이에 의해 깨워진 나는 눈을 비비며 몸을 일으켰다.

창문 밖을 바라보자 아직 어두컴컴하다. 해가 막 뜨기 시작했다. 일찍 일어날 때는 곰 알람이 도움이 된다. 가끔 얼굴에 올라타 깨우려고 하는데 그건 괴로우니 그만해줬으면 좋겠다.

"곰돌아, 곰순아, 좋은 아침이야."

"""크~응."""

곰돌이와 곰순이에게 인사를 한 나는 아침을 먹고 곰 하우스를 나왔다.

아침 일찍부터 왕도에서 출발하는 사람들에 틈에 섞여 왕도를 나섰다.

그리고 사람이 없는 곳으로 이동하여 곰순이를 소환했다. 곰순이는 기뻐하며 다가왔다. 평소에는 곰돌이를 먼저 소환하는 일이 많으니까 오늘은 곰순이부터 소환했다.

"그럼, 곰순아 부탁할게."

나는 곰순이의 머리를 쓰다듬으며 등 위로 올라탔다.

자, 미지의 땅, 사막을 향해 출발!

곰순이는 「크~응」 하고 울더니 남쪽을 향해 달리기 시작했다.

그런데 사막이라니 어떤 곳일까. 역시 게임처럼 마물이 있고 무척 더울까?

사막과 화산에 갔을 때 내열 장비가 없으면 서서히 HP가 줄어든다는 것을 떠올린다. 그 점에서 곰 장비는 내열 효과가 있으니 안심이다. 게임 세계에서도 곰 인형 옷은 최강의 장비가 될 것 같지만 입을지 말지는 별개의 이야기다. 게임이라고 해도 곰 인형 옷은 창피하기 때문이다.

곰순이는 도시 사이를 잇는 큰길을 달렸다.

국왕에게 들은 설명대로라면 길을 나아가서 사막에 들어서기 전에 마을이 있다고 했다. 그 마을에서 데젤트의 마을로 간다고 한다.

곰 지도에는 가봤던 곳 이외에는 표시가 되지 않아서 길을 벗어나면 목적지를 잃을 가능성이 있다.

곰 지도는 편리한 스킬이지만 새로운 장소에 갈 때는 조금 불편하다. 그렇지만 자동 맵핑은 편하므로 도움을 받는 것도 사실이다. 게다가 처음부터 모든 지도를 알고 있으면 그건 그것대로 기대가 반감이 된다. 그러니 충분하다고 생각한다. 새로운 장소에 가는 거라면 기대가 돼야 정상이지.

나는 가끔 탐지 스킬을 사용하면서 나아갔다. 그리고 사람의 반응이 있으면 곰순이를 보고 놀라는 것도 성가시니 크게 돌아서 지나갔다.

이곳은 크리모니아 주변과 달리 곰돌이와 곰순이로 이동하면 놀라버린다. 요즘은 크리모니아 주변에서 곰돌이와 곰순이를 타고 있어도 모험가나 상인들이 놀라는 일은 사라졌다. 가끔 말을 거는 사람도 있었다.

물론 곰돌이와 곰순이를 보고 놀라는 사람도 있지만 그건 다른 마을에서 온 사람이 대부분이다.

뭐, 현실에서는 곰이 나타나면 도망치겠지만…….

마을길을 달리고 있는데 또 사람의 반응이 있었다. 나는 시야에 들어가지 않도록 길에서 벗어나 크게 돌았다. 하지만 이렇게 길에 사람이 있을 적마다 피하는 것은 피곤하다.

눈앞의 길을 바라보는데 길은 조금 오른쪽으로 꺾여 있었다. 그 오른쪽을 바라보니 숲이 있었다. 숲을 가로지르면 시간이 단축되지 않을까?

마차 같은 건 지나가지 못하지만 곰돌이와 곰순이라면 신경 쓰지 않고 나아갈 수 있다. 나는 눈앞의 길과 지도의 검은 부분을 보고 예측했다.

나는 숲속으로 들어가 이동하기로 했다. 이번에는 곰돌이로 바꿔 탔다.

"곰돌아, 가자."

"크~응."

곰돌이는 숲속을 향해 달리기 시작했다.

길을 벗어나 숲속에 들어서니 역시 사람은 없다. 이것으로 신경 쓰지 않고 이동할 수 있다. 그렇지만 탐지 스킬에 마물의 반응이 나왔다. 뭐, 공격해오지 않으면 신경 쓰지 않고 지나칠 거다.

이쪽으로 가도 되나?

예측하면서 숲속을 달렸다. 이게 실패였다는 걸 알아차리는 데 긴 시간은 걸리지 않았다. 사람들은 말하곤 한다. 「급하면 돌아가라」라고. 곰 스킬의 지도와 탐지 스킬이 있으니 괜찮을 거라 생각했지만 보기 좋게 길을 잃었다.

곧장 달려가면 숲을 빠져나가고 마을길이 나올 거라고 생각했는데 길이 나오지 않았다.

설마, 길이 도중에 다른 방향으로 꺾인 건가? 곰을 속이다니 당치도 않은 길이다.

우선 오늘은 해가 저물고 있으니 곰 하우스를 꺼내서 자고 가기로 했다.

다음 날도 활기차게 곰순이를 타고 출발했다.

한 번 돌아가는 것도 생각했지만 우선은 가보기로 했다.

오늘은 약간 왼쪽 방향으로 달렸다. 지나온 길을 보니 직진하고 있었으니까 왼쪽으로 나아가면 길이 나올 거라 예측했다.

출발하기 전에 지도를 보여달라고 하는게 좋았을까?

국왕에게는 길을 따라가면 된다고만 설명을 들었다. 국왕도 설마 내가 길에서 벗어날 줄은 몰랐을 거고, 나도 그때는 길에서 벗어날 거라고 생각하지 않았다.

틀림없이 길에서 벗어난 나의 잘못이지만 이제 와서 돌아갈 수도 없기에 이대로 나아가기로 했다.

몇 번인가 휴식을 취하면서 이동했다. 그리고 지도를 보면서 탐지 스킬을 쓰자 마물의 반응이 있었고 장수말벌이라고 표시되었다. 장수말벌은 원래의 세계에서도 있던 위험한 벌이잖아.

그런데 마물이야? 작았던 걸로 기억하는데…….

벌레는 싫지만 조금 궁금해져서 보러 갔다. 그리고 곧바로 후회했다.

단순히 흥미만으로 마물을 보러 가면 안 된다. 눈앞에서는 벌이 붕붕 날고 있고 심지어 크다. 까마귀 정도의 크기인 벌이 날고 있다. 탐지 스킬에는 장수말벌이라고 적혀 있지만 내가 알고 있는 장수말벌과 다르다. 내가 알고 있는 장수말벌은 엄지손가락 정도의 크기였다. 결코, 까마귀만큼 크지 않다.

평범한 장수말벌도 무서운데 커다란 장수말벌이라니…….

이러면 벌집의 크기는 어느 정도라는 거야?

상상하는 것만으로도 한기가 돈다. 벌레 계통에는 약하다. 심지어 크기가 크면 기분이 배로 나빠진다.

장수말벌이 위~잉 하고 기분 나쁜 날개 소리를 내면서 날고 있다.

토벌하는 게 나을까?

그래도 얽히고 싶지 않네.

탐지 스킬을 사용하자 이 앞에 수십 마리의 장수말벌 반응이 있었다. 벌집이 있는 건가.

장수말벌은 온 쪽으로 날아간다. 그 앞을 보니 동굴이 있었다. 벌이 출입하고 있는 걸 보니 아무래도 그 안에 벌집이 있는 모양이다.

내가 동굴을 보고 있는 동안에도 장수말벌이 출입했다.

응, 기분 나빠. 토벌하자.

마침 동굴 안이 벌집인 것 같으니 전에 고블린의 동굴에서 사용했던 방법으로 토벌할 수 있을 거다.

나는 장수말벌이 알아차리지 못하도록 커다란 화염 곰을 만들어냈다. 그리고 동굴 안으로 날려버린다. 그런 뒤, 흙 마법으로 커다란 곰을 만들어 동굴을 막았다. 이것으로 일망타진이지.

나머진 동굴 주변을 날고 있는 장수말벌뿐이다.

……그렇게 생각했다.

하지만 동굴에는 옆쪽에 구멍이 하나 더 있었는지 무수한 장수말벌들이 튀어나왔다.

그쪽에도 구멍이 있는 거야?!

그리고 튀어나온 장수말벌들이 나를 향해 공격을 가해온다.

잠깐, 수가 너무 많잖아. 날갯소리가 시끄러워. 기분 나쁘다고.

나는 내 주위에 강력한 회오리를 만들어 공격해오는 장수말벌들이 빨려 들어가게 했다.

회오리 안에 들어간 장수말벌들은 날개가 잘려 나가떨어졌다. 날개가 없는 장수말벌도 기분 나쁘다.

튀어나왔던 구멍도 막고 날고 있는 장수말벌들도 바람 마법으로 쓰러뜨렸다.

그렇지만 몇 마리의 장수말벌이 높게 비행해서 도망쳤다.

아아, 놓쳤다.

뭐, 몇 마리 정도라면 괜찮겠지. 곰 화염과 회오리로 많은 수를 무찌를 수 있었다.

곰순이가 날아 가버린 장수말벌 쪽을 바라보며 「크~응」 하고 귀엽게 울었다.

313 곰 씨, 장수말벌과 싸우다

곰순이가 장수말벌이 날아간 쪽을 바라보며 울기에 시선을 보냈지만 딱히 달라 보이는 건 없었다.

"왜 그래?"

곰순이는 또다시 「크~응」 하고 울었다. 그리고 내 등을 민다.

"왜 그래? 쫓아가라는 거야?"

곰순이는 내 말에 「크~응」 하고 귀여운 목소리로 대답했다.

혹시 장수말벌이 날아간 쪽에 뭐가 있나?

내가 탐지 스킬을 사용하자 사람의 반응이 있었다.

"고, 곰순아 사람이 있으면 그렇게 귀여운 목소리로 울지 말고 조금 더 당황하라고!"

나는 곰순이의 등에 뛰어 올라타고 장수말벌이 날아간 쪽으로 달렸다.

그러자 사람의 비명 소리가 들려왔다.

"으아아아아아아아아, 장수말벌이다~."

보인다.

몇 마리의 장수말벌이 남자를 공격하려고 했다. 남자는 소리치면서 들고 있는 나이프를 휙휙 아무렇게나 휘둘러 쫓아내려 했다. 하지만 장수말벌은 남자 주변을 날면서 떨어질 기미가 없었다.

그런 장수말벌을 향해 나는 바람의 칼날을 날려 몸통을 정확하게 둘로 나눴다. 남자는 나를 발견한 기색도 없이 나이프를 휘두르고 있었다.

내가 남은 장수말벌도 마법으로 제거하니 주변에 더 이상 장수말벌이 안 보였다.

이것으로 괜찮겠지. 나는 기겁을 하는 남자 쪽으로 향했다.

“괜찮아요?”

“으아아아아아아아아아아, 곰이다~~.”

목소리의 주인은 기겁한 30대 정도의 남자였다. 남자는 나와 곰순이를 보고 소리쳤다. 그리고 기겁을 하면서도 나이프를 좌우로 휘두르며 뒤로 물러났다.

“이, 이쪽으로 오지 마~.”

시끄러운 사람이네.

“조용히 하지 않으면 먹을 겁니다.”

내 말에 장단을 맞추듯 곰순이가 다가갔다.

“으아아아아아아아아아아아, 먹지 말아줘.”

“그러니까 조용히 하지 않으면 먹겠다고 했을 텐데요?”

“나를 먹어도 맛있지 않을 거야!”

그는 나를 보지 않은 채 나이프를 휘둘렀다.

응, 안 되겠다. 전혀 사람의 말을 들어주지 않아.

나는 기겁하는 남자를 향해 마법으로 물 구슬을 만들어 머리

위에서 떨어뜨렸다.

"으아아아아아아아아아."

"사람 말을 들어주겠어요?"

"여자아이?"

남자는 나를 보더니 이리저리 주위를 봤다.

아무래도 제정신으로 돌아온 모양이다. 나를 제대로 봐준다.

"구해줬으니까 감사 인사 정도는 들어도 괜찮다고 생각하는데……."

내가 두 동강 낸 장수말벌로 시선을 보내니 남자도 지면에 나뒹굴고 있는 장수말벌 쪽으로 시선을 옮겼다. 남자는 죽은 장수말벌과 나를 번갈아 바라봤다. 그리고 마지막에는 내 쪽에서 시선이 멈췄다.

"내가 하는 말 이해해요?"

"……이건 아가씨가 쓰러뜨린 건가?"

"주변에 나 말고는 없잖아요."

뭐, 나 때문에 장수말벌이 도망쳐서 이쪽으로 와버렸지만 말이야.

그래도 무찌른 건 틀림없다.

남자는 몸을 일으켰지만 조금 엉거주춤한 느낌이었다.

"그 하얀 곰은……."

아무래도 곰순이가 무서운 모양이다. 이렇게 귀여운데.

"내 곰이에요. 그 나이프로 공격만 하지 않으면 아무 짓도 안 할 거예요. 그런데 아저씨는 괜찮아요?"

"그래, 갑자기 장수말벌들이 나타나서 놀랐을 뿐이야. 도와줘서 고마워."

아저씨는 나이프를 넣으면서 감사 인사를 했다. 그리고 내 옷차림을 보고 무언가 말하고 싶어 했으나 입을 다물었다.

"그래서 어째서 이런 숲에 혼자 있는 거예요?"

"이 근처에 마을이 있어. 그 근처에 장수말벌이 나타나게 되었지. 그래서 어디서 날아드는지 알아내려고 이곳까지 온 건데……."

그거 설마, 내가 불태운 장수말벌집을 말하는 건가?

아저씨의 말을 들으니 아무래도 장수말벌 토벌을 모험가에게 의뢰할지 말지 마을에서 의견이 갈린 모양이다.

그래서 벌집이 작다면 마을에서 힘을 합쳐 토벌하고, 벌집이 크면 모험가에게 의뢰하기로 했다고 한다. 그래서 이 아저씨가 장수말벌의 집을 확인하러 온 것이다.

몇 마리에게 공격 당하는 것만으로 이렇게 정신을 못 차리는데 잘도 혼자서 벌집을 찾으러 왔다고 생각했다.

자세한 이야기를 물으니 마을 주민들이 분담해서 찾고 있다고 한다. 장수말벌에게 공격을 당한 아저씨는 운이 나빴구나.

"그 벌집이라면 제가 장수말벌이랑 같이 태워버렸어요. 그런데 그때 몇 마리의 장수말벌이 도망쳤거든요. 그걸 쫓아 왔더니 아저씨가 공격을 당하고 있었던 거예요."

"아가씨가 장수말벌의 집을 태웠다고?"

"이런 옷차림을 하고 있지만, 일단은 모험가거든요."

아저씨는 새삼 나의 모습을 본다.

뭐, 곰 인형 옷이라서 믿지 못하는 것도 어쩔 수 없다. 믿어주지 않아도 상관없지만 장수말벌을 무찔렀다는 사실은 전달해둔다.

"그렇군, 어쨌든 고맙네."

그래도 곰순이가 알려주지 않았더라면 위험했다. 나 때문에 죽기라도 했으면 꿈자리가 뒤숭숭할 거다. 알려준 곰순이에게는 고맙다.

"아가씨, 미안하지만 그 벌집으로 안내해줄 수 있나? 일단 확인을 하고 싶어."

나는 아저씨를 데리고 장수말벌의 벌집으로 향했다.

"그건 그렇고 아가씨의 복장도 그렇지만, 하얀 곰은 처음 봤어."

아저씨는 옆을 걷는 곰순이를 바라본다.

뭐, 하얀 곰은 흔하지 않은 모양이니까. 애초에 하얀 곰이 있긴 한가?

이쪽 세계의 북극이 어떤 곳인지 알지 못하지만 북극과 설산에 가면 곰순이와 같은 하얀 곰이 있을지도 모른다. 다음번에 찾아보는 것도 좋겠네.

"그런데 아가씨는 왜 이런 곳에 있는 거지? 설마 장수말벌을 토벌하러 온 건가?"

"장수말벌은 우연히 마주친 것뿐이에요. 쓰러뜨리는 편이 좋을 것 같아서 토벌했던 것뿐이고요."

아저씨는 내 말을 듣고 어이없는 표정을 지었다.

"아가씨는 작은데 대단한 모험가구나."

"마법을 쓸 줄 알아서요."

"그래도 대단해. 이 아저씨는 마물이 무서워서 절대로 모험가가 될 수 없어."

내 경우에는 리얼한 게임의 경험이 있었던 것뿐이다. 이 세계도 처음에는 게임 세계로 착각했다. 그 경험이 없었다면 나도 마물 퇴치 같은 건 할 수 없었을 거다.

"그래서, 아가씨는 이 근처에서는 본 적이 없는데 어디서 왔지?"

"왕도요. 남쪽에 있는 사막으로 갈 예정이었는데 샛길을 이용하려고 숲속으로 들어왔다가 길을 잃어서……."

"샛길을 이용하려고 숲으로 들어오다니."

아저씨는 어처구니없다는 듯 나를 바라봤다. 하고 싶은 말은 알겠다.

보통은 샛길을 목적으로 숲속으로 들어오는 짓은 하지 않겠지. 길을 잃을 확률이 높아지고 마물에게 공격을 당할 가능성도 있다.

나도 지도 스킬이 없다면 이런 무모한 짓은 하지 않는다. 지도를 보면 자신의 위치를 파악할 수 있어서 미아가 될 거라고는 생각하지 않았다.

"그런데 사막 바로 앞에 마을이 있다는 모양인데 아저씨는 아세요?"

"아마 카르스 마을을 말하는 것 같구나."

오오, 마을 정보 획득.

아무래도 사막 바로 앞에 있는 마을에 관해서 알고 있는 모양이다.

"그 마을은 어디에 있어요?"

"으음~ 여기서는 잘 모르겠군. 그래도 마을 근처까지 가면 알려줄 수 있어."

"정말요?!"

분명 숲속이면 자신이 있는 위치나 방향을 알기 어렵다.

그렇지만 마을까지 가면 알 수 있는 것만으로도 도움이 된다.

무사히 미아에서 벗어날 수 있을 것 같다.

"마을은 가까워요?"

"그렇게 멀지는 않아."

마을은 근처에 있다고 하니 나중에 안내를 해주기로 했다.

그리고 아저씨를 장수말벌집까지 안내했다. 땅에는 내가 바람 마법으로 무찌른 장수말벌이 널브러져 있었다.

"정말로 쓰러뜨렸네."

"저 동굴이 장수말벌의 벌집이었어요."

"곰?"

장수말벌의 벌집인 동굴 입구는 곰 석상으로 막혀 있었다.

"신경 쓰지 마세요."

나는 곰 석상을 없애기 전에 탐지 스킬로 동굴 안을 확인했다. 장수말벌의 반응은 없다. 동굴 안에 있던 장수말벌도 죽은 모양이다. 곰 석상을 치우자 돌들이 가열돼 열풍이 일었다. 화염 곰의 영향이다.

"뜨, 뜨거워."

나는 아무렇지 않지만 아저씨는 동굴 입구에서 물러났다.

"아가씨, 이건?"

"화염 마법을 날려서 곰 석상으로 입구를 막고 장수말벌을 무찔렀거든요. 만약 확인하시려면 시간이 지난 뒤에 하는 편이 나을 거예요."

동굴 안은 열기가 차 있어서 평범한 옷으로는 들어갈 수 없다. 조금 더 기다리든지 뜨거워진 동굴을 물로 식히지 않으면 들어갈 수 없다.

아저씨는 동굴을 엿봤지만 곧바로 포기했다.

그리고 떨어져 있는 장수말벌들 쪽으로 이동했다.

"아가씨, 이 장수말벌을 한 마리 받아도 되겠나? 마을에 가지고 돌아가서 모두에게 보여주고 싶은데."

"마음껏 가지고 가도 돼요."

"아가씨는 필요 없어?"

장수말벌은 먹을 수 있나?

그냥 벌을 먹는 건 TV에서 본 적은 있지만 먹을 수 있다고 해도 먹을 생각은 없다.

소재도 필요 없으므로 모두 아저씨에게 양보하기로 했다.

"아가씨는 모험가라며? 소재를 팔지 않는 거야? 마석은 물론이고 장수말벌의 침이나 날개를 팔면 꽤 돈이 될 텐데?"

나는 흘깃, 장수말벌을 봤다.

커다란 장수말벌. 작은 장수말벌도 기분이 나쁜데, 돈이 된다고 해도 이런 커다란 장수말벌은 필요 없다. 생리적으로 받아들일 수가 없다.

피나의 해체 연습용으로 필요한가 싶었지만 이런 벌레의 해체를 피나에게 시키고 싶지 않았다.

"나는 필요 없으니까 아저씨가 마음대로 해도 돼요."

그렇게 말한 순간, 곰순이가 「크~응」 하고 울었다. 그와 동시에 위~~잉 하고 한층 더 큰 날갯소리가 들려왔다.

"뭐지?"

날갯소리가 나는 쪽을 바라보자 커다란 장수말벌이 날고 있었다. 내가 쓰러뜨린 장수말벌보다도 크다. 울프 정도의 크기였다.

"으아아아아아아아아."

아저씨는 기겁했다. 탐지 스킬을 사용하니 표시는 장수말벌이었다. 거기선 여왕벌이나 퀸 장수말벌이라고 표시되지 않는 거야?

조금 전 쓰러뜨린 장수말벌과 다르잖아.

“아저씨, 저건 뭐죠?”

“으아아아아아아.”

안 되겠다. 너무 놀라고 있어.

일단 조금 전까지의 장수말벌과 구별을 해두기 위해 여왕벌이라 부르기로 한다.

여왕벌은 죽은 장수말벌을 보더니 입에서 딱딱 소리를 내며 날개를 강하게 진동시켰다. 기분 나빠.

그리고 여왕벌은 우리를 적으로 인식한 모양이다.

314 곰 씨, 길을 물어보다

여왕벌의 뒤에서 몇 마리의 장수말벌이 나타났다.

"곰순아, 아저씨를 부탁해!"

곰순이에게 아저씨의 호위를 맡겼다.

"아가씨?!"

"아저씨는 절대로 곰순이에게서 떨어지면 안 돼요!"

나는 아저씨에게 지시를 내리고 눈앞의 여왕벌과 대치한다. 여왕벌과 장수말벌에게 바람의 칼날을 날렸다. 몇 마리의 장수말벌이 바람의 칼날의 희생양이 되었지만 여왕벌은 피했다. 여왕벌은 엉덩이를 나를 향해 내밀더니 커다란 침을 내보였다.

그런 커다란 침으로 찌르면 죽는다고. 선단공포증은 없지만 무섭잖아.

여왕벌은 침을 내게로 향한 채 급강하했다. 나는 옆으로 피한 뒤 지나치는 타이밍에 맞춰 곰 펀치를 몸 쪽에 꽂아 넣었다. 푹 하고 부드러운 느낌이 전해진다. 그대로 곰 펀치를 빼냈고 여왕벌은 지면을 나뒹굴었다.

치명상을 입힌 느낌은 아니었다.

짐승이나 갑각류와 비교하면 부드러운 것 같군.

그렇지만 그다지 만지고 싶지 않네. 무엇보다 가까운 거리에서 여왕벌의 얼굴을 보고 싶지 않다. 벌레를 싫어하는 것도 있지만 옆을 지나칠 때 봤던 얼굴이 무서웠다. 절대로 정면에서 보고 싶지 않은 얼굴이라 소름이 돋았다.

미안하지만 길게 상대하고 싶지 않으므로 서둘러 승부를 내기로 했다.

쓰러져 있는 여왕벌은 입을 딱딱거리면서 날개를 고속으로 진동시키더니 날아오르려 했다. 놓치지 않으려고 바람 마법을 날려 추격했지만 여왕벌 쪽이 빨라서 한 번에 날아 올라가 버렸다.

여러 가지로 기분 나쁜 걸 생각했더니 반응이 늦었다.

날아오른 여왕벌에게 공격을 가하려고 한 순간 뒤에서 외치는 소리가 들렸다.

"으와아아아아, 이, 이쪽으로 오지 마."

목소리가 난 쪽을 보자 아저씨에게 공격을 가하려 하는 장수말벌이 있었다. 그렇지만 곰순이가 내 지시대로 아저씨를 지키고 있었다.

장수말벌이 아저씨를 공격했다. 하지만 곰순이가 공격을 해오는 장수말벌들에게 타이밍을 맞춰 진짜 곰 펀치를 날려 때려눕혔다. 그리고 지면에 떨어진 장수말벌에게 마지막 일격을 가한다.

오오, 곰순이, 멋있어.

「이쪽은 맡겨줘」 같은 표정으로 나를 바라봐서 아저씨는 곰순이에게 맡기고 나는 여왕벌에게 전념하기로 했다.

하늘을 날고 있는 여왕벌을 향해 바람의 칼날을 날렸지만 여왕벌은 간단하게 피했다. 보통의 벌처럼 좁은 곳에서도 방향을 바꿀 수 있는 모양이다.

이번에는 피하지 못하도록 연속으로 바람의 칼날을 날렸다. 이번에는 피하지 못했다. 명중했다고 생각했지만 바람의 칼날은 사라졌다.

응? 진동? 날개가 일으키는 바람에 상쇄된 거야?

이거라면 어때?

흙 구슬을 날렸다. 이거라면 진동과 바람으로 막을 수는 없을 거다. 하지만 여왕벌은 휙 하고 회전해서 피했다. 그리고 재차 엉덩이를 내밀어 나에게 침을 내보이며 급강하했다.

잽싸게 피했지만 커다란 주제에 움직임이 빠르다. 사실은 화염 계열이 좋을 것 같지만 숲속이라서 나무에 옮겨 붙기라도 하면 곤란하니까 불은 쓸 수 없다.

불 마법이 안 된다면 다른 방법으로 쓰러뜨리면 된다.

나는 아무것도 하지 않고 상대가 공격해오는 것을 기다렸다.

여왕벌은 내 주위를 날더니 다시 한 번 침을 내밀고 급강하했다. 나는 그 타이밍에 맞춰 여왕벌 앞에 흙 곰을 만들었다.

학원 축제에서 기사와 시합을 했을 때 썼던 방법이다.

여왕벌의 으리으리한 침은 흙 곰에 꽂히지 못하고 부러졌다. 침이 부러진 여왕벌은 지면에 떨어져 입으로 딱딱 소리를 냈다.

으으, 역시 가까운 거리에서 얼굴을 보는 건 힘들어.

하지만 지금이 무찌를 찬스라서 지면에 쓰러진 여왕벌의 머리를 바람의 칼날로 베었다.

무사히 여왕벌의 토벌이 종료됐다.

나는 곧바로 아저씨를 떠올리고 곰순이 쪽을 바라봤다.

그곳에는 몇 마리의 장수말벌이 지면에 떨어져 있었고 아저씨와 곰순이가 사이좋게 있었다.

무슨 일이야?

"무찔렀니?"

"네."

아저씨가 곰순이의 몸을 쓰다듬었다.

"아가씨는 정말 대단하네."

쓰러진 여왕벌을 보며 아저씨의 입에서 순수한 감상이 나왔다.

아무리 그래도 크다. 이런 벌 마물이 있는 건 게임 세계만이라 생각했어. 뭐, 이곳은 이세계니까 비슷한가?

"아저씨, 이 큰 녀석은 뭐죠?"

울프와 비슷한 크기라서 기분이 나쁘다. 애초에 일반적인 것조차 크기가 까마귀만 하니까 말이 안 된다.

"몰라, 나도 처음 봤어. 그래도 이런 큰 장수말벌이 마을 근처에 있었다고 생각하니 오싹하군. 아가씨 정말 고마워."

뭐, 우연히 있어서 쓰러뜨린 것뿐이다. 얻어걸린 거다.

“그리고 아가씨, 이 곰의 이름은 곰순이가 맞나?”

“그런데요.”

내가 긍정하자 아저씨는 곰순이 쪽을 봤다.

“곰순아, 지켜줘서 고마워.”

아저씨는 곰순이의 머리를 부드럽게 쓰다듬고 감사 인사를 했다.

“크~응.”

곰순이는 귀엽게 울었다. 조금 전에는 곰순이를 보고 놀랐었는데 큰 변화였다. 아무래도 장수말벌에게서 지켜줘서 감격한 모양이다.

“곰은 이렇게 귀여운 거였구나.”

“내 곰이 특별한 거예요. 착각하고 야생 곰에게 다가가면 안 돼요.”

야생의 곰에게 다가가서 공격을 당하면 위험하다. 한 발자국이라도 잘못 내디디면 죽을지도 모른다.

“알고 있지만, 이런 곰이 있다는 걸 알아버리면 머리를 쓰다듬으려고 할 것 같아.”

아저씨는 곰순이의 머리를 몇 번이나 쓰다듬었다.

정말로 위험하니까 그만둬요.

아저씨는 장수말벌에게서 지켜준 곰순이에게 몇 번이나 고맙다고 말했다.

확실히 아저씨를 지켜준 건 곰순이지만 다른 장수말벌과 여왕벌을 무찌른 건 나인데…….

뭐, 곰순이를 무서워하는 것보다는 낫지만 납득이 가지 않는 부분도 있다.

그런 뒤 토벌한 여왕벌의 소유권도 아저씨에게 양도했다.

"전부 팔면 큰 금액이 될 텐데 정말로 괜찮은 거야?"

"필요 없어요. 보고 싶지 않아요. 아저씨가 원하지 않았다면 당장에라도 태워버리고 싶어요."

곰 박스에 넣는 것도 싫다. 나는 곰 인형 장갑 앞에 화염을 불러일으켰다.

"기다려, 알았어. 고맙게 받지. 그러니까 태운다는 아까운 짓은 하지 말아줘."

나는 화염을 지웠다.

"돈으로 바꿔서 다음에 마물이 나타났을 때 모험가를 고용할 자금으로 쓰세요."

어쩌면 내가 토벌한 장수말벌만 있는 게 아닐지도 모른다. 돈이 없다고 해서 마물 토벌을 일반인이 하는 건 위험하다.

마을 사람이 아저씨처럼 의지가 되지 않는 사람만 있을 거라고는 생각하지 않지만, 아저씨가 마물과 싸운다고 상상하니 불안해졌다.

그렇게 기겁을 하면서 아무렇게나 나이프를 휘두르면 마물을 쓰러뜨릴 수 없다.

차라리 앞으로 있을 토벌에서 모험가를 고용하기 위한 자금으로 써주는 편이 좋다.

"고마워."

아저씨는 장수말벌의 해체를 시작했다. 장수말벌이 있었다는 증거로 침과 날개를 가지고 가겠다고 한다.

그리고 해체를 다 마치고 우리는 마을을 향해 출발했다.

"그런데, 이 눈으로 봐도 믿기지 않네. 아가씨처럼 귀여운 여자아이가 모험가인 데다, 심지어 장수말벌을 쓰러뜨리다니. 게다가 이런 곰까지 가지고 있고……."

아저씨는 내가 탄 곰순이를 봤다.

"그런데 정말로 보답은 괜찮은 거야?"

"딱히 마을을 위해 쓰러뜨린 게 아니니까 보답은 됐어요. 게다가 서두르고 있어서 길을 알려주시는 것만으로도 충분해요."

길을 잃고 괜한 마물 토벌까지 해버려서 시간을 꽤 낭비해버렸다. 지금은 조금이라도 서둘러야 한다.

내가 길을 잃은 탓에 마을이 손을 쓰지 못하는 상황이 된다면 곤란하다.

잠시 걷자 마을이 보였다.

"저건 우리 마을이야. 그리고 이 길을 걸어가면 커다란 길이 나올 거야. 그 길에서 왼쪽으로 가면 왕도, 오른쪽으로 가면 아가씨가 가려는 카르스 마을에 갈 수 있지."

맞는 길은 이쪽이었군. 보기 좋게 틀렸다. 그대로 갔다면 다른 곳으로 갈 뻔했다.

"만약 마을 근처를 지나게 된다면 언제든지 들려주렴. 아가씨라면 언제든지 환영이야. 물론, 곰순이도 환영이고."

"크~응."

"고마워요. 그때는 잘 부탁할게요."

곰순이는 기쁜 듯 울었고 나도 마을을 지날 일이 있으면 들리겠다고 약속했다.

나는 아저씨에게 들은 길을 곰순이를 타고 달렸다.

그러고 보니, 아저씨의 이름을 묻는 걸 깜빡했네. 나도 이름을 말하지 않았고. 이름을 말한 건 곰순이뿐이다.

뭐, 다음에 마을에 갔을 때 물으면 된다.

"곰순아, 늦은 만큼 빠르게 가자."

"크~응."

곰순이는 대답을 하더니 속도를 올렸다.

315 곰 씨, 로사 씨와 재회하다

이번에는 미아가 되지 않도록 길을 따라 나아갔다. 휴식을 몇 번인가 취하고 그럴 때마다 곰돌이와 곰순이를 번갈아 탔다.

"곰순아 고마워. 쉬고 있어."

달려준 곰순이에게 고맙다는 말을 하고 송환한 뒤 곰돌이를 소환했다.

"곰돌아, 부탁할게."

곰돌이를 타고 달렸다. 앞으로 나아갈수록 식물의 수가 줄었다.

점점 사막에 가까워지는 느낌이 든다.

역시, 비가 적게 오나?

도중에 1박을 하고, 다음 날 점심이 지나자 마을이 보였다. 저곳이 길을 알려준 아저씨가 말했던 카르스 마을이겠지.

이 마을을 넘어 더 나아가면 사막에 있는 데젤트 마을이 있다고 했다.

곰돌이를 타고 마을 근처까지 갔다.

이대로 곰돌이를 타고 마을에 들어갈 수는 없어서 사람이 보이지 않는 곳에서 곰돌이를 송환하고 마을 입구까지 걸어갔다.

그리고 입구에 서 있는 사람이 내 복장을 보더니 언제나처럼 이상한 것을 보는 눈으로 바라봤다. 뭐, 항상 있는 일이다.

"아가씨, 어디에서 왔나?"

엄청나게 수상한 눈으로 바라보고 있다.

순순히 왕도라고 이야기해야 할지 근처 마을이라고 거짓을 말해야 할지…….

애초에 곰 옷차림을 한 여자아이가 걸어오면 수상하겠지. 적어도 마차나 말이 있으면 다르겠지만.

"혹시, 유나야?"

내가 고민을 하고 있는데 나를 부르는 목소리가 들렸다.

"어머, 정말로 유나잖아?"

내 쪽으로 본 적이 있는 여자가 기뻐하며 다가왔다.

"로사 씨? 어째서 이곳에?"

내게 말을 걸어온 여자는 미릴러 마을에서 신세를 졌던 로사 씨였다. 블리츠라는 남자 모험가가 세 명의 여자를 거느리는 하렘 모험가 파티의 여성 중 한 명이다.

그렇지만 지금은 로사 씨밖에 없는 것 같다. 설마, 정이 떨어져서 헤어졌나?

나는 로사 씨 덕분에 변명하는 일 없이 마을 안으로 들어갈 수 있었다.

로사 씨에게는 감사 인사를 했다.

"그런데 어째서 유나가 이곳에 있는 거야?"

"일 때문에요."

자주 잊어버리지만 나는 모험가다. 일이라는 걸 하고 있다.

정말이다…….

"로사 씨야말로 어째서 이곳에 있는 거예요? 최근에 크리모니아에서는 보지 못했는데."

로사 씨 일행은 미릴러 마을에서 크리모니아로 간 뒤 잠시 동안 일을 했었다.

그래서 가끔 마주친 적이 있는데 요즘은 보지 못했다. 뭐, 내가 모험가 길드에 거의 얼굴을 내밀지 않았던 것도 원인이지만.

"블리츠가 여러 장소에 가고 싶다고 해서 말이야. 일을 하면서 여러 곳을 돌고 있어. 이번에도 일 때문에 이 마을에 온 거야."

로사 씨의 파티는 리더인 남자 검사 블리츠에 마법사 란, 여자 검사 그리모스 네 명이다. 남자가 한 명에 여자가 세 명이라서 나는 멋대로 하렘 파티라고 부르고 있다.

실제로 하렘인지는 알지 못하지만 누가 봐도 하렘으로밖에 안 보이니까 틀리지는 않겠지.

"다른 멤버는 없어요?"

"지금은 자유 시간이라서 개별 행동을 하고 있어. 그래서 마을 안을 산책하고 있었는데 곰 옷차림을 한 여자아이가 마을 입구에 보여서 혹시나 했지. 그랬더니 정말로 유나여서 말을 걸었어."

그녀는 귀여운 미소를 지었다.

어째서 이런 귀여운 사람이 하렘 중 한 명에 속해 있는 건지 수수께끼다.

역시 블리츠가 잘생겨서인가.

"유나, 일이라는 건 데젤트 마을에 가는 거야?"

"네, 잠깐 짐을 옮기는 의뢰를 받아서요."

순간적으로 일의 내용을 말해도 되는지 고민했지만, 그러면 의뢰인과 옮기는 물건도 알려줘야 한다고 생각해서 대충 대답했다.

"그렇구나. 그럼 사막을 지나야 하겠네. 나는 힘내라는 말 밖에 못 해주지만, 꽤 힘들어."

어쩐지 아련하게 바라보는 로사 씨.

안 좋은 일이라도 있었나?

"유나, 오늘은 이 마을에서 자고 가는 거지? 우리가 머무는 숙소를 소개해줄까?"

보통은 이 마을에서 사막을 넘는 준비를 한 후 데젤트 마을로 간다고 한다.

"그 전에 모험가 길드에 가서 데젤트 마을로 가는 방향을 물어봐야 해요."

"먼저 숙소를 확보해두는 편이 좋아. 상인들이 많이 오기도 하고 그들을 호위하는 모험가들도 있어서 숙소는 어디든지 붐비거든. 다른 사람이랑 혼숙하는 건 싫잖아."

으~ 확실히 모르는 사람과 섞여서 자는 건 싫다. 그런 곳에서는 푹 잠들 수 없다.

뭐, 방이 없으면 곰 하우스가 있으니까 적당히 마을 밖에서 자면 된다. 하지만 설치할 장소를 생각해야 하므로 그건 그것대로 귀찮긴 하다.

그런 이유로 순순히 로사 씨의 말에 따라 먼저 숙소를 확보하기로 했다.

숙소를 향해 걷고 있는데 조금 전부터 궁금한 점이 있어서 물어봤다.

"로사 씨, 저건 뭐예요?"

내 시야 너머에는 커다란 왕도마뱀이 있었다. 심지어 말처럼 고삐를 차고 있고 사람이 탄 채 마을 안을 걷고 있었다.

"저건 라가르트야."

"저 도마뱀 같은 걸 라가르트라고 해요?"

"맞아, 마물이긴 한데 점잖아서 사막을 이동할 때 타. 나도 처음 봤을 때는 놀랐지."

확실히 말을 타고 사막을 이동하는 건 불가능하다. 하지만 사막이라고 하면 낙타라고 생각했는데 이세계는 다른 모양이다. 저 도마뱀 같은 생물을 타고 사막을 이동한다고 한다.

그렇지만 저 도마뱀은 마물이었군.

잠시 확인을 위해 탐지 스킬을 사용했다. 그러자 마을 안에 무수의 마물 반응이 나타나 라가르트로 표시되었다.

정말로 마물이네. 모르는 상태로 탐지 스킬을 사용하면 무슨 일인가 싶어서 당황했을지도 모른다.

"위험하지는 않아요?"

"나도 자세한 건 모르지만, 괜찮은 모양이야. 기본적으로 점잖고 예전부터 이동수단으로 사용하고 있는 것 같으니까. 일단 나도 이 마을에 온 뒤에 얻은 지식이긴 하지만 말이야."

사막을 커다란 도마뱀으로 이동하다니 확실히 이세계 다운 교통수단이다.

조금 타보고 싶은 마음도 있지만 나에겐 곰돌이와 곰순이가 있으니 바람은 피지 않을 거다.

"그건 그렇고, 시선이 느껴지네."

응, 그건 나도 느끼고 있어요. 하지만 일부러 무시하고 있었다. 스쳐 지나가는 사람들은 우리를 바라보고 있다. 정확하게는 나만 바라본다.

"로사 씨가 미인이라서 그렇죠."

"후후, 고마워. 하지만 이 시선은 유나를 향하고 있어. 유나의 귀여운 곰 복장이 궁금한 모양이야."

그 부분은 솔직히 기묘한 옷차림이나 이상한 옷차림이라고 말해줘도 돼요. 이미 익숙하니까요.

"그래도 그런 옷차림을 했는데 덥지 않아? 보는 것만으로 이쪽이 더워져."

나는 곰 인형 옷 덕분에 쾌적하다. 로사 씨는 이마에 땀이 맺혔고 더운 듯 손바닥으로 부채질을 하고 있었다.

"특별한 옷이라 덥지 않아요."

"그래?"

"네."

강제로 납득을 시킨다.

평범하게 말하면 믿어주지 않을테니까.

시선을 받으면서 숙소로 향하고 있는데 본 적 있는 여자아이가 앞에서 다가왔다.

"역시, 유나네."

다가온 건 로사 씨와 같은 하렘 멤버 중 한 명인 마법사 란이었다.

나이는 18살 정도의 귀여운 여자아이. 이 여자아이도 블리츠의 독수에 걸린 한 명이다(제멋대로 확신).

"란, 왜 여기 있어? 쇼핑하러 간다고 하지 않았어?"

로사 씨가 란에게 물었다.

"갔어. 그런데 혼자서는 재미가 없어서 숙소로 돌아가던 참이야. 그랬더니 두 사람이 보여서 말이야. 그런데 어째서 유나랑 로사가 같이 있는 거야?"

일 때문에 이 마을에 들렀다는 것과 우연히 마을 입구에서 로사 씨와 만났다는 것을 설명했다.

"그래서 우리가 묵는 숙소를 유나에게 소개해줄까 해서 숙소로 가고 있었어."

"그럼, 나도 같이 갈래."

그런 이유로 란도 같이 숙소로 가게 되었다.

"유나는 여전한 옷차림을 하고 있네. 덥지 않아?"

같은 질문을 들어서 로사 씨에게 말한 것과 같은 내용을 설명했다.

"그런데 곰돌이는 같이 안 왔어?"

이리저리 둘러본다.

아무래도 처음 온 마을 안에서 곰을 데리고 돌아다닐 수는 없다. 놀라서 공격을 해오면 견딜 수 없다.

"곰돌이라면 이 안에 있어."

곰 인형 장갑을 뻐끔뻐끔 움직인다.

"그러고 보니 그 곰은 소환수였지."

"으으, 오랜만에 폭신함을 느끼고 싶었는데."

란은 그렇게 말하면서 내 곰 인형 옷에 몸을 비볐다.

"말랑말랑해."

결단코 내 살이 말랑하다는 게 아니다. 곰 인형 옷이 말랑한 것뿐이다.

일단 란을 떼어 놓기 위해 로사 씨에게 도움을 받았다.

하지만 좀처럼 떨어져 주지 않아서 나중에 곰돌이를 만져도 된다고 약속을 하고 떨어졌다.

곰돌아 미안해. 곰 인형 장갑 안에 있는 곰돌이에게 사과했다.

"후후, 곰돌이를 만날 수 있어. 만지작거릴 수 있어."

기뻐하는 란.

그리고 숙소에 도착해서 안으로 들어서자 1층은 술집처럼 되어 있었다. 시선을 받았지만 무시하고 카운터 쪽으로 갔다.

"어머, 두 사람 모두 돌아온 거야?"

카운터의 조금 살집이 있는 아줌마가 로사 씨와 란에게 말을 건넸다.

"다녀왔어요."

"그래서, 그 귀여운 옷차림을 한 여자아이는 누구야?"

아줌마가 내 쪽으로 시선을 돌렸다.

"저희와 같은 모험가예요. 일 때문에 이 마을에 왔는데 우연히 만났어요. 그래서 이 숙소를 소개해줄까 해서요."

"이 곰 여자애가 모험가라고?"

아줌마는 믿기지 않는다는 표정으로 나를 바라본다.

이것도 항상 있는 일이다.

"웬만한 모험가보다 강해요."

"우리가 뭉쳐도 이기지 못할걸요."

"지금까지 아가씨 같은 젊은 모험가는 본 적 있지만, 그렇게 강한 사람은 처음이야."

두 사람의 말에 다시 믿기지 않는다는 얼굴을 했다.

"정말이에요."

전원의 시선이 모여서 점점 있기 힘들어 졌다.

이대로라면 언제나처럼 내 화제가 이어질 것 같아서 특기를 발동했다.

비장의 무기, 화제 돌리기.

"저기, 그래서 방은 있나요?"

우선 방을 부탁하고 도망치기로 한다.

"그렇지, 미안. 1인실이면 되지?"

나는 고개를 끄덕였다.

멋지게 화제를 바꿀 수 있었다.

"미안해, 지금 빈방이 없어."

"어떻게 안 될까요?"

나 대신 로사 씨가 물었다.

"으음~ 그러게."

"로사 씨, 저는 다른 숙소로 갈게요."

숙소라면 다른 곳에도 있을 거다. 최악의 경우에는 곰 하우스가 있다.

"안돼, 약속."

숙소를 나서려는 나를 란이 붙잡았다.

그랬지. 곰돌이를 만나게 해주겠다는 약속을 했었지.

"그런 거라면 우리 방에 묵으면 돼."

란이 어처구니없는 말을 꺼냈다.

"란의 방에는…… 블리츠가 있잖아?"

남자와 같은 방을 쓰는 건 아무리 그래도…….

"괜찮아, 쫓아낼 테니까."

"그렇네, 그거 좋은 생각이야."

란의 아이디어에 로사 씨도 찬성했다.

"아뇨, 그건 조금 그렇죠."

"후후, 농담이야. 원래부터 다른 방을 빌렸어. 우리가 빌렸을 때 3인실이랑 1인실밖에 없어서 말이야. 나중에 4인실이 비긴 했는데. 귀찮아서 그대로 두고 있어."

"그래도 3인실이잖아요?"

"괜찮아, 유나는 작으니까 같이 잘 수 있어."

"아, 아니요. 다른 숙소에 가면 되는걸요."

"그럼 너희가 4인실로 이동할래? 아직 비어있는데."

"조금 전에는 비어있지 않다고……."

"비어있지 않은 건 1인실이고. 4인실이라면 비어있어."

"그러면 4인실로 이동시켜 줄래요? 그러면 유나도 문제 없잖아."

"저기, 저 혼자서 그 4인실을 빌려도 되는데."

돈이라면 있으니까.

무엇보다 그러는 편이 편하다.

"안 돼. 같은 방이 아니면 곰돌이를 만지작거리지 못하잖아."

그런 이유인가요.

“아줌마, 우선 3인실에서 4인실로 변경해주세요. 비용은 저희 앞으로 달고요.”

로사 씨가 방의 변경 수속을 부탁한다.

“저도 낼게요.”

“됐어. 유나에게는 그때 신세를 졌잖아.”

신세를 졌던 건 나도 마찬가지다.

그때 나 혼자서는 붙잡혀 있던 사람들을 케어할 수 없었다.

도적에게서 구출해낸 사람들에게 말을 걸고, 가족이 살해당한 사람들에게 상냥하게 대해준 것은 로사 씨 일행이다. 그때의 나는 아무것도 하지 못했다. 도적을 무찌르면 끝이라 생각했지만 그것이 전부가 아니라는 것을 알았다.

“그럼, 방은 너희가 사용하는 층의 가장 구석에 있는 방이야. 3인실을 다 비우면 열쇠는 반환하러 와주고.”

아줌마는 4인실 열쇠를 로사 씨에게 건넸다.

316 곰 씨, 데젤트 마을로 가는 법을 듣다

"유나, 그럼 방으로 가자."

숙소 아줌마에게서 열쇠를 받아든 로사 씨는 놓치지 않겠다는 듯 나의 곰 인형 장갑을 잡았다. 뒤에서는 란이 등을 잡고 있다.

도망치지 않을 테니 놔주세요.

하지만 내 마음은 통하지 않고 연행되는 것처럼 로사 씨와 란이 빌린 3인실로 끌려갔다. 방 안으로 들어서자 검을 손질하고 있는 그리모스의 모습이 있었다.

그리모스는 말수가 적은 여성이다. 여자인데도 키가 크고 커다란 검을 사용한다.

블리츠가 리더고 로사 씨가 배후의 지배자, 란이 무드 메이커라면 그리모스는 숨은 공로자 같은 느낌의 파티 구성이었다.

"그리모스, 방을 이동할 거니까 정리해."

로사 씨는 방에 들어서자마자 그리모스에게 말했다.

갑자기 그런 말을 들으면 곤란할 거라 생각했는데, 그리모스는 「알았어」라고 말하더니 검을 칼집에 넣고 다른 짐을 정리하기 시작했다.

로사 씨도 란도 짐 정리를 시작한다.

그리고 아무 일도 없었다는 듯 4인실로 이동했다.

익숙하다는 느낌이네.

방에 들어서자 침대가 같은 간격으로 4개 나열되어 있었다. 나는 가장 구석의 침대를 빌리게 됐다.

"유나, 잘 지내고 있는 것 같네."

그리모스가 짐을 두면서 말을 건넸다.

무시하고 있던 건 아닌 모양이네.

원래부터 말수가 적어서 판단하기 어렵다.

"그리모스 씨도 잘 지내는 것처럼 보이네요."

"그것만이 나의 장점이니까."

말수는 적어도 오랜만에 만난 것이 기뻤는지 웃었다.

"그럼, 유나, 슬슬 곰돌이를……."

란이 옆 침대로 다가와 곰돌이를 소환해 달라고 했다.

"미안, 지금부터 모험가 길드에 가야 하니까 돌아온 다음에 해도 돼?"

"아~, 어째서? 왜? 약속했잖아."

약속은 했지만 지금이라고는 말하지 않았다.

1년 후라도 괜찮다.

"내일 아침에는 출발하고 싶어서 데젤트 마을로 가는 법을 알아두고 싶어."

"그런 거라면 내가 알려줄게. 그러니까 괜찮지?"

확실히 가는 법을 알고 있다면 란에게 설명을 듣는 편이 수월하다.

무엇보다도 트러블을 피할 수 있다. 내가 모험가 길드에 가면 높은 확률로 시비가 걸리거나 웃음거리가 된다. 그러니까 이곳에서 란에게 듣는 편이 괜한 트러블을 일으키지 않고 끝난다.

"그러면 부탁해도 돼?"

"그런데 가르쳐준다고 해도 그다지 할 이야기가 없어."

"기본만 지키면 미아가 되지는 않을 거야."

로사 씨도 내 쪽으로 와서 란 옆에 앉았다.

미아라고 하니 이 마을에 올 때 길을 잃었던 나는 쓴웃음이 나왔다.

"우선 마을 밖에 나가면 기둥이 보일 거야, 그걸 목표로 하면 데젤트 마을에 갈 수 있어."

"기둥?"

갑자기 이상한 말을 꺼낸다.

"옛날 사람이 만든 거라던데, 사막에서 길을 잃지 않도록 데젤트 마을까지 기둥이 같은 간격으로 세워져 있어."

"원래 사막에는 길도 없고 표시가 될 만한 것이 없는데, 사막에서 유일하게 표시가 되는 게 그 기둥인 거야."

"그러니까 데젤트 마을로 갈 거면 기둥을 보면서 갈 것. 그렇게 하면 길을 잃는 일은 없어."

어쩐지 귀가 따가운 이야기다. 며칠 전에 국왕에게 길에서 멀어지지만 않는다면 헤매지 않고 마을에 갈 수 있다고 들었는데 길을 벗어나서 길을 잃었다.

"정말로 기둥을 세워준 사람에게는 감사해. 나아갈 방향에 항상 기둥이 있어서 우리도 헤매지 않고 올 수 있었어."

"로사 씨는 데젤트 마을에 간 적이 있어요?"

"호위로 딱 한 번."

"그때는 힘들었지."

어쩐지 두 사람이 아련한 눈빛을 했다.

"그리고 유나, 라가르트는 괜찮아?"

"라가르트? 커다란 도마뱀이요?"

마을 안을 걷고 있던 커다란 도마뱀을 떠올렸다.

"응, 다들 그걸 타고 데젤트 마을로 가거든. 란은 말이지, 라가르트를 무서워해."

"그 날름거리는 기다란 혀가 별로야. 유나도 탈 거면 각오하는 편이 좋아."

아무래도 란은 파충류 계열에 약한 모양이다.

나는 어떨까? 벌레 정도의 혐오감은 없지만 곰돌이와 곰순이 같은 폭신한 쪽이 좋다.

"저는 곰돌이를 타고 갈 거라 라가르트는 안 탈 거예요."

"곰으로 사막을 이동한다고?!"

"그런데요?"

내 말을 들은 두 사람은 놀랐다. 뭐, 보통은 곰으로 사막을 이동할 수 있을 거라 생각하지 않겠지.

"곰돌이가 불쌍해."

"무모해."

"제 곰은 소환수라서 괜찮아요."

걱정하게 만들었지만 우리 아이(곰)는 우수해서 눈 속에서든, 사막 속에서든 어디든 괜찮다.

"그래?"

"부럽다. 나도 곰돌이가 있으면 좋겠어."

란이 부러워했지만 주지 않을 거다.

"그럼, 그 기둥을 목표로 하면 데젤트 마을에 도착한다는 거네요."

"응, 모험가 길드에 가도 같은 말을 들을 거야."

"그 이외에 가는 방법은 없기도 하고……."

그러면 문제는 지나쳐가는 사람들의 대처 정도일까. 먼 곳에 기둥이 세워져 있는 거라면 다소 떨어져도 괜찮을 것 같은데, 괜찮은가?

"그리고 기둥에는 마물 퇴치 마법이 걸려 있다고 하니까 휴식을 취하려거든 기둥 근처에서 하면 좋아. 우리도 길드에서 듣기만 해서 정말로 그런지는 모르지만, 이동하는 사람들도 모두 휴식이나 야영을 할 경우에는 기둥 근처에서 해."

"뭐, 실제로 기둥에 있어도 마물과 만났다는 이야기도 들었으니 반신반의지만 말이야.”

“우리 때는 나의 평소 행실이 좋아서 한 번도 마물이 나타나지 않았지.”

어째서인지 란이 자신에 차서 그렇게 말했다.

그렇지만 마물 퇴치가 되어있는 건 이동하는 사람에게 있어서는 도움이 된다고 생각한다.

심지어 사막은 이동이 어렵고 덥지 않은가. 그런 와중에 마물과 싸우고 싶지 않다.

“기둥과 기둥 사이는 마물과 만날 확률이 높으니까 조심하고.”

로사 씨와 란의 설명이 끝났다. 생각했던 것보다 간단하게 목적지에 도착할 것 같다.

나머지는 곰돌이와 곰순이가 사막에서도 문제 없는가 정도이다.

“고마워, 도움이 됐어.”

“그럼, 얼른 곰돌이를…….”

똑똑.

란이 내게 다가오는데 누군가 문을 두드렸다.

“다들, 안에 있어?”

문밖에서 남자가 물어온다.

어디선가 들은 적 있는 목소리다.

“있어~. 들어와도 돼.”

로사 씨는 망설임 없이 문을 향해 큰 목소리로 대답했다. 그러자 문이 열리고 이 파티의 리더인 블리츠가 들어왔다.

"곰 옷차림을 한 여자아이랑 같이 4인실로 옮겼다고 들어서 혹시나 했는데, 역시 유나구나."

방에 들어온 블리츠는 나를 봤다.

"그래서, 왜 유나가 이곳에 있고 같은 방이 된 거야?"

"유나는 일 때문에 마을에 왔대. 그래서 우리 숙소를 소개해줬는데 1인실이 없어서 말이야. 4인실이라면 비어 있다기에 다 같이 옮긴 거야."

"설마, 질투? 오늘 블리츠가 있을 곳은 없어."

란이 히죽 웃으면서 블리츠를 바라봤다.

"그런 거 아니야. 나는 이유를 알고 싶었을 뿐이라고. 아무튼 리벨 씨가 얼른 열쇠 돌려달래."

"아아, 잊고 있었다."

로사 씨가 서둘러 일어선다.

이야기의 흐름에서 보면 리벨 씨라는 건 조금 전 아줌마의 이름인 건가?

"그리고 저녁은 어떻게 할 거야? 슬슬 복잡해질 거야."

"이런, 벌써 그런 시간이야?"

밖을 보자 조금 어두워져 있었다.

아무래도 이야기를 나누는 사이에 시간이 꽤 흐른 모양이다.

"곰돌이는? 아직 만지지 못했는데."

"란, 그건 식사하고 나서."

"에~~."

"그리모스, 란을 끌고 가. 그리고 자리 확보도 부탁할게."

"알았어."

그리모스는 키가 작은 란을 가볍게 들어 올렸다.

"잠깐, 갈 테니까 놔줘~."

그리고 두 사람은 방에서 나갔다.

"유나도 가자."

로사 씨는 내 팔을 잡아당겼다.

거절할 이유도 없으니 같이 식사하게 되었다. 로사 씨는 1층으로 내려가서 아줌마가 있는 곳에 열쇠를 돌려주러 갔다. 나는 블리츠와 함께 자리를 확보해준 그리모스가 있는 곳으로 갔다. 원형 테이블에는 이미 그리모스와 란이 앉아있었다.

어디에 앉으면 좋을지 고민된다. 하렘 파티면 순위가 있어서 파티 중의 순위가 높을수록 남자 옆에 앉을 수 있다고 들은 적이 있다.

그러니 내가 블리츠 옆에 앉을 수는 없다.

블리츠가 그리모스 옆에 앉았다. 그렇게 되면 필연적으로 블리츠의 다른 한쪽이 되는 빈자리에는 로사 씨가 된다.

나는 결론을 내리고 란 옆에 앉았다.

"유나, 지금 이상한 생각하지 않았어?"

"그렇지 않은데요."

블리츠에게 속마음이 읽혔다.

"사람의 얼굴을 보고 앉았잖아."

"기분 탓이겠죠."

눈을 피하며 넘겼다.

블리츠가 의심하듯 바라봤지만 도움의 여신이 찾아왔다.

"기다렸지? 요리도 적당히 주문해뒀어."

로사 씨가 나와 블리츠 사이에 있는 의자에 앉는다.

그와 동시에 한 명의 남자가 다가왔다.

"블리츠, 결국 꼬맹이한테까지 손을 뻗은 건가."

내 쪽을 보면서 말하는데 꼬맹이라니 누구?

"아니야, 이쪽은 아는 사이야. 그리고 충고하는데 그 여자를 놀리지 않는 편이 좋을 거야."

"뭐야, 아니야? 무조건 여자를 늘렸다고 생각했는데. 심지어 이상한 옷차림을 하고 있고……."

꼬맹이라고 하질 않나, 이상한 옷차림이라는 등 실례되는 남자다. 그렇지만 나는 어른이기 때문에 이 정도로 화내지 않는다.

"저기, 유나, 그는 이 마을의 모험가인 드란이야. 입은 험하지만 마을을 순찰하기도 하는 좋은 사람이야."

"블리츠는 세 명의 예쁜 여자를 독점하고 있어서 다들 질투하거든. 그래서 가끔 상황을 보러 와. 그랬더니 곰 옷차림을 한 여자아이가 늘어나 있어서 트러블이 생기기 전에 말을 건 거야."

"남이 들으면 오해하겠어. 유나는 로사가 데리고 왔잖아. 나는 상관없어."

"다른 사람이 보면 네 녀석이 둘러싸여 있는 것처럼 보여."

즉, 나도 블리츠의 하렘 멤버 중 한 명으로 보인다는 건가. 무례하기 짝이 없다.

"블리츠가 말한 대로야. 그녀와는 전에 함께 일했던 것 뿐이야. 그때 여러 가지로 신세를 졌었어."

"신세를 졌다고? 반대 아니야?"

"보통은 그렇게 생각하겠지. 하지만 아니야. 그녀는 나보다도 강한 모험가니까."

"농담이지?"

드란은 웃었다.

믿지 않네.

"일단 그쪽의 이상한 옷차림을 한 여자아이가 네 녀석의 여자가 아니라는 건 알았어. 그렇지만 방에 끌어들이는 행동 같은 건 하지 마."

"안 할 거니까 저쪽으로 가!"

"알았어, 알았다고."

드란은 웃으면서 사라졌다.

317 곰 씨, 모두와 곰으로 힐링하다

“후후, 아무래도 유나가 블리츠의 독수에 걸렸다고 생각해서 걱정해준 모양이야.”

“입이 험해.”

확실히 입이 험하긴 하다. 블리츠가 많은 여자를 거느리는 건 자유지만 그 안에 나를 집어넣지 말아주길 바란다. 그런 눈으로 쳐다보는 건 도저히 참을 수 없다.

블리츠도 작은 목소리로 꼬맹이에겐 흥미 없다는 듯 말하고 있는데, 내 귀에는 들린다.

한 대 때리고 싶지만 나도 어른이다. 여기선 참도록 하자.

게다가 란도 나만큼은 아니지만, 작잖아.

“유나, 왜?”

내가 란을 보고 있자 수상하게 여긴 란이 말을 걸어왔다.

“란은 젊구나, 라고 생각했어.”

“뭐, 이 파티 멤버 중에서는 가장 어리니까.”

“란은 18살이었던가.”

“맞아.”

응, 도저히 18살로는 보이지 않아. 입 밖으로 꺼내진 않겠지만…….

앞으로 3년 남았다. 나도 그 무렵에는 란의 키를 넘어서 로사 씨 정도는 되어있을 거다.

"란, 어린 걸 자랑하는 것도 좋지만, 이제 곧 20대야."

"앞으로 2년 남았으니까 괜찮아."

두 사람이 작은 신경전을 벌이고 있는데 맛있어 보이는 요리가 나왔다.

그러고 보니 음식 값은? 그렇게 생각해서 로사 씨에게 묻자 「우리가 낼 테니까 걱정하지 마」라고 했다.

"그래, 신경 쓰지 마. 어차피 그 작은 몸으로 먹는 양도 뻔해. 유나가 우리의 몇 배를 먹는다면 청구하겠지만 그만큼은 안 먹잖아."

"그렇게는 못 먹어요."

맛있는 걸 먹는 건 좋아하지만 위장의 크기는 평범하다.

"그러면 많이 먹고 커야지."

뭐야, 이 어른이 어린애한테 할 법한 대사는…….

나는 어른이고 원해서 작은 게 아니다.

"많이 먹고 크지 않으면 란처럼 될 거야."

"잠깐, 나는 작지 않아."

란은 자신의 이름이 나오자 부정했지만 내가 봐도 란은 작은 것 같다.

나보다 키는 크지만 내가 따라잡지 못할 차이는 아닌 것 같은데?

나는 15살. 아직 성장의 여지는 남아있다. 그에 반해 란의 성장기는 슬슬 끝일 거다.

란은 몸을 일으켜 옆에 있는 블리츠를 때리려 했다. 하지만 블리츠는 란의 머리를 눌러 꼼짝 못하게 했다.

"으~, 놔~."

"이런 식으로 되지 않으려면 많이 먹고 커야 한다."

"아까 방에서 놀린 걸 복수하는 거지? 블리츠, 쪼잔해."

"그런 거 아니야."

블리츠는 웃는 란의 얼굴을 더욱더 강하게 눌렀다.

"잠깐, 아파."

그런 란을 보고 모두가 웃었다.

그 후 란도 점잖아졌고 블리츠에게서 해방되었다. 란은 볼을 부풀려 화를 냈지만 음식을 먹기 시작하더니 잊은 듯 대화를 했다.

"그런 이유로 유나에게는 데젤트 마을로 가는 방법을 알려준 거야."

란과 로사 씨가 간단하게 지금까지의 경위를 설명했다.

"그럼, 유나는 내일 아침에 출발하는 건가?"

"조금 서둘러야 해서요."

"원래는 우리도 따라가 주고 싶은데."

로사 씨는 란에게 시선을 보냈다.

"란은 라가르트를 못 타거든."

"아니, 로사도 더운 거 싫어하잖아."

"그 더위는……."

"라가르트는……."

두 사람은 서로의 얼굴을 마주보더니 쓴웃음을 지었다.

아무래도 란은 라가르트에 약하고 로사 씨는 더위에 약한 모양이다.

"블리츠 씨랑 그리모스 씨는 괜찮아요?"

"아니, 그 더위는 꽤 힘들어. 게다가 그 아무것도 없는 모래 길을 걷는 건 고통스러웠어. 계속해서 기둥을 목표로 나아가는 건 나에게는 맞지 않아."

"참으면 어떻게든 돼."

그리모스도 무표정으로 대답했지만 약한 것 같다.

뭐, 내가 사막을 보고 싶다고 생각하는 이유는 곰돌이와 곰순이가 있고, 곰 장비와 곰 하우스가 있기 때문이라고도 할 수 있다.

아무것도 없는 상태라면 가고 싶다고 생각하지는 않을 거다.

내 빈약한 몸으로는 사막을 건너는 일 같은 건 할 수 없을뿐더러 그 마을에 도착할 수 있을지도 모른다. 겉모습은 이래도 곰 장비와 곰돌이와 곰순이에게는 감사한다.

"블리츠 씨 일행은 어째서 이 마을에 있는 거죠? 더운 게 싫으면 다른 곳으로 가면 될 텐데."

"이 마을은 호위의 일이 많은데 주변 마물 퇴치 의뢰도 있어. 모처럼 여기까지 왔으니까 구경도 겸해서 일하고 있지."

"그렇지만 우리도 며칠 후에는 마을을 나갈 예정이야."

"아무래도 이 마을에서 장기간 일을 할 생각은 없으니까 왕도로 돌아갈 거야."

"그럼, 앞으로는 왕도에서 일하는 거예요?"

내 물음에 로사 씨는 고개를 저었다.

"딱히 거점은 정하지 않았어. 왕도를 중심으로 이곳저곳을 가는 느낌이라고 해야 하나."

"호위로 이동하면 일석이조이기도 하고."

"여러 마을에 갈 수 있어서 즐거워. 가끔 귀찮은 사람도 있지만."

그건 동의한다. 엘레로라 씨라든가 국왕이라든가 엘레로라 씨. 그녀는 좋은 사람이긴 하지만 가끔 귀찮다. 같은 인물이 두 번 머릿속에 떠올랐는데, 분명 기분 탓일 거다.

새로운 장소에 가는 건 즐거울지도 모르지만 모르는 것이 많아서 위험하다. 길을 잃거나 그곳에 마물이 있거나 등의 일이 일어난다.

그렇지만 이 일행은 내가 아는 만화와 소설에 등장하는 이상적인 모험가의 삶을 살고 있다. 게다가 처음 만났을 때도 스스로 도적 퇴치를 하려고 하는 좋은 사람이고, 만화나 소설이라면 블리츠가 주인공인 작품이 만들어질지도 모르겠다. 타이틀은『치트는 없지만 하렘으로 모험한다!』와 같은?

하렘을 좋아하는 사람에겐 잘 팔릴지도…….

그런데 로사 씨 일행은 왕도로 돌아가는구나.

"조심해서 돌아가세요."

"후후, 고마워. 그래도 블리츠랑 란, 그리모스가 있으니까 괜찮아."

"아무리 그래도 크라켄이 나오면 쓰러뜨리지 못하지만, 파티 멤버 정도는 지켜낼 거야."

블리츠가 멋있는 대사를 뱉었다.

"믿고 있어."

어쩐지 애인 자랑으로 바뀌어 간다.

왠지 모르게 함께 있는 이유를 조금 알 것 같았다. 확실히 블리츠는 모두를 생각하는구나.

애인 자랑을 지적하기 전에 식사를 마치고 방으로 돌아갈 수 있었다. 조금 더 식사가 이어졌다면 애인 자랑을 들어야 하는 상황이었다. 위험했다.

참고로 방에는 블리츠는 없다. 블리츠는 쓸쓸하게 1인실로 향했다.

방으로 돌아온 우리는 물에 젖은 수건으로 땀을 닦았다.

이 방에는 욕실이 없고 밖에는 목욕탕 같은 곳이 있다고 한다. 하지만 로사 씨와 다른 사람은 오늘은 타올로 닦기만 한다고 했다.

뭐, 나도 곰 인형 옷 덕분에 땀이 나지 않았으니 다른 사람들처럼 닦았다.

조금 말끔해진 나는 자려고 했다.

"그럼, 내일 일정이 빠르니까 잘게요."

나는 가장 구석의 침대로 이동했다.

자는 옷차림은 하얀 곰이 아니라 검은 곰인 그대로다. 곰 하우스가 아니고 크리모니아도 아닌 미지의 땅이다. 무슨 일이 일어났을 때를 대비해 갈아입지 않았다.

"잠깐, 곰돌이는?"

란이 자려고 하는 내 쪽으로 와서 항의한다.

아쉽군, 아무래도 기억하고 있던 모양이다.

"얼른, 빨리, 약속했잖아."

뭐, 호위로 호출할 생각이었으니까 상관없지만…….

커다란 곰돌이를 소환할 공간은 있지만 역시 큰 상태로 소환하면 방이 좁아져 버린다. 그러니까 꼬맹이화 한 곰돌이를 소환했다.

침대 위에 곰돌이가 나타났다. 그 순간 란이 눈을 크게 뜨고 곰돌이를 놀란 눈으로 바라봤다.

"뭐, 뭐야, 이 귀여운 곰은? 곰돌이의 아이야?"

"아니, 곰돌이야."

"어? 그렇지만 작잖아."

나는 곰돌이가 작아질 수 있다는 사실을 설명했다.

란은 곰돌이를 들어 올렸다.

"크~응."

"울잖아."

살아있으니까 울겠지.

란은 곰돌이를 끌어안더니 침대로 쓰러졌다.

"폭신해. 부드러워. 역시 라가르트보다 곰이야."

아니, 야생의 곰은 위험하다니까.

어쩐지 얼마 전에도 같은 말을 했던 것 같은데…….

점점 이 세계의 곰의 상식을 바꿔버리고 있는 기분이 든다.

언젠가 야생의 곰을 쓰다듬으려고 하다가 공격을 당하는 사람이 나올까 봐 무섭다. 그렇게 되지 않도록 빌자.

"란, 나도 곰돌이 빌려줘."

"아직, 폭신폭신이 부족해서 안 돼."

로사 씨가 부럽다는 듯 란을 바라봤다.

어쩔 수 없다.

나는 하얀 곰 인형 장갑에서 곰순이를 소환했다.

침대 위에 소환된 곰순이는 내 쪽으로 다가왔다.

"뭐, 뭐야? 그 하얀 곰은?!"

란이 곰돌이를 끌어안은 채 곰순이를 봤다.

"그러고 보니, 크리모니아에 있었을 때 소문으로 들었어. 유나에게는 두 마리의 곰 소환수가 있다고 말이야."

"그래요?"

"응, 모험가가 이야기하는 걸 들은 거지만."

로사 씨가 내 쪽으로 다가왔다.

"저기, 안아도 될까?"

"괜찮아요."

그러기 위해서 소환했다.

로사 씨도 기뻐하며 곰순이를 끌어안았다.

"후후, 어쩐지 내가 란은 아니지만, 귀엽네."

"나한테는 곰돌이가 있으니까 상관없어. 그렇지, 곰돌아?"

란은 강하게 곰돌이를 끌어안았다.

곰돌이는 괴로워하지만 저 정도라면 괜찮지?

"그래서, 이 아이의 이름은 뭐라고 해?"

"곰순이에요."

"곰순이, 귀여운 이름이네."

로사 씨도 곰순이를 끌어안았다.

사실은 얼른 자고 싶었는데 약속이라서 어쩔 수 없다.

"저기, 유나. 작게 만들 수 있다면, 크게 만드는 것도 가능하지?"

"가능해."

"그럼, 크게 만들어줘."

뭐, 괜찮을까.

"침대 위에서는 좁으니까 바닥에 내려줄래?"

내가 부탁하자 란은 바닥에 곰돌이를 내려놓았다.

나는 곰돌이를 보통 크기로 되돌렸다.

"대단해, 정말로 커졌어."

란은 커진 곰돌이에게 뛰어들었다.

방이 그다지 넓지 않은데 곰돌이의 등에 올라탔다. 애도 아니고.

"유나, 곰순이도 해줄래?"

로사 씨, 당신마저…….

어쩔 수 없어서 곰순이도 크게 만들었다.

로사 씨도 기뻐하며 곰순이에게 안겼다.

한순간에 방의 밀도가 오른다.

"내가 란은 아니지만, 라가르트 보다 좋아."

"그렇지."

내 곰돌이와 곰순이를 도마뱀이랑 비교하지 않았으면 좋겠다.

그리고 두 사람이 만족할 때까지 만지작거리는 시간은 이어졌다. 도중에 꼬맹이로 되돌렸는데 두 사람은 침대 위에서 안고 있다.

"으으, 더워."

란은 그렇게 말하면서도 곰돌이를 안고 있었다.

크면 더위가 배로 증가하니까 작게 만들었는데 그래도 더운 모양이다.

그렇지만 란은 차가운 물을 마셔가면서 포기하지 않았다.

곰순이는 로사 씨와 그리모스에게 번갈아 안겨졌다.

"저기, 슬슬 자고 싶으니까 두 사람 모두 괜찮을까?"

내일은 일찍 일어나야 하니까 이제 자고 싶다. 그래서 두 사람에게 부탁했다.

"아~, 아직 부족해."

아니, 이미 충분하잖아.

도대체 언제까지 만지작거릴 작정이야?

"자, 그런 말 하지 말고 곰돌이를 유나에게 돌려줘."

싫어하는 란에게 말하면서 로사 씨는 곰순이를 돌려줬다. 곰순이는 기뻐하며 내 쪽으로 다가와 무릎 위에 앉았다.

그 모습을 보고 있는 곰돌이가 부러워하고 있었다.

"어서, 곰돌이도 유나에게 가고 싶어 하잖아."

이건 찬스일지도? 나는 곰돌이에게 「곰돌아, 쓸쓸해하면서 울어」라고 생각하며 눈으로 말했다.

그러자 곰돌이는 「크~응」 하고 내 쪽으로 돌아가고 싶은 듯 울었다.

"으으."

란이 곰돌이와 나를 번갈아 본다.

『곰돌아, 한 번 더 밀어붙여.』

곰돌이는 한 번 더 내 쪽을 보고 「크~응」 하고 쓸쓸하게 울었다.

"으으, 귀여워……. 알았어. 하지만 다음번에 크리모니아에 가면 한 번 더 만지작거리게 해줘."

란은 곰돌이의 연기에 속아서 아쉬운 듯 곰돌이를 넘겨줬다.

내가 곰돌이를 받자 곰돌이는 내게 안겨들었다.

훌륭한 연기자가 되겠는데? 나는 곰돌이의 머리를 쓰다듬었다.

"그럼, 불 끌게."

지금까지 조용히 있던 그리모스가 벽에 있는 마석을 만지자 방의 불이 꺼졌다.

"유나, 약속이야?"

옆 침대에서 란의 목소리가 들려왔다.

뭐, 크리모니아로 왔을 때 정도는 괜찮을까.

내가 눕자 좌우에서 곰돌이와 곰순이가 다가와 안기듯 잠을 청했다.

위험한 일이 일어날 것 같으면 깨워줘.

나는 좌우에서 자는 곰돌이와 곰순이를 끌어당겨 안았다.

"으으, 부러워."

옆에서 목소리가 들려왔지만 무시하고 자기로 한다.

318 곰 씨, 데젤트 마을을 향해 출발하다

으음~ 어쩐지 잠자기 불편하다.

무언가에 몸이 눌리는 느낌이 든다.

내가 천천히 눈을 뜨자 란이 나와 곰돌이를 함께 끌어안고 자고 있었다.

"폭신폭신……."

아니, 폭신폭신이 아니라.

그런데 왜 란이 내 침대에서 자고 있지?

곰돌이는 우리 사이에 껴있으면서도 기분 좋게 자고 있었다.

반대쪽을 봤다. 순간 로사 씨까지 있는 건가, 라고 생각했지만 곰순이가 나에게 안겨 잠들어 있었다.

곰돌이와 곰순이에게는 위험이 있으면 깨워달라고 부탁했는데, 아무래도 란이 나의 침대에 침입해오는 건 위험하다고 인식하지 않은 모양이다.

뭐, 실제로 자기만 하는 거라면 위험하지 않다. 하지만 내가 자기 어려울 뿐이다.

이 세상에는 여자아이를 좋아하는 여자아이도 있다. 하지만 란의 경우에는 블리츠가 있으니까 그건 아닌 것 같은데……. 혹시라도 그런 일이 있으면 제대로 지켜줘. 나는 자고 있는 곰돌이와 곰순이의 머리를 쓰다듬었다.

우선 란의 손에서 도망치기로 했다. 란이 잡고 있는 손을 놓고 침대에서 탈출했다.

그리고 무사한 곰순이를 원래 란이 자고 있던 옆 침대로 이동시킨다. 다음은 곰돌이를 란에게서 구출하려고 했지만 끌어안고 놓으려 하지 않는다.

어쩌면 좋을지 생각했는데 곧바로 떠올랐다. 곰돌이를 송환하고 한 번 더 소환하면 된다.

나는 곰돌이를 송환하고 곧바로 소환했다. 무사히 곰돌이를 란에게서 구출할 수 있었다.

응, 이러면 괜찮겠지. 내가 란이 원래 자고 있던 침대 쪽에서 자려고 한 순간, 란이 잠꼬대를 했다.

"으~ 폭신폭신이……."

란이 슬픈 잠꼬대를 하며 손으로 쓸쓸한 듯 무언가를 찾고 있다.

"으~ 곰돌이~."

역시 찾는 건 곰돌이었던 모양이다. 손이 열심히 곰돌이를 찾고 있다.

그렇다고 해서 곰돌이를 줄 수는 없다. 나는 좋은 방법을 떠올렸다.

곰 박스에서 곰돌이 인형을 꺼내 란의 손이 닿는 곳에 두었다. 그러자 란의 쓸쓸해하던 손이 곰돌이 인형을 잡고 「폭신폭신한 거다~」라고 말하고 잠잠해졌다.

응, 괜찮은 모양이다. 이것으로 모두가 행복해졌어.

나는 한 번 더 잠이 들었다.

이른 아침, 곰돌이와 곰순이가 나를 깨웠다.

벌써 아침이야? 조금 전 막 잠들었다고 생각했는데. 밖은 조금 어두웠지만 해가 뜨고 있는 모양이다. 오늘은 서둘러 출발하기 때문에 일찍 일어나기로 했었다.

상반신을 일으키고 옆 침대를 봤다. 란이 기분 좋게 곰돌이 인형을 안고 혼자서 자고 있었다. 인형인 것을 알아차리지 못하고 혼자서 잔 모양이다.

그 반대쪽에는 로사 씨, 문 근처의 침대에는 그리모스가 자고 있다.

우선 두 사람을 깨우지 않도록 곰돌이와 곰순이를 송환했다.

"유나, 일어났어?"

로사 씨가 옆 침대에서 몸을 일으켰다.

아무래도 깨워버린 모양이다.

"좋은 아침이에요."

"좋은 아침, 그런데 왜 유나가 옆에서 자고 있는 거야?"

나는 란이 자는 침대로 시선을 보냈다.

원래는 내가 자던 침대다.

"폭신폭신……."

란이 곰돌이 인형을 안고 자고 있었다.

"……란."

란의 잠꼬대에 로사는 어이없는 얼굴이 된다.

나는 어젯밤에 있던 일을 간단하게 설명했다.

"유나, 미안해. 저 애도 오랜만에 유나랑 곰돌이를 만나서 기뻤나 봐. 우리는 여러 곳을 다니잖아. 그래서인지 다른 마을에서 지인을 만나면 기쁘거든. 무엇보다 크리모니아에서 떨어진 이런 곳에서 만날 줄은 몰랐으니까 괜히 더 그래."

분명 이곳은 크리모니아에서 오려면 멀다. 나는 곰 이동문과 곰돌이와 곰순이가 있으니까 간단하게 올 수 있지만 모두는 힘들었을 거다. 그렇게 먼 곳에서 만났으니 기쁠지도 모른다.

이러니저러니 해도 나도 로사 씨 일행과 만난 건 기뻤다.

"그러니까 란을 용서해 줘."

"딱히 화나지 않았어요. 화났으면 밤중에 때려서 깨웠겠죠."

게다가 인형을 건네주지 않았을 것이다.

"후후, 고마워. 그럼 두 사람을 깨워서 식사하러 가자."

로사 씨는 그리모스를, 나는 란을 깨웠다.

"곰돌아, 좋은 아침……?"

란이 곰돌이 인형을 보고 굳었다.

"뭐, 뭐야 이거?"

"곰돌이 인형이야."

"인형?"

란이 다시 곰돌이 인형을 만졌다.

"정말이네. 인형이잖아. 어째서 내가 인형 같은 걸 안고 있는 거야? 분명 곰돌이를 안고 있었는데."

"곰돌이 대신이야."

"어느새……."

란은 곰돌이 인형을 만지작거렸다.

"유나, 그런 것도 가지고 있었구나."

"아이들에게 인기가 많아요."

"그러면 진짜 곰돌이는?"

란은 인형을 안고 이리저리 곰돌이를 찾았다.

"이미 송환했어."

"그, 그런……."

풀이 죽는 란.

"그리고 멋대로 내 침대에 잠입하지 말아 줘."

"그렇지만, 곰돌이가 나를 부르고 있었는걸."

금방 들킬 거짓말을……. 나는 꼬맹이화 시킨 곰돌이를 소환했다.

"곰돌아, 란을 불렀어?"

곰돌이는 「크~응」 하고 울면서 고개를 저었다.

"부정하고 있는데?"

"으으, 곰돌아."

"처음 봤을 때도 생각했지만, 사람의 말을 이해하는구나."

대화를 듣고 있던 로사 씨가 신기하게 곰돌이를 바라봤다.

"뭐, 평범한 곰과는 다르니까요."

신님에게 받은 특별한 곰이다.

어쩌면 신수 같은 존재인가?

곰돌이의 얼굴을 봤다. 귀여운 얼굴이다. 전혀 신수로는 보이지 않는다.

"그리고 인형도 돌려줘."

"뭐어? 주는 거 아니었어?"

"안 줄 거야."

처음부터 아이들을 위해 만든 인형이다. 란에게 주기 위해 만든 게 아니다.

"줘도 되잖아."

란이 곰돌이 인형을 놓으려 하지 않았다.

뭐, 많이 가지고 있으니 줘도 상관은 없지만…….

"그럼, 줄 테니까, 소중히 다뤄줘."

"유나, 고마워."

기쁘게 곰돌이 인형을 껴안았다.

"란, 좋겠다."

로사 씨가 부러운 듯 란을 보고 있다.

"로사 씨도 가지고 싶으세요?"

"괜찮아?"

내 말을 듣고 기뻐했다. 나는 곰순이 인형을 꺼내 로사 씨에게 건넸다. 이것으로 한 세트다.

"곰순이도 있구나."

"그리모스는?"

일단 확인한다.

"나는 괜찮아."

그렇겠죠~.

인형 소동이 끝나고 식사를 하기 위해 1층으로 내려갔다.

블리츠의 모습은 없다. 아직 자고 있나?

세 사람은 깨우러 가지 않아도 괜찮은 거야?

"그러고 보니 물어보는 걸 잊었는데, 사막은 어떤 마물이 나와요?"

게임에서도 사전 정보는 중요하다.

미리 준비할 필요가 있다. 그렇다고 해도 나에게는 곰 장비밖에 없다. 어떤 마물이 있는지는 알아둬서 손해는 없으니까.

"이야기하지 않았던가? 발견되는 건 샌드 울프와 샌드 웜 정도였어. 마주친다면 샌드 울프 정도일 거라 생각해."

샌드 울프는 울프와 같은 과겠지. 모피가 다른가?

샌드 웜은 웜이라고 보면 되나? 그래도 전에 무찌른 웜이 많이 있을 거라 상상하니 그것만으로 기분이 안 좋아지는데.

울프는 봐줄 수 있다. 웜은 기분이 나빠서 발견하면 즉시 토벌이다.

음, 피나에게 줄 기념품으로 가지고 돌아가는 게 나을까?

"그렇지만 샌드 웜은 조심하는 편이 좋아."

조용히 있던 그리모스가 입을 연다.

"그렇지. 샌드 웜은 지면에 잠입해 있어서 알아차리는 게 느리면 치명상을 입을 수도 있어. 이야기에 따르면 샌드 웜이 모래 안에서 움직일 때 진동이 느껴진다고 하니까, 그걸 신경쓰면 될 거야."

탐지 스킬도 있고 곰돌이와 곰순이가 있으니 괜찮으려나?

"그리고 그 외에도 마물을 목격했다는 정보가 있는 모양인데, 다 소문이었어."

"소문이요?"

"미안, 나도 자세히는 듣지 못했어. 뭐, 기둥을 목표로 가다 보면 샌드 울프 정도만 마주칠 테니 괜찮아."

로사 씨, 알고 있나요? 그런 걸 우리 쪽 세계에서는 플래그를 세웠다고 한답니다.

하지만 플래그는 꺾이는 거라고도 한다.

"뭐, 유나라면 마주친다 해도 괜찮겠지."

"그 괴물을 쓰러뜨릴 정도니까."

크라켄에 관해 이야기를 하고 있지만 발설하지 말라고 해뒀다.

미릴러 마을에 함구령이 내려져 있는 것을 알고 있어서 구체적으로는 말하지 않았다.

"그래도 방심은 금물이야."

두 사람의 낙관적인 말에 그리모스가 주의를 주었다. 확실히 그렇다. 아무리 곰 장비가 있어도 조심하지 않으면 발 쪽을 물릴 수도 있다.

"그리모스 씨, 고마워요. 조심할게요."

그리고 식사도 마치고 마물 정보도 얻었으니 출발하기로 했다.

"그럼, 블리츠 씨에게 인사 전해줘요."

결국, 블리츠는 나오지 않았다.

설마 어제의 모험가가 말했던 대로 여자를 데리고 가서…….

그런 생각을 하는데 졸려 하는 블리츠가 내려와 비어있는 의자에 앉았다.

"아아, 졸려. 이럴 줄 알았으면 술 같은 거 마시지 않는 건데."

"늦게까지 마셨던 거야?"

로사 씨가 물이 든 컵을 건네주면서 묻는다.

"응, 드란이 같이 마시자고 해서……."

그렇군, 그래서 일어나는 게 늦었던 거로군.

"유나, 벌써 가는 거야?"

"네."

"너라면 괜찮겠지만, 조심해서 가."

"고마워요. 위험한 마물이 나타나면 곰돌이와 곰순이를 타고 도망칠 거예요.”

정말로 위험한 상황이면 곰 이동문으로 도망치는 방법도 있다.

“곰돌이를 다치게 하지 마.”

란도 걱정해주지만 거기선 나를 걱정하라고.

“다음에 크리모니아로 생존을 확인하러 갈 테니까, 행방불명이 되어있지 말라고.”

“후후, 블리츠는 다음에 크리모니아에서 만나자는 말을 하는 거야.”

“솔직하게 말하면 되는데.”

“조용히 해.”

블리츠는 옆에 앉은 란의 볼을 잡아당겼다.

“아, 아파.”

주위에서 웃음이 일어난다.

블리츠와도 인사를 마쳐서 나는 출발했다.

로사 씨 일행과 헤어진 나는 마을 입구를 향해 걸었다. 이른 시간인데도 도마뱀을 타고 있는 사람들이 많이 있었다. 지금부터 출발하는 건가?

로사 씨의 이야기로는 온도 때문에 해가 뜨기 전에 출발하는 사람이 많다고 했다.

마을 문에 다다르자 문을 경비하고 있는 남자가 졸려 하며 서 있었다. 그리고 나를 발견한 남자는 충격을 받은 건지 눈을 크게 뜨고 나를 바라봤다.

보통이라면 길드 카드를 수정판에 대고 나가기만 하면 되지만, 남자에게 가로막혔다.

"아가씨, 그 옷차림은 뭐지?"

"곰 옷차림인데요."

정색해봤다.

이 이외에 대답할 방법도 없고…….

"그렇군, 곰 옷차림이군."

빤히 보고 있지만 신경 쓰지 않고 밖으로 나가려 했다.

"아가씨, 이렇게 일찍 어디에 가는 거야? 밖은 위험해."

뭐, 탈 것도 없이 곰 옷차림의 여자아이가 밖으로 나가려 한다면 저지하겠지.

내가 나가려는 입구는 들어온 곳과는 반대 쪽이었다.

이 너머에는 사막이 펼쳐져 있고 데젤트 마을까지는 아무것도 없다.

"산책하러?"

그렇게 거짓말을 해봤다.

"산책? 혼자서? 그런 차림으로? 이런 시간에?"

역시 의심받겠지.

딱히 도망치듯 빠져나가도 상관없지만 나 때문에 조사대를 만들어도 곤란하다.

어떻게 할지 내가 곤란해하고 있는데 귀에 익은 목소리가 들렸다.

"아아, 역시 붙잡혀 있어."

"예상대로……."

"……."

소리가 들린 쪽을 보자 분명 조금 전에 헤어진 로사 씨와 란 두 사람이 있었다.

두 사람이 미소를 지으면서 나를 바라보고 있다.

"로사 씨?"

"유나가 찾아왔을 때를 떠올렸거든. 어쩌면 입구 쪽에서 저지당하지 않을까 해서 상황을 보러 왔어."

네, 보기 좋게 못 나가고 있었습니다.

"그 여자아이는 모험가니까 괜찮아요."

로사 씨는 경비하는 남자에게 설명해준다.

"모험가?"

남자는 믿기지 않는 표정으로 나를 바라봤다.

"네, 그러니까 보내주세요."

"확인해도 될까요?"

나는 길드 카드를 남자에게 보여줬다.

"랭크 C?"

카드와 나를 몇 번이나 번갈아 본다.

하지만 확인을 했으니 카드를 돌려줬다.

"하지만 여기서부터는 사막밖에 없고 라가르트 없이는……."

지금은 곰돌이를 소환해야 하는 건가?

나는 곰돌이를 소환했다.

"곰?!"

그런 뒤 간단하게 소환수에 관해 설명하고 겨우 통과할 수 있었다.

하지만 이것으로 다음에 혼자서 와도 의심을 받지 않고 마을 안으로 들어갈 수 있게 되었다.

무사히 마을을 나선 나는 곰돌이를 타고 사막 마을 데젤트를 향해 출발했다.

"곰돌아, 가자!"

"크~응."

곰돌이가 달리기 시작했다.

곰곰곰베어 12

번외편

곰 씨에게 패배한 귀족

나는 어린 여자아이에게 졌다.

엘레로라와 직위를 내건 시합이었다. 엘레로라는 큰 발언권을 가지고 있고 국왕 폐하에게 신뢰를 얻고 있다. 그런 엘레로라는 최근 이목을 끄는 크리모니아 영주, 포슈로제의 부인이다.

크리모니아에서 커다란 산맥을 넘어가면 바다가 있다. 그 산맥은 가파르고 추워서 넘기 힘들었다. 그래서 지금까지는 산맥 너머에 있는 마을과 교류를 가지는 일은 없었다. 하지만 최근에 산맥에 터널이 발견되어 바다와 연결되었다.

지금은 해산물에 더해 소금까지 사들이고 있다.

크리모니아의 가치는 올랐다. 지금 이상으로 힘을 가지게 되겠지. 그렇게 된다면 포슈로제 가문의 발언권은 점점 더 커져서 엘레로라의 존재감도 늘어날 것이다.

그렇게 된다면 남자 기사만 등용시키는 것을 지지하는 나를 방해하게 된다.

포슈로제 일가가 가진 힘을 손에 넣기 위해 내 아들을 엘레로라의 딸과 결혼시키려고 했지만, 당연하게도 거절당했다.

학원 축제에서는 기사를 목표로 하는 학생과 기사의 연습 시합이 있을 예정이다. 그중에는 여자 기사를 목표로 하는 자도 있다. 그 새싹을 짓밟기 위해 담당 기사단을 내가 인솔하는 기사단으로 바꿨다. 그리고 부하에게 기사가 되고 싶어 하는 여자를 시합에서 때려눕히도록 지시했다. 이곳에서 여자 기사를 목표로 하는 학생에게 공포를 심어줘서 기가 꺾이게 만드는 것이 목적이다. 그 정도로 포기한다면 각오가 되어있지 않은 것이다.

기사는 강해야 한다.

그 학원 축제에 국왕 폐하와 엘레로라가 찾아왔다. 그곳에는 엘레로라의 딸도 있었다.

좋은 생각이 떠올랐다.

나는 여자 기사가 되고 싶어 하는 여자를 인질로 삼아 혼약을 강요하기로 했다.

그 여자 기사를 목표로 한 학생이 엘레로라의 딸의 친구라는 것을 알았다. 딱 좋다. 여기서 최대한 이용하기로 하자.

나는 그럴듯한 말을 하며 엘레로라와 교섭했다.

그 여자 학생을 구하고 싶다면 내 조건을 받아들이라고, 엘레로라의 딸은 자신이 싸우겠다고 말했지만 엘레로라가 막았다.

엘레로라는 곤란해하고 있다. 조금 더 밀어붙이면 딸 쪽이 꺾일지도 모른다.

그런데 그런 우리의 대화에 교복을 입은 어린 여자애가 끼어들었다.

"시아, 내가 대신 싸울게."

엘레로라의 딸 옆에 있던 어린 여자애가 그런 말을 꺼냈다.

키는 작고 몸도 가늘다.

나는 웃었지만 어린 여자애는 진심인 듯했다.

엘레로라는 조금 생각하더니 예상 밖의 말을 꺼냈다.

딸의 약혼 대신에 자신의 자리를 걸겠다고 했다. 이 어린 여자아이가 기사와의 시합에서 진다면 일을 관두고 크리모니아로 돌아가겠다는 것이다.

바보인가? 웃음을 멈출 수가 없다.

이런 여자애가 기사에게 이길 수 있다고 생각하는 건가?

그렇지만 엘레로라는 진심인 듯했고 나에게도 기사 단장의 자리를 걸으라고 했다.

조금 생각했지만 내 쪽이 유리한 조건이라서 물러날 수는 없었다. 그러니 엘레로라의 조건을 받아들였다. 그리고 약속을 깨지 못하게 하려고 국왕 폐하께 증인이 되어 달라고 부탁했다. 이것으로 엘레로라도 약속을 지킬 수밖에 없게 된다.

여기까지 생각대로 진행되니 웃음이 떠나질 않는다.

하지만 그 엘레로라가 자리를 걸고서까지 내보낸 아이다. 조심하는 편이 좋다. 저쪽에 있는 애들과는 다를 가능성이 있다. 여자애의 상대는 내 부대에서 뛰어난 실력을 지닌 휴고에게 맡기기로 했다.

여자애는 휴고에게 이기면 나와도 싸우겠다고 한다. 휴고에게 이길 수 있다고 여기는 모양이다.

휴고가 질 리가 없다고 생각해서 나는 승낙했다.

하지만 휴고는 졌다. 휴고가 마법을 쓰지 않았던 것을 제외해도 여자애는 강했다.

뭐지, 저 움직임은?

조금 휴식을 취한 후 나와 시합을 하기로 되었다. 패배한 후에 쉬지 못해서 지쳐있었다고 불만을 말하면 곤란하다.

"준비는 됐나, 애송이?"

"언제든, 좋아요."

"그 자신만만한 얼굴을 당장에라도 때려눕혀주지."

"그럼 제가 이기면 당신의 얼굴을 때릴게요."

나에게 이길 작정이다. 웃음이 나왔다.

"내게 이긴다면 말이지. 한마디 충고해두마. 네 녀석에겐 약점이 있어. 휴고 녀석은 적당히 봐준 모양인데 나는 그렇게 무르지 않아."

"그럼, 봐주는 것 없이 당신을 이긴다면 아무런 문제가 없는 거네요."

"만약 나에게 이긴다면 여자 기사를 인정하고 네 녀석을 내 아들과 결혼시키도록 하지."

"그런 거 필요 없어요."

여자애는 정말로 싫은 표정으로 거절했다.

귀족과 결혼할 수 있는 기회를 버리다니 바보 같은 여자애다. 뭐, 나에게 이기는 건 무리겠지만 말이야.

시합이 시작됐다. 싸워보니 알겠다. 정말로 이 여자애는 강하다. 눈을 피하지 않는다. 보통은 내가 노려보면 대부분은 기가 죽는다. 검 기술도 우수하지만 무엇보다 싸움에 익숙하다. 공격해도 두려워하지 않는다. 원래 검을 눈앞에서 맞부딪치면 무서운 법이다. 받아내는 것에 실패하면 다치게 된다. 특히 여자는 얼굴에 상처를 입는 것을 무서워한다. 그게 여자의 약한 부분이기도 하다. 하지만 이 여자애는 무서워하지도 않고 내 검을 받아낸 뒤 그대로 내친다. 내 부하 중에 이렇게까지 할 수 있는 자가 있나?

그렇다고 해서 기사단장인 내가 부하와 국왕 폐하의 앞에서 여자애한테 질 수는 없다.

휴고의 시합을 보고 알았지만 이 여자애는 마법을 쓰지 않는다. 쓰지 못하는 모양이다. 기사는 마법을 쓸 수 있으면 쓴다.

미안하지만 이건 진검승부다. 나는 마법을 쓰겠다. 네 녀석의 검 기술은 인정하지만 이것도 재능의 차이다.

나는 마법을 사용했다. 피할 수 있는 타이밍이 아니었다. 그러나 여자애는 피했다.

지금 것을 피했어?

웃음이 나올 것 같았다.

나는 그대로 시합을 이어가려 했지만 여자애가 「반칙이에요」라며 소리쳤다. 무슨 말을 하는 거지?

아무래도 여자애는 마법을 써서는 안 된다고 생각했던 모양이다. 어째서 기사가 마법을 쓰면 안 된다고 생각했는지 이해가 안 된다.

여자애는 엘레로라의 말을 듣고도 납득이 되지 않는 표정이지만 일단 받아들였다. 심지어 자신도 마법을 쓰겠다고 선언했다.

그 검술 실력에 마법까지 쓸 수 있는 건가?

재미있군. 그 실력, 지켜보지.

시합을 재개한다.

여자애는 마법을 사용했다. 이 녀석은 못하는 게 뭐야.

지위를 내건 시합을 치르고 있는데 웃음이 새어 나왔다.

이대로 시합을 이어가도 되지만 나는 승부를 내기 위해 마법으로 여자애를 유도했다. 내 마법에 의해 유도되었다는 것도 모른 채 다가왔다.

이것으로 끝이다.

나는 검을 내리쳤다. 여자애의 움직임이 더 느렸다. 막을 수는 없다.

애송이, 네 녀석은 잘했다. 재미있었다고.

내가 검을 내리친 순간, 검이 튕겼다.

무슨 일이지?!

검은 이상한 형태를 한 물건에 튕겼다.

자세를 잡으려고 했을 때는 내 목에 여자애의 검이 있었다.

무슨 일이 일어났는지 확인했는데 내 검은 여자애가 꺼낸 곰 모양을 한 석상에 막힌 모양이다.

후후, 유도하고 있다고 생각했는데 내가 유도 당한 모양이다. 나는 어린애의 손바닥 위에서 놀아난 건가. 웃음밖에 안 나온다.

내 승리죠? 아니면 마저 할래요?"

"아니, 내 패배다."

엘레로라를 왕도에서 쫓아내기는커녕, 내가 기사단에서 쫓겨나게 되었다. 국왕 폐하가 증인이니 없었던 일은 되지 않겠지.

농담으로 말했지만 이 여자애를 내 아들과 결혼시키는 것도 나쁘지 않다. 분명, 이름이 유우나라고 했던가?

그 계집이 다가와 「아, 참. 제가 이겼으니 약속대로 한 대 때릴게요」라고 한 뒤 나를 때렸다.

여자아이에게 지고 며칠 후 국왕 폐하께 정식으로 발령을 받았다.

나는 기사단장의 자리에서 물러나 학원의 교사가 되었다.

"자네에게는 많이 기대하고 있네. 기사가 되고 싶어 하는 학생들을 키워주게."

"분부 받들겠습니다."

나는 학원에서 성별과 관계없이 기사를 희망하는 학생을 교육하게 되었다.

이것으로 나는 남자 기사 옹호파로부터의 지지를 받지 못하게 되어 왕도에서의 힘을 잃었다. 추가로 남자 기사 옹호파에게 원한까지 사게 되었다.

"그 아이는 강했나?"

국왕 폐하는 진지한 표정으로 물었다.

"강했습니다. 저와 동급의 검술, 판단력, 신체 능력, 수읽기 등, 역전의 기사와 싸우고 있는 느낌이었습니다."

"자네가 그렇게까지 말하다니……."

"제가 그 아이와 같은 나이 때 어땠는지를 떠올리면, 지금까지의 저를 부정당한 기분이 듭니다."

심지어 그 아이는 최선을 다하지 않았다.

변명일지도 모르지만 나도 전력은 아니었다. 진심으로 싸운다면 주위가 처참한 상황이 되었을 거다.

하지만 그것은 진 이유가 되지 않는다. 제한 상황 속에서 싸우는 것도 승부 중 하나. 그 여자아이도 나와 같은 마법만 사용했다.

같은 마법을 쓰고, 검을 맞부딪쳤고, 그럼에도 졌다.

"한 가지 여쭙고 싶습니다."

"무엇인가?"

"국왕 폐하는 그 소녀에 관해 알고 계셨습니까? 제 나름대로 조사를 해봤는데, 학원에 유우나라는 이름의 여자아이가 있었지만 다른 사람이었습니다. 저와 싸운 그 소녀는 누구인가요?"

"……대답할 수 없네. 이건 명령이다. 그 아이에 관해 조사하는 것을 금지한다."

국왕 폐하는 나를 똑바로 바라봤다. 나는 「알겠습니다」라고 대답했다.

■작가 후기

쿠마나노입니다. 『곰곰곰베어』 12권을 구매해주셔서 감사드립니다.

이번 권에서는 11권에 이어서 학원 축제 이야기가 되겠습니다.

표지를 보고 놀란 독자님도 계시겠지만, 열세 권만에 유나가 곰 인형 옷을 입지 않았습니다. 유나가 교복을 입는 이야기가 나와서 표지는 교복 차림의 유나로 정해졌습니다. 출판사 분께 희망을 내비쳤더니 흔쾌히 승낙해주셨습니다. 그래서 표지가 염원하던 교복 차림의 유나가 되었습니다. 029 선생님이 그려주신 교복 차림의 유나와 티리아가 무척 귀엽네요.

그런 교복 차림을 한 유나가 피나와 아이들과 학원 축제를 즐기고 트러블에 휘말립니다.

후반에는 따뜻해졌음을 느낀 유나가 피나와 아이들에게 바다에 놀러 가기로 약속을 합니다. 하지만 바다에 가려면 수영복도 준비해야 하고, 고아원이 돌보고 있는 꼬끼오의 관리를 어떻게 할지도 생각해야 하는 등 여러 가지로 할 일이 있습니다. 그래서 유나가 바다로 가기 위해 준비를 하고 있는데 국왕 폐하로부터 호출을 받게 됩니다. 유나는 서둘러 성으로 가게 되고, 국왕 폐하에게 의뢰를 받습니다. 다 같이 바다로 놀러 가기 전에 유나의 새로운 모험이 시작됩니다. 즐겨주시면 좋겠습니다.

마지막으로 책을 내는 것에 힘 써주신 모든 분께 감사 인사를…….

029 선생님, 항상 멋진 그림을 그려주셔서 감사드립니다.

편집자님께는 항상 민폐를 끼치고 있습니다. 그리고 『곰곰곰베어』 12권 출판에 관련된 많은 분께 감사드립니다.

지금까지 책을 읽어주신 독자분들께는 감사의 마음을 전합니다.

그럼, 13권에서 만나 뵐 수 있기를 기대하고 있겠습니다.

2019년 4월 좋은 날 쿠마나노

■역자 후기

안녕하세요. 이번에도 뵙게 되어 영광입니다.

이번 스토리 중에서 제가 가장 마음에 들었던 부분은 유나가 교복을 입고 학원 축제를 즐긴 내용인데요. 언젠가는 곰 옷차림에서 벗어나 다른 옷을 입어 주지 않을까 했는데 이번에 그림과 함께 나왔군요! 역시 예쁜 유나입니다.

다음 스토리에선 수영복을 입은 모습도 나올 거라 예상이 되는데 여러분은 어떤가요? 항상 재미있게 읽어주셔서 감사드립니다.

고생하시는 편집자님께도 항상 감사드린다는 말씀을 올리며 저는 또 다음 권에서 뵙도록 하겠습니다. 감사합니다.

2020년 7월 좋은 날

역자 김보라 올림

곰 곰 곰 베어 12

초판 1쇄 발행 2020년 11월 10일

지은이_ Kumanano
일러스트_ 029
옮긴이_ 김보라

발행인_ 신현호
편집부장_ 윤영천
편집진행_ 김기준 · 김승신 · 원현선 · 권세라 · 유재슬
편집디자인_ 양우연
국제업무_ 정아라 · 전은지
관리 · 영업_ 김민원 · 조은걸 · 조인희

펴낸곳_ (주)디앤씨미디어
등록_ 2002년 4월 25일 제20-260호
주소_ 서울시 구로구 디지털로 26길 111 JnK디지털타워 503호
전화_ 02-333-2513(대표)
팩시밀리_ 02-333-2514
이메일_ lnovelpiya@naver.com
L노벨 공식 카페_ http://cafe.naver.com/lnovel11

ISBN 979-11-278-5739-4 04830
ISBN 979-11-278-3067-0 (세트)

값 9,000원

이세계 치트 마술사 1~8권

우치다 타케루 지음 | Nardack 일러스트 | 박경용 옮김

평범한 고등학생 타이치와 린은 갑자기 나타난 빛에 휩싸여 버린다.
정신을 차리니 두 사람은 검과 마술의 이세계에 있었다.
마물과 맞닥뜨리지만 운 좋게 위험에서 벗어나고,
모험자의 조언으로 길드로 향하는 두 사람.
그곳에서 두 사람이 터무니없는 하이스펙의 마력을 가진 것이 판명된다.
평범한 고교생이 갑자기 최강 치트 마술사로—.
꿈만 같은 초자연 현상을 자신의 손으로 만들어내는 감동.
상상을 훨씬 뛰어넘는 압도적인 신체능력.
평화로운 나라에서 찾아온 타이치와 린의 이세계 모험이 시작된다.

「소설가가 되자」 대인기 이세계 판타지를
서적용으로 전면 개고하여 재미가 300% UP!